La mano en la pared

en la pared

pared

(El caso Vermont)

La mano en la pared

(El caso Vermont)

MAUREEN JOHNSON

HarperCollins
Juvenil

Título original: *The Hand on the Wall (Truly Devious Book 3)*

Editado por HarperCollins Ibérica, S.A., 2022
Núñez de Balboa, 56
28001 Madrid
harpercollinsiberica.com

© del texto: Maureen Johnson, 2020
© de la traducción: Sonia Fernández-Ordás, 2022
© publicado por primera vez por Katherine Tegen Books,
un sello de HarperCollins Publishers
© de las imágenes de la cubierta: Shutterstock | Dreamstime

Diseño de cubierta: Elsa Suárez
Maquetación: David Herranz

ISBN: 978-84-18279-98-0
Depósito legal: M-37152-2021

Para Dan Sinker, por lo que me ha enseñado sobre fabricar,

copiar, el punk, Disneyland y tacos.

Nos vemos en la Mansión Encantada, colega.

ACADEMIA ELLINGHAM

1.

8.

2.

9.

3.

10.

II.

4.

5.

12.

6.

13.

7.

14.

1. TALLER
2. ASTERIA
3. GENIO
4. ARTEMISA
5. APOLO
6. DIONISOS
7. DEMETER

8. CASA GRANDE
9. MINERVA
10. EUNOMIA
11. CIBELES
12. JÚPITER
13. VESTA
14. JUNO

NORTE

LONGATOS SABEN LATIN

OFICINA FEDERAL DE INVESTIGACIÓN (FBI)

Imagen fotográfica de la carta recibida en la residencia de los Ellingham el 8 de abril de 1936.

¡MIRA! ¡UN ACERTIJO!
¡YA ES AHORA DE JUGAR!

SOGA O PISTOLA,
¿QUÉ DEBEMOS USAR?

LOS CUCHILLOS TIENEN FILO
Y BRILLAN COMO ESTRELLAS.

EL VENENO ES MÁS LENTO,
VAYA, QUÉ PENA.

EL AHOGAMIENTO ES LENTO,
EL FUEGO ES FESTIVO.

LA HORCA ES UN MÉTODO
MUY POCO ATRACTIVO.

UNA CABEZA ROTA,
UNA MALA CAÍDA,

UN COCHE QUE CHOCA
EN MEDIO DE LA VÍA.

LAS BOMBAS HACEN
UN RUIDO MUY GRACIOSO.

¡CUÁNTAS FORMAS DE
CASTIGAR
A LOS NIÑOS REVOLTOSOS!

¿QUÉ DEBEMOS USAR?
ES DIFÍCIL DECIDIR.

IGUAL QUE TÚ NO SABES
SI ESCONDERTE O HUIR.

JA, JA.

ATENTAMENTE,
PERVERSO

15 de diciembre, 1932

LLEVABA HORAS NEVANDO, LOS COPOS REVOLOTEABAN SIN RUMBO ante los cristales, posándose en los alféizares y formando paisajes en miniatura que recordaban a las montañas en la lejanía. Albert Ellingham estaba sentado en un mullido sillón tapizado en terciopelo color ciruela. Ante él, encima de una mesita, un reloj de mármol verde dejaba oír su tictac despreocupado. Aparte del tictac y del crepitar del fuego, todo estaba en silencio. La nieve amortiguaba el mundo.

—Ya deberíamos haber tenido noticias, creo yo —dijo.

Se lo decía a Leonard Holmes Nair, que se encontraba tumbado en un sofá al otro lado de la sala, tapado con una manta de piel y leyendo una novela francesa. Leo era pintor y amigo de la familia, un libertino alto y desgarbado vestido con un batín de terciopelo azul. El grupo llevaba dos semanas recluido en la clínica privada de su retiro alpino contemplando la nieve, bebiendo vino caliente, leyendo y esperando..., esperando el acontecimiento que se había anunciado en plena noche. Después, los médicos y enfermeros entraron en acción y se llevaron a la futura madre al lujoso paritorio. Cuando se es uno de los hombres más ricos de los Estados Unidos, se puede disponer de una clínica para uno solo ante el nacimiento de su hijo.

—Estos misteriosos asuntos de la naturaleza llevan su tiempo —dijo Leo sin levantar la vista.

—Han pasado casi nueve horas.

—Albert, deja de mirar el reloj. Tómate una copa.

Albert se puso en pie y se metió las manos en los bolsillos. Se dirigió a una ventana cercana, después a otra más alejada, luego de vuelta a la primera. La vista era impresionante: la nieve, las montañas, los tejados a dos aguas de las casitas alpinas del valle.

—Una copa —repitió Leo—. Llama y pide una. Toca... el timbre. El chisme ese. ¿Dónde está?

Albert volvió a cruzar la sala en dirección a la chimenea y tiró de una borla dorada que colgaba de un cordón de seda. Desde algún lugar en la distancia se oyó un tintineo suave. Instantes después, las puertas se abrieron y entró una mujer joven que llevaba un vestido de lana azul, un delantal de enfermera almidonado y una cofia blanca.

—¿Sí, Herr Ellingham? —dijo.

—¿Alguna novedad? —preguntó el hombre.

—Me temo que no, Herr Ellingham.

—Necesitamos *Glühwein* —dijo Leo—. *Er braucht etwas zu essen. Wurst und Brot. Käse.*

—*Ich verstehe, Herr Nair. Ich bringe Ihnen etwas, einem Moment bitte.*

La enfermera salió de la sala y cerró las puertas.

—Quizá algo ha salido mal —dijo Albert.

—Albert...

—Voy a subir.

—Albert —repitió Leo—. Recibí instrucciones de sentarme encima de ti si lo intentabas. Y puede que no tenga un cuerpo demasiado atlético, pero desde luego soy más grande que tú y peso lo mío. Pongamos la radio. ¿O prefieres que juguemos a algo?

En circunstancias normales, la sugerencia de un juego bastaría para tranquilizar a Albert Ellingham de inmediato, pero siguió paseando de un lado a otro de la sala hasta que la enfermera volvió a aparecer llevando una bandeja con dos vasos de vino caliente de color rubí, además de embutido en lonchas, pan y queso.

—Siéntate —ordenó Leo—. Cómete eso.

Albert no le hizo caso. Por el contrario, señaló el reloj.

—El otro día —dijo— compré este reloj a un anticuario de Zúrich. Es antiguo. Del siglo XVIII. Dijo que había pertenecido a María Antonieta.

Colocó las manos a ambos lados del reloj y lo miró con atención, como si esperase que fuera a hablarle.

—Probablemente no sea más que un cuento —dijo al tiempo que lo levantaba de la mesita—. Pero por el precio que pagué, debería ser un cuento de lujo. Y tiene un pequeño secreto muy interesante: un cajón oculto debajo. Se le da la vuelta. Hay una pequeña muesca, se aprieta y...

Se oyó movimiento arriba. Un grito. Unos pasos apresurados. Un chillido de dolor. Albert depositó el reloj sobre la mesa con un golpe seco.

—Parece que se ha pasado el efecto del tranquilizante —comentó Leo con la vista puesta en el techo—. Madre mía.

Más alboroto: los gritos agudos de una mujer a punto de dar a luz.

Albert y Leo salieron de la acogedora sala hacia el vestíbulo al pie de la escalera, mucho más frío.

—Qué sonido tan desagradable —comentó Leo, con la vista puesta en la escalera oscura y mirada de preocupación—. Seguro que hay mejores maneras de traer una nueva vida al mundo.

Cesaron los gritos. Durante unos breves instantes reinó el silencio, roto a continuación por el llanto de un bebé. Albert saltó como impulsado por un resorte, subió los escalones de dos en dos y resbaló en el rellano con las prisas. Arriba, la joven enfermera estaba a la puerta del paritorio, esperando su llegada.

—Un momento, Herr Ellingham —dijo con una sonrisa—. Todavía hay que cortar el cordón.

—Dígame qué ha sido —jadeó el hombre.

—Una niña, Herr Ellingham.

—Una niña —repitió Albert, volviéndose hacia su amigo.

—Ya —repuso Leo—. Lo he oído.

—Una niña. Presentía que sería una niña. Sabía que sería una niña. ¡Una niñita! Le compraré la casa de muñecas más grande del mundo, Leo. ¡Hasta se podrá vivir en ella!

La puerta se entreabrió y Albert apartó a la enfermera a un lado y entró a toda prisa. La sala estaba a oscuras; las cortinas corridas impedían ver la nieve. Se percibía un cálido efluvio a vida —sangre y sudor— mezclado con el olor acre del antiséptico. El médico colgó la máscara de oxígeno de un gancho de la pared y ajustó el nivel de la bombona. Una enfermera vació el agua rosada de una palangana de esmalte en un lavabo. Otra retiró las sábanas húmedas de la cama, mientras que una tercera las reemplazó con ropa limpia, extendiendo la nueva sábana en el aire antes de dejarla caer con suavidad sobre la mujer. Las enfermeras se movían de un lado a otro de la sala para descorrer las cortinas y cambiar las bandejas de instrumental por centros de flores. Una danza armoniosa y perfectamente ensayada con la cual, en cuestión de minutos, el paritorio adquirió el aspecto de una alegre *suite* de hotel. Al fin y al cabo, era la mejor clínica privada del mundo.

Albert Ellingham fijó la vista en su esposa, Iris. Tenía en los brazos a un bebé envuelto en una mantita amarilla. La emoción del hombre era tan fuerte que veía la habitación distorsionada; las vigas del techo parecían combarse hacia él, preparadas para recogerlo si se caía al dirigirse hacia su mujer y la niña que tenía en brazos.

—Es preciosa —dijo Albert—. Es extraordinaria. Es...

Se le quebró la voz. La niñita tenía la cara muy sonrosada, los puñitos apretados, los ojos cerrados y emitía unos delicados gemidos que delataban que se daba cuenta de lo que ocurría a su alrededor. Era la vida personificada.

—Es nuestra —murmuró Iris.

—¿Me la dejas? —preguntó alguien desde el otro extremo de la sala.

Albert e Iris se volvieron hacia la mujer acostada. Tenía el rostro enrojecido y bañado en sudor.

—¡Por supuesto! —respondió Iris, dirigiéndose hacia ella—. Claro que sí, cariño. Claro que sí.

Iris depositó a la niña con delicadeza en los brazos de Flora Robinson. Flora estaba débil, todavía bajo el efecto de los fármacos, con el pelo rubio pegado a la frente. Las enfermeras la taparon con las sábanas y la manta y arroparon al bebé que tenía en brazos. Parpadeó de asombro al ver a la personita que acababa de traer al mundo.

—Dios mío —dijo sin dejar de mirar la carita del bebé—. ¿Esto lo he hecho yo?

—Y lo has hecho divinamente —repuso Iris mientras apartaba los mechones húmedos de la frente de su amiga—. Cariño, te has portado de maravilla. Pero de maravilla.

—¿Nos dejáis un momento a solas, por favor? —preguntó Flora—. Para tenerla en brazos.

—Buena idea —contestó la enfermera—. Para tenerla en brazos. Es bueno para el bebé. Enseguida tendrá que darle el pecho. Herr Ellingham, Frau Ellingham, ¿pueden salir? Solo un momento.

Iris y Albert abandonaron la sala. Leo había vuelto a la planta baja, así que estaban solos en el pasillo.

—No ha dicho nada del padre, ¿verdad? —preguntó Albert en voz baja—. Creí que quizá durante el...

Hizo un gesto con la mano para indicar las nueve horas de dilatación y parto.

—No —susurró Iris.

—No importa. No importa nada. Si alguna vez aparece, lo solucionaremos.

La enfermera salió al pasillo con una carpeta de pinza y unos papeles que parecían documentos oficiales.

—Disculpen —dijo—. ¿Ya han decidido el nombre del bebé?

Albert miró a Iris, que hizo un gesto de aprobación.

—Alice —respondió el hombre—. Se llama Alice Madeline Ellingham. Y va a ser la niña más feliz del mundo.

EXTRACTO DE *ATENTAMENTE PERVERSO.*
LOS ASESINATOS DEL CASO VERMONT
DE LA DOCTORA IRENE FENTON

Desde el secuestro de su esposa y su hija, desde el asesinato de Dolores Epstein, durante lo que duró el juicio de Anton Vorachek, Albert Ellingham nunca abandonó la búsqueda. El asesinato de Vorachek en los escalones de entrada al juzgado no frenó a Albert Ellingham, aunque la única persona que parecía saber el paradero de Alice estuviera muerta y enterrada. Alguien tenía que saber algo. No reparó en gastos. Apareció en todos los programas de radio. Habló con todos los políticos. Albert Ellingham fue a todas partes y habló con todas las personas que pudieran saber dónde podría encontrar a su hija.

Pero el 1 de noviembre de 1938, la policía y el FBI estaban dragando el lago Champlain en busca de los cuerpos de Albert Ellingham y George Marsh. Ambos habían salido a disfrutar de una tarde a bordo del barco de Albert, el *Wonderland.* Justo antes de la puesta de sol, una terrible explosión destrozó la tranquilidad de la tarde de Vermont. Los pescadores de la zona salieron en sus barcos hacia el lugar del accidente. Cuando llegaron, encontraron fragmentos del malogrado barco: pedazos de madera carbonizada, cojines chamuscados que habían volado por los aires, pequeñas aplicaciones de bronce, trozos de cabo. También encontraron algo mucho más inquietante: restos humanos en el mismo estado que el propio barco. Los cuerpos de Albert Ellingham y de George Marsh no pudieron ser recuperados en su totalidad, pero se hallaron restos suficientes para declarar muertos a ambos hombres.

Inmediatamente, se abrió una investigación. Todo el mundo tenía su propia teoría sobre la muerte de uno de los hombres más ricos e ilustres del país, pero, al final, no hubo caso. La hipótesis más probable fue que Albert Ellingham había sido asesinado por un grupo de anarquistas; de hecho, tres grupos distintos reivindicaron la autoría. Con la muerte de Albert Ellingham, el caso de Alice empezó a languidecer. No había una voz paterna pronunciando su nombre, ningún magnate repartiendo dinero y haciendo llamadas. Un año más tarde estalló la guerra en Europa, y la triste saga de la familia de la montaña palideció ante una tragedia mucho más dramática.

Con el paso de los años, se presentaron ante la policía docenas de mujeres que aseguraban ser Alice Ellingham. Algunas fueron descartadas desde el principio; no tenían su edad ni sus características físicas. Las que pasaron las primeras cribas se entrevistaban con Robert Mackenzie, el secretario personal de Albert. Robert investigó a fondo a cada candidata. Todas resultaron falsas.

Con los años, se ha reavivado el interés en el caso; no solo sobre Alice, sino también sobre el secuestro y lo sucedido aquel aciago día en el lago Champlain. Con los avances en los análisis de ADN y las técnicas modernas de investigación, quizá seamos capaces de dar con las respuestas.

Todavía se podría encontrar a Alice Ellingham.

PROFESORA FALLECIDA EN TRÁGICO INCENDIO

Burlington News Online

4 de noviembre

La profesora residente en Burlington, doctora Irene Fenton, del Departamento de Historia de la Universidad de Vermont, con domicilio en Pearl Street, era miembro del claustro universitario desde hacía veintidós años y autora de varios libros, entre ellos *Atentamente Perverso. Los asesinatos del caso Vermont.* El fuego se declaró alrededor de las 9 p. m. y se cree que tuvo su origen en la cocina.

El sobrino de la doctora Fenton, que vivía con ella, resultó herido leve a causa del incendio.

I

Los huesos estaban encima de la mesa, desnudos y blanquecinos. Las cuencas de los ojos vacías, la boca con una mueca laxa, como diciendo «Sí, soy yo. Pero te estarás preguntando cómo acabé aquí. La verdad es que es una historia curiosa...».

—Como veis, al señor Nelson le falta el primer metacarpo de la mano derecha, que ha sido sustituido por uno ortopédico. En vida, por supuesto, tenía...

—Pregunta —dijo Mudge, con la mano a medio levantar—. ¿Cómo se convirtió este tipo en esqueleto? ¿Aquí, quiero decir? ¿Sabía que iba a terminar en una clase?

Pix, la doctora Nell Pixwell, profesora de anatomía, antropóloga forense y responsable de la Casa Minerva, hizo una pausa. Su mano y la del señor Nelson estaban levemente entrelazadas, como si estuvieran considerando una delicada proposición de bailar juntos en la fiesta.

—Bien —respondió—. El señor Nelson fue donado a la Academia Ellingham cuando abrió. Creo que llegó a través de un amigo de Albert Ellingham que tenía alguna relación con Harvard. Hay varias vías por las cuales llegan cuerpos para utilizarse en las clases prácticas. Hay gente que dona su cuerpo a la ciencia, por supuesto. Quizá fuera eso lo que ocurrió, pero sospecho que en este caso no sucedió así. Basándome en algunos de los materiales y técnicas de articulación, creo que el señor Nelson probablemente date de finales del siglo XIX. En aquella época había cierta laxitud a la hora de conseguir cuerpos para la ciencia. Habitualmente, se utilizaban los cuerpos de los presidiarios. Parece que el señor Nelson estaba bien alimentado. Era alto. Tenía todos los dientes, lo cual era algo excepcional en aquellos tiempos. No tenía ningún hueso roto. Mi hipótesis (y es solo una hipótesis)...

—¿Se refiere a los saqueos de tumbas? —preguntó Mudge con interés—. ¿Fue robado?

Mudge era el compañero de prácticas de laboratorio de Stevie Bell, un chico de casi dos metros con estética *death metal* que llevaba lentillas de color púrpura y con pupilas de serpiente y una sudadera negra con capucha decorada con cincuenta insignias de Disney, entre ellas algunas muy raras que exhibía con orgullo y de las que Mudge hablaba a Stevie mientras diseccionaban ojos de vaca y otras cosas igual de espeluznantes con el propósito de adquirir una buena formación. Stevie no conocía a nadie tan fan de Disney como Mudge; soñaba con convertirse en ingeniero de imágenes y dedicarse a la animatrónica. La Academia Ellingham era el tipo de sitio donde los Mudges eran comprendidos y muy bien recibidos.

—Era habitual —respondió Pix—. Los estudiantes de Medicina necesitaban cadáveres. Los llamados «resucitadores» (¿lo captáis?, quienes los hacían resurgir de entre los muertos) robaban cuerpos para vendérselos a los estudiantes de Medicina. Si era un viejo esqueleto utilizado en Harvard, sí, creo que probablemente haya sido víctima de los ladrones de tumbas. Y esto me recuerda que tengo que mandarlo a que le arreglen las articulaciones. Necesito un metacarpo nuevo y hay que reparar el alambre aquí, entre el hueso piramidal, el hamato y el grande. Es duro ser un esqueleto.

Por un instante esbozó una sonrisa, pero se le borró rápido y se frotó la pelusilla de la cabeza.

—Y eso es todo sobre el metacarpo —dijo después—. Hablemos del resto de los huesos de la mano y el brazo...

Stevie sabía bien por qué Pix se había refrenado. La Academia Ellingham ya había dejado de ser un lugar donde se pudieran hacer chistes sobre lo duro que era ser un esqueleto.

Cuando Stevie salió, el aire frío le abofeteó la cara. La espléndida capa de tonos rojizos y dorados que cubría la vegetación de Vermont se había caído de repente, como en un desmedido *striptease* del follaje.

Striptease. Follaje. ¿Striptease? Dios, estaba cansada.

Nate Fisher la esperaba delante del edificio de las aulas. Estaba sentado en uno de los bancos, con los hombros caídos y la vista puesta en el teléfono. Ahora que empezaba a refrescar, por fin podía forrarse alegremente —o todo lo alegremente que se podría esperar tratándose de Nate— con jerséis *oversize,* pantalones anchos de pana y bufandas hasta parecer un revoltijo andante de fibras naturales y sintéticas.

—¿Dónde has estado? —preguntó a modo de saludo.

Le puso en las manos una taza de café, así como un dónut de sirope de arce. O Stevie dio por hecho que era de sirope de arce. En Vermont, era frecuente que todo fuera de arce.

Bebió un largo sorbo de café y dio un mordisco al dónut antes de contestar.

—Necesitaba pensar. Estuve dando un paseo.

—Llevas la misma ropa que ayer.

Stevie se miró perpleja los pantalones de chándal y las Converse negras. Llevaba también una sudadera dada de sí y su impermeable de vinilo rojo.

—Dormí así —dijo mientras caía una pequeña lluvia de migas de dónut.

—Hace dos días que no comes con nosotros. Nunca logro dar contigo.

Era cierto. Llevaba dos días sin pisar el comedor ni probar una comida de verdad, y había subsistido a base de puñados de cereales secos de los dispensadores de la cocina, normalmente en plena noche. Se acercaba a la encimera a oscuras, ponía la mano debajo de la pequeña espita y tiraba de la palanca para servirse otra ración de Froot Loops. Tenía una vaga noción de haber comprado y comido un plátano el día anterior, sentada en el suelo de la biblioteca, metida entre las estanterías. Había rehuido a la gente, conversaciones y mensajes para concentrarse por completo en sus pensamientos, porque eran muchos y necesitaba ponerlos en orden.

Tres sucesos importantes habían provocado esa actividad monacal y peripatética.

Uno: David Eastman, su (quizá) novio, había recibido varios puñetazos en la cara en Burlington. Lo había hecho a propósito, pagando a su atacante. Subió un vídeo de la paliza a internet y desapareció sin dejar rastro. David era el hijo del senador Edward King. El senador King había conseguido que los padres de Stevie la dejaran volver a la academia con la condición de que mantuviera a David bajo control.

Bueno, en eso no había tenido éxito.

Solo aquello habría bastado para tener la mente ocupada si no hubiera sido porque, aquella misma noche, la asesora de Stevie, la doctora Irene Fenton, había muerto en el incendio que se declaró en su casa. Stevie no había tenido demasiado trato con la doctora Fenton, o Fenton a secas, como prefería que la llamaran. Aquel suceso terrible tenía un lado positivo: el incendio había sido en Burlington. Burlington no estaba allí, en Ellingham, y Fenton había sido identificada como profesora de la Universidad de Vermont. Eso significaba que la muerte no había sido atribuida a Ellingham. Probablemente, la academia no podría sobrevivir si se producía otra muerte.

En un mundo donde todo siempre salía mal, que tu asesora muriese lejos del campus era uno de los poquísimos «pero el lado positivo es...» de su confusa nueva vida. Era una forma terrible y egoísta de ver las cosas, pero llegados a este punto, Stevie debía ser práctica. Si querías resolver un crimen, había que distanciarse.

Afrontar todo aquello habría sido más que suficiente. Pero el remate final, lo que no paraba de darle vueltas en la cabeza como una noria, fue...

—¿No crees que deberíamos hablar? —preguntó Nate—. ¿Sobre lo que está ocurriendo? ¿Lo que va a pasar ahora?

Una pregunta cargada de implicaciones. ¿«Lo que va a pasar ahora»?

—Vamos a dar un paseo —propuso Stevie.

Se volvió para alejarse del edificio de las clases, de la gente, de las cámaras instaladas en las farolas y en los árboles. Lo hacía para poder hablar en privado, pero también para que nadie viera los estragos que iba a causar al dónut. Estaba hambrienta.

—Errovuelgogazo —dijo al tiempo que se metía un buen trozo de dónut en la boca.

—¿Quieres un copazo?

Hizo una pausa para tragar.

—He resuelto el caso —siguió—. El caso Vermont.

—Lo sé —dijo Nate—. Eso es de lo que tenemos que hablar. De eso, del fuego y de todo lo demás. Por Dios, Stevie.

—Tiene sentido —reconoció Stevie mientras caminaba despacio—. George Marsh, el hombre del FBI, el que protegía a los Ellingham..., alguien que conocía el plano de la casa a la perfección, los horarios, cuándo llegaba el dinero, las costumbres de la familia..., alguien que podría haber organizado un secuestro con facilidad. Escucha, esto es lo que ocurrió...

Agarró a Nate del brazo con delicadeza y cambió de dirección, virando hacia la Casa Grande. Esta era la joya del campus. En la década de 1930 había sido el hogar de la familia Ellingham. Hoy era el centro administrativo de la academia y escenario de bailes y eventos. En la parte de atrás había un jardín cercado. Stevie se dirigió como con piloto automático a una puerta que conocía bien en el muro y la abrió. Era el jardín hundido, llamado así porque en su día fue un lago artificial y la gigantesca piscina de Iris Ellingham. Albert Ellingham había ordenado que lo drenaran después de la desaparición de su hija porque alguien dijo que creía que el cuerpo estaba en el fondo. No ocurrió, pero no volvieron a llenar el lago. Así quedó, como una enorme hondonada cubierta de hierba. Y en el centro, en una extraña y pequeña elevación que en otro tiempo fue una isla en medio del lago, había una cúpula geodésica de cristal. Fue en aquella cúpula donde Dottie Epstein había encontrado su triste final y donde, justo debajo, Hayes Major había terminado sus días.

—Así que —dijo Stevie al tiempo que señalaba la colina— Dottie Epstein está allí sentada, leyendo su novela de Sherlock Holmes, sin meterse con nadie. De repente, aparece un hombre. George Marsh. Ninguno de los dos esperaba encontrar al otro. Y, de todos los alumnos de la Academia Ellingham con los que pudo haberse tropezado, George Marsh se topa con la más brillante, que además tiene un tío en la policía de Nueva York. Dottie sabe quién es Marsh. Todo el plan se viene abajo en un segundo, porque George Marsh se encuentra a Dottie en esa cúpula. Dottie sabe que algo malo está a punto de suceder, así que hace una marca en el libro de Sherlock Holmes, hace lo que puede para comunicar a quién ha visto, y después muere. Pero Dottie delata al hombre. Salto hacia delante en el tiempo...

Stevie se volvió hacia la casa, hacia el patio enlosado y la cristalera que se abría en lo que había sido el despacho de Albert Ellingham.

—Albert Ellingham se pasa dos años intentando encontrar a su hija, cuando algo... algo le refresca la memoria. Piensa en Dottie Epstein y en la marca hecha en el libro. Saca la grabación de su entrevista con ella (sabemos que lo hizo, estaba encima de su escritorio el día que murió) y la escucha.

Se da cuenta de que Dottie pudo haber reconocido a George Marsh. Se pregunta...

Stevie se imaginaba perfectamente a Albert Ellingham paseando nervioso por el despacho, sobre las alfombras de pieles de animales, del sillón de cuero al escritorio, con la vista puesta en el reloj de mármol verde de la chimenea, intentando decidir si sus suposiciones eran ciertas.

—Escribe un acertijo, quizá para ponerse a sí mismo a prueba, para comprobar si de verdad lo creía: «¿Dónde buscas a alguien que en realidad nunca está cerca? Siempre en una escalinata, pero nunca en la escalera». Indica que hay que sacar la palabra *nata* de *escalinata*. ¿Quién es la flor y nata del cuerpo de Policía? Un detective. ¿Quién «nunca está» en realidad? La persona que contratas para investigar, la que siempre estuvo a tu lado. En la que nunca piensas ni te fijas...

—Stevie...

—Y luego, esa misma tarde, sale a navegar con George Marsh y el barco explota. Siempre se pensó que habían sido los anarquistas, porque ya habían intentado asesinarlo antes, y todos creían que era un anarquista quien había secuestrado a su hija. Pero es imposible. Uno de los dos hizo explotar el barco. O George Marsh sabía que todo había terminado y decidió que fuera el fin de ambos, o Albert Ellingham se enfrentó a él y decidió lo mismo. Pero no termina ahí la cosa. Y sé que el secuestrador de Alice, quienquiera que fuese, no pudo ser Atentamente Perverso, porque sé que esa nota la escribieron unos alumnos de la academia, probablemente para gastar una broma. Todo el asunto no fue más que una sucesión de cosas que se les fue de las manos. La nota era una broma, después el secuestro salió mal y murió toda esa gente...

—Stevie —insistió Nate para devolver a su amiga al presente, a la hierba húmeda y fría que estaban pisando.

—Fenton —siguió Stevie—. Creía que en el testamento de Albert Ellingham había un codicilo, algo que especificaba que quien encontrara a Alice se llevaría una fortuna. Es todo como de teoría conspiranoica, pero ella lo creyó. Dijo que tenía la prueba. Yo no la vi, pero afirmó que la tenía. Estaba completamente paranoica..., solo guardaba documentos en papel. Tenía un esquema relacional en la pared. Dijo que estaba haciendo encajar algo muy gordo. Llamé para contarle lo que había averiguado, pero me dijo que no podía hablar y repitió algo como «Está aquí, está aquí». Después, su casa ardió.

Nate se rascó la cabeza despacio.

—¿Puede haber alguna posibilidad de que fuera un accidente? —preguntó—. Por favor, dime que sí.

—Tú ¿qué crees? —preguntó ella en voz baja.

—Yo ¿qué creo? —repuso Nate, sentándose en uno de los bancos al borde del jardín hundido.

Stevie se sentó a su lado y notó el frío de la piedra a través de la ropa.

—Creo que no sé qué pensar —respondió el chico—. Normalmente no creo en las conspiraciones, porque la gente no suele organizarse lo suficiente para concluir con éxito tramas importantes y complejas. Pero también creo que, si en un lugar y momento determinados se dan una serie de circunstancias extrañas, quizá sea porque estén relacionadas. Por ejemplo, Hayes murió mientras estabais grabando el vídeo sobre el caso Vermont. Luego murió Ellie cuando se escapó después de que descubrieras que había escrito los guiones de Hayes. Ahora tu asesora está muerta (a la que estabas ayudando a estudiar el material de Ellingham), y murió justo cuando dijiste que habías averiguado quién cometió el crimen del siglo. Ha sido una sucesión de terribles accidentes, o quizá no, pero no se me ocurre nada y necesito conservar mis energías para poder flipar mejor. ¿Te he ayudado algo?

—No —respondió Stevie con la vista puesta en el cielo gris rosáceo.

—¿Y si..., y escúchame bien, y si comunicaras a las autoridades todo lo que sabes y te desentendieras ya del tema?

—Pero es que no sé nada —protestó ella—. Ese es el problema. Necesito saber más. ¿Y si todo está relacionado? Tiene que estarlo, ¿no? Iris y Dottie y Alice, Hayes y Ellie y Fenton.

—¿En serio?

—Necesito pensar.

Stevie se pasó la mano por el pelo corto y rubio. Se le había quedado de punta. No se había cortado el pelo desde su llegada a Ellingham a primeros de septiembre. Una vez lo había intentado, en su cuarto de baño a las dos de la madrugada, pero cuando llegó a la mitad ya no veía bien el resto. El resultado fue un corte descuidado que caía más sobre un ojo que sobre el otro y que a menudo se elevaba hacia el cielo como el copete de una cacatúa asustada. Se había mordido las uñas hasta llegar a la carne y, aunque la academia disponía de servicio de lavandería, llevaba la misma sudadera casi a diario. Estaba perdiendo la consciencia de su aspecto físico.

—Entonces, ¿qué plan tienes? ¿Deambular por ahí todo el tiempo, sin comer y sin hablar con nadie?

—No —respondió—. Tengo que hacer algo. Necesito más información.

—Muy bien. —Nate se dio por vencido—. ¿Dónde puedes encontrar información que no sea peligrosa ni equivocada?

Stevie se mordió una cutícula, pensativa. Buena pregunta.

—Volviendo al presente —siguió Nate—, Janelle nos va a enseñar un prototipo de su máquina esta noche. Está preocupada por si no vienes.

Por supuesto. Mientras Stevie se perdía por aquellos pequeños derroteros de su mente, la vida seguía su curso. Janelle Franklin, su mejor amiga de la academia y vecina de cuarto, había pasado todo su tiempo en Ellingham construyendo una máquina para la competición Sendel Waxman. Ya la había terminado y quería hacer una demostración a sus amigos. A través de la nebulosa de su mente, Stevie fue capaz de recordarlo... «Esta noche, a las ocho. Ver la máquina».

—De acuerdo —dijo—. Iré. Claro que iré. Ahora necesito seguir pensando.

—Quizá necesites volver a casa y dormir una siesta, o ducharte, o algo. Porque no me parece que estés bien.

—¡Eso es! —exclamó, levantando la cabeza de repente—. No estoy bien.

—Un momento, ¿qué dices?

—Necesito ayuda —dijo con una sonrisa—. Necesito ir a hablar con alguien a quien le encantan los retos.

Febrero, 1936

—No ha llegado, querida —dijo Leonard Holmes Nair mientras limpiaba la punta del pincel con un trapo—. Hemos de tener paciencia.

Iris Ellingham estaba sentada ante él en un sillón de mimbre que solía usar cuando hacía mejor tiempo. Se estremeció en su abrigo blanco de angora, pero Leo sospechaba que no era a causa del frío. Hacía un día relativamente templado para encontrarse a mediados de febrero en la montaña, con la temperatura justa para poder trabajar en un cuadro de la casa y la familia al aire libre. A su alrededor, los alumnos de la recién creada Academia Ellingham iban de un edificio a otro a paso ligero, enfundados en abrigos, bufandas y mitones y con los brazos cargados de libros. Sus charlas rompían el antaño silencio cristalino de aquel lugar de retiro en la montaña. Aquel palacio —la obra de arquitectura y paisajismo—, aquel prodigio de ingeniería y determinación... ¿todo para una academia? Era, en opinión de Leonard, como preparar el más exquisito de los festines para después sacarlo y contemplar cómo lo devoraban los mapaches.

—Seguro que tienes un poco —dijo Iris, revolviéndose en su asiento—. Tú siempre tienes algo.

—Debes tener cuidado. No querrás que el polvo se apodere de ti.

—Basta ya de sermones, Leo. Dame un poco.

Leo suspiró, metió la mano en el bolsillo de la bata y sacó una pequeña caja esmaltada con forma de zapato. Ayudándose de una uña, depositó una pizca de polvo en la mano abierta de la mujer.

—Es lo único que me queda hasta que reciba otro pedido —dijo—. El género bueno viene de Alemania y tarda su tiempo.

Iris volvió la cabeza e inspiró con delicadeza. Cuando lo miró de nuevo, mostraba una sonrisa más amplia.

—Mucho mejor —dijo.

—Me arrepiento de haberte metido en esto. —Leo volvió a guardar la cajita en el bolsillo—. Un poco de vez en cuando no está mal. Consúmelo con asiduidad y te dominará por completo. Ya he visto algún caso.

—Así tengo algo que hacer —repuso la mujer mientras observaba a los alumnos—. No podemos hacer otra cosa aquí arriba ahora que parece que dirigimos un orfanato.

—Háblalo con tu marido.

—Casi tendría más suerte hablándolo con la montaña. Todo lo que a Albert se le antoja...

—... lo compra. Una situación terrible, estoy seguro. Pero hay mucha gente a la que no le importaría nada estar en esta situación. El país está viviendo una crisis.

—Soy consciente de ello —le espetó—. Pero deberíamos

estar en Nueva York. Podría abrir una cocina solidaria. Podría dar de comer a mil personas al día. Y, sin embargo, ¿qué hacemos aquí? ¿Formar a treinta alumnos? La mitad son hijos de amigos nuestros. Si sus padres quieren librarse de ellos, podrían mandarlos a un internado.

—Si pudiera explicárselo a tu marido, lo haría —dijo Leo—. Pero solo soy el pintor de la corte.

—Eres bobo.

—Eso también. Pero soy vuestro bobo. Ahora no te muevas. Tienes el mentón en la posición perfecta.

Iris se quedó inmóvil unos instantes, pero después se hundió un poco en el sillón. El polvo había empezado a relajarla. La posición perfecta se deshizo.

—Dime una cosa... —añadió—. Ya sé tu opinión al respecto, pero... Alice se está haciendo mayor. En un momento dado, será bueno saber...

—Deberías saber que no debes preguntármelo —repuso el hombre mientras impregnaba el pincel de pintura con delicadeza y daba un toque de gris a un azul muy vivo—. Te he dado algo bueno. Esa no es manera de agradecérmelo.

—Lo sé, querido. Lo sé. Pero...

—Si Flora hubiera querido que supieras quién es el padre, ¿no crees que te lo habría dicho? Y yo no lo sé.

—Pero a ti sí te lo diría.

—Estás poniendo a prueba mi amistad —se quejó Leo—. No me pidas cosas que no puedo darte.

—Mi día ha terminado —dijo la mujer al tiempo que sacaba la pitillera de plata—. Voy a darme un baño caliente.

Se puso en pie arrastrando el abrigo a su espalda al

atravesar el césped de camino a la puerta principal. Leo le había proporcionado el polvo que la ayudaba a sobrellevar su aburrimiento; pequeñas dosis de vez en cuando, las mismas que tomaba él. Últimamente, el hombre había notado un cambio en el comportamiento de su amiga; se mostraba impaciente, reservada, con cambios de humor. Conseguía más por otro lado, consumía a menudo y se ponía nerviosa cuando estaba sola. Se estaba enganchando. Albert no sabía nada, por supuesto. Ahí radicaba buena parte del problema. Albert gobernaba su reino y se lo pasaba bien, e Iris se hundía en picado al no tener apenas nada en qué ocupar su ágil mente.

Quizá podrían regresar a Nueva York. Flora, Iris y Alice y él. Era lo único sensato. Llevarla de vuelta a un lugar que la estimulaba, visitar a un médico que conocía en la Quinta Avenida y que solucionaba ese tipo de problemas.

Albert se opondría. No podía soportar estar lejos de Iris y Alice. Una sola noche le parecía demasiado. Su devoción hacia su esposa e hija era admirable. La mayor parte de los hombres de la posición de Albert tenían múltiples aventuras, una amante en cada ciudad. Albert parecía un hombre leal, lo que significaba que probablemente solo tuviera una. Quizá en Burlington.

Leo levantó la vista hacia el modelo que tenía delante, la casa melancólica con su telón de piedra que se alzaba tras ella. El sol de la tarde de finales de febrero era de lavanda blanca, los árboles desnudos estaban grabados en el horizonte como sistemas circulatorios visibles de criaturas enormes y misteriosas. Retocó la pintura del lienzo y retrocedió. Las tres figuras del cuadro lo miraban expectantes. Había algo que desentonaba, algo que no podía comprender en aquel modelo.

Existe la idea errónea de que la riqueza satisface a los hombres. Normalmente, ocurre todo lo contrario. Provoca ansia en muchos de ellos; no importa cuánto coman, nunca se sacian. Como si tuvieran un agujero en alguna parte. De pronto, Leo lo vio todo claro en el sol a punto de ponerse, en los rostros de sus modelos y en el color del horizonte. Examinó su paleta unos instantes, concentrado en el azul de Prusia y en cómo crear con él un cielo moribundo.

—¿El señor Holmes Nair?

Dos alumnos se habían acercado a Leonard mientras contemplaba el cuadro, un chico y una chica. Él tenía un rostro hermoso, su pelo era de auténtico color dorado, ese color que los poetas describen tan a menudo pero que tan pocas veces se ve. La sonrisa de ella era como una pregunta peligrosa. Lo primero que le llamó la atención era lo vivaces que parecían ambos. En contraste con lo que los rodeaba, se les veía radiantes y pletóricos. Hasta mostraban rastros de sudor en la frente y bajo los ojos. El leve desorden de la ropa. El pelo revuelto.

Acababan de hacer algo, y no les importaba que se notara.

—Usted es Leonard Holmes Nair, ¿verdad? —dijo el chico.

—Lo soy —respondió Leo.

—Vi su exposición «Orfeo Uno» en Nueva York el año pasado. Me gustó mucho, más incluso que la de «Hércules».

El muchacho tenía buen gusto.

—¿Te interesa el arte? —le preguntó.

—Soy poeta.

Por lo general, a Leo le gustaban los poetas, pero era muy

importante no dejarlos sacar el tema de su trabajo si uno quería seguir disfrutando de la poesía.

—¿Le importa que le saque una foto? —preguntó el chico.

—Supongo que no —contestó con un suspiro.

Mientras el chico sacaba la cámara, Leo se fijó en su compañera. El muchacho era hermoso; la chica, atractiva. Sus ojos mostraban una inteligencia chispeante. Apretaba un cuaderno contra su pecho de una forma que daba a entender que su contenido, cualquiera que fuese, era muy valioso y probablemente contravenía alguna norma. Su ojo de pintor y su alma pervertida le dijeron que era con la chica con quien había que tener cuidado. Si en la Academia Ellingham había alumnos como aquellos, quizá el experimento no fuera un completo despilfarro.

—¿Tú también eres poeta? —preguntó Leo a la chica con cortesía.

—De ninguna manera —repuso—. Pero me gustan algunos poemas. Me gusta Dorothy Parker.

—Me alegro. Dorothy es amiga mía.

El chico trasteaba con la cámara. Una cosa era esperar a que Cecil Beaton o Man Ray encontraran el ángulo adecuado, y otra muy distinta esperar por aquel muchacho, por muy buen gusto que tuviera. La chica pareció darse cuenta y también empezó a perder la paciencia.

—Hazla ya, Eddie —dijo.

El chico sacó la foto al instante.

—No pretendo ser grosero —dijo Leo, pretendiendo ser tan grosero como deseaba—, pero es que me voy a quedar sin luz.

—Vamos, Eddie, es mejor que volvamos —dijo la chica dirigiendo una sonrisa a Leo—. Muchas gracias, señor Nair.

Los dos prosiguieron su camino; el chico en una dirección, la chica en otra. Leo la observó unos instantes mientras corría hacia el pequeño edificio llamado Casa Minerva. Tomó nota mental para hablarle de ella a Dorothy, que enseguida extravió en una mesita auxiliar también mental atiborrada de papeles. Se frotó el entrecejo con el paño encerado. Había perdido la visión de la casa y sus secretos. El momento se había esfumado.

—Hora del aperitivo —anunció—. Ya está bien por hoy.

2

—QUIERO HABLAR SOBRE LA MARCHA DE MI TRABAJO —MINTIÓ STEVIE.

Stevie se sentó delante del enorme escritorio que ocupaba buena parte de la estancia, una de las más hermosas de la Casa Grande. En un principio, había sido el vestidor de Iris Ellingham. La seda gris paloma seguía tapizando las paredes. Hacía juego con el color del cielo. Pero en vez de una cama y tocadores, la habitación ahora estaba llena de estanterías que llegaban hasta el techo.

Intentó no mirar directamente a la persona que se sentaba al otro lado de la mesa, el hombre alto con su camiseta de Iron Man, su americana entallada, sus gafas estilosas y su mechón de pelo rubio que le caía sobre la frente. Así que se concentró en el cuadro que colgaba entre las ventanas, el dibujo enmarcado de la pared. Lo conocía bien. Era el plano de la Academia Ellingham. Estaba impreso en los papeles de admisión. Había incluso carteles a la venta. Era una de esas cosas que siempre estaban ahí y en las que uno no se fijaba. No era del todo preciso; se trataba más bien de una representación artística. Para empezar, los edificios eran enormes y estaban sumamente embellecidos. Había oído que era obra de un antiguo alumno que después se dedicó a ilustrar libros infantiles. Aquella era la fantasía de la Academia Ellingham, el cuadro amable dibujado para el mundo.

—Me alegro mucho de que hayas venido a hablar conmigo —dijo Charles.

Stevie lo creyó. Al fin y al cabo, todo en Charles sugería que quería ser divertido y cercano, desde los letreros de la puerta del despacho que decían CUESTIONA TODO; RECHAZO TU REALIDAD Y SUSTITUYO LA MÍA, y otro más grande, hecho a mano y colgado en el medio en el que se leía ¡RÉTAME! También había muñequitos Funko Pop! apiñados en los alféizares de Iris Ellingham junto a fotos de lo que Stevie supuso que eran de los equipos de remo de Charles en Cambridge y Harvard. Y es que, por muy dinámico e inquieto que fuera, Charles tenía una excelente formación. Todos los miembros del claustro de Ellingham la tenían. Llegaban, cargados de títulos, premios y experiencia, a dar clase en la montaña.

La cuestión era que no había ido hasta allí a hablar de sus sentimientos. A algunas personas no les importaba lo más mínimo, eran capaces de sincerarse con quien fuera y de soltar todo lo que tenían dentro. Stevie prefería cualquier cosa antes que compartir su frágil ser interior con otra persona, ni siquiera quería compartirlo consigo misma. Tenía que caminar sobre la fina línea que separaba parecer vulnerable y mostrar sus emociones delante de Charles, porque mostrar sus verdaderas emociones le parecía una ordinariez. Stevie no lloraba nunca, y menos aún delante de los profesores.

—Estoy intentando... procesar —dijo Stevie.

Charles hizo un gesto de aprobación. *Procesar* era un buen término, de esos a los que una persona que se dedicaba a *administrar* podía aferrarse y manejar... y lo bastante clínico como para evitar que Stevie se quedara sin saber qué decir.

—Stevie —empezó el hombre—. Ya casi no sé ni qué decir. Ha habido mucho sufrimiento aquí este año. Y buena parte de él te ha tocado de cerca, de algún modo. Has sido increíblemente fuerte. No tienes ninguna obligación de serlo. Que no se te olvide. No hay necesidad de ser siempre valiente.

Las palabras casi la taladraron. No quería seguir siendo valiente. Era agotador. La ansiedad se arrastraba continuamente por el interior de su piel, como una criatura extraña que pudiera romperla en cualquier momento. Stevie se dio cuenta del sonoro tictac que se oía en el despacho. Se volvió hacia la chimenea, donde reposaba un gran reloj de mármol verde. En otro tiempo, el reloj había estado en la planta baja, en el despacho de Albert Ellingham. Era un modelo refinado, obviamente muy valioso, de color verde bosque con vetas doradas. Se rumoreaba que había pertenecido a María Antonieta. ¿Sería solo un rumor? ¿O, como tantas cosas en aquel lugar, era una realidad poco probable?

Ahora que Charles estaba preparado y atento, era el momento de conseguir lo que había venido a buscar: información.

—¿Puedo hacerle una pregunta?

—Por supuesto.

Stevie miró el reloj verde mientras las agujas antiguas y delicadas se movían con precisión sobre la esfera.

—Es sobre Albert Ellingham —añadió.

—Probablemente sepas tú más que yo sobre él.

—Es sobre una cosa de su testamento. Se dice que hay algo en él, algo que dice que, si alguien encuentra a Alice, se llevará todo el dinero. O mucho dinero. Una recompensa. Y que, si no aparece, el dinero se destinará a la academia. Siempre creí que era un rumor..., pero la doctora Fenton así lo creía. Usted está en la junta directiva, ¿no? Debería saberlo. Y ¿no se comenta que la academia va a recibir mucho dinero muy pronto?

Charles se recostó sobre el respaldo y se puso las manos detrás de la cabeza.

—No quiero hablar mal de nadie —confesó—, y menos aún de alguien que ha fallecido recientemente en circunstancias tan trágicas, pero parece ser que la doctora Fenton tenía algún problema del que no éramos del todo conscientes.

—Tenía problemas con la bebida. Eso no significa que estuviera equivocada.

—No —admitió él con un gesto de asentimiento—. No hay nada en el testamento sobre algún tipo de recompensa si alguien encuentra a Alice. Hay depósitos que habría heredado Alice si siguiera con vida. Esos depósitos van a vencer. Por eso estamos reformando el granero y construyendo nuevos edificios.

Así de claro y de simple. De repente, las ideas improbables de Fenton parecieron convertirse en humo.

Como su casa.

—Y ahora, ¿puedo hacerte yo una pregunta? David Eastman fue a Burlington y no volvió al campus. No quería involucrarte en esto. Ya has pasado lo tuyo. Pero el padre de David...

—... es el senador King.

—Supuse que lo sabías —continuó el hombre con gesto serio—. Es algo que llevamos con mucha discreción. Uno de los motivos es la seguridad; el hijo de un senador requiere cierto grado de protección. Y este senador...

—... es un monstruo —concluyó Stevie.

—... es una persona con ideas políticas muy controvertidas con las que no todos estamos de acuerdo. Pero tú lo has expresado mejor.

Stevie y Charles compartieron una leve sonrisa.

—Estoy siendo franco contigo, Stevie. Sé que el senador King tuvo algo que ver en tu regreso a la academia. Me imagino que no te habrá sentado nada bien.

—Se presentó en mi casa.

—¿Tienes una relación estrecha con David? —preguntó Charles.

—Somos...

Visualizó cada uno de los momentos. La primera vez que se besaron. Rodando en el suelo de su cuarto. La vez que estuvieron los dos en el túnel. El tacto de su pelo entre los dedos. Su cuerpo, fuerte y esbelto y cálido y...

—Vivimos en la misma casa —dijo.

—¿Y no tienes ni idea de dónde está?

—No —respondió. Lo cual era cierto. No tenía ni idea. No había contestado a sus mensajes—. No es... muy comunicativo.

—Seré sincero contigo, Stevie: estamos en la cuerda floja. Si ocurre algo más, no sé cómo vamos a poder mantener la academia abierta. Así que, si se pone en contacto contigo, ¿te importaría decírmelo?

Era una petición justa, planteada de modo razonable. Asintió.

—Gracias —dijo el hombre—. ¿Sabes que la doctora Fenton tenía un sobrino? Está estudiando en la universidad y vivía con ella.

—Hunter —repuso Stevie.

—Bien. Pues se ha quedado sin casa. Así que la directiva ha decidido que, ya que la doctora Fenton era tutora de una de nuestras alumnas y estaba tan interesada en Ellingham, puede quedarse aquí hasta que encuentre un sitio donde alojarse. Y como tu casa está más vacía de lo normal...

Era verdad. La casa crujía y crepitaba de noche con la mitad de sus ocupantes muertos o desaparecidos.

—Irá a la facultad cuando lo necesite. Pero me pareció lo mínimo que podíamos hacer como institución. Se lo ofrecimos y aceptó. Creo que, igual que su tía, está muy interesado en este lugar.

—¿Cuándo viene?

—Mañana, en cuanto le den el alta en el hospital. Está mejorando mucho, pero lo ingresaron para tenerlo en observación y para que la policía pudiera hablar con él. Lo perdió todo en el incendio, así que la academia va a contribuir con lo más imprescindible. He tenido que cancelar las salidas a Burlington por David, pero podría autorizar una salida para que compres algunas cosas que necesita. Supongo que se te dará mejor a ti escoger cosas que le gusten que a un viejo como yo.

Abrió su cartera y sacó una tarjeta de crédito que entregó a Stevie.

—Necesita un abrigo nuevo, botas, ropa de abrigo, como

forros polares, calcetines y zapatillas. Procura no gastar más de mil dólares. Puedo pedir a alguien de seguridad que te lleve a L. L. Bean y pasar una hora en la ciudad. ¿Crees que te vendrá bien un viaje a Burlington?

—Desde luego —respondió Stevie.

Era un giro de los acontecimientos inesperado y muy bien recibido. Quizá abrirse al mundo fuera el modo correcto de proceder.

En cuando salió, Stevie sacó el teléfono y tecleó un mensaje.

«Me voy a Burlington. ¿Podemos vernos?»

La respuesta no se hizo esperar.

«¿Dónde y cuándo?»

Era el momento de obtener información real.

3

Burlington, en el estado de Vermont, es una ciudad pequeña situada a orillas del lago Champlain, una masa de agua que separa Vermont y Nueva York. El lago es vasto y pintoresco y se extiende hasta Canadá. Con buen tiempo, se puede salir a navegar. De hecho, fue en esta extensión de agua donde Albert Ellingham realizó su fatal salida. La ciudad fue en otro tiempo importante e industrial; en los últimos años había adquirido un tinte más artístico. Había estudios de arte, muchos centros de yoga y tiendas *new age*. Por todas partes había referencias a los deportes de invierno. Pero sobre todo en los enormes almacenes L. L. Bean, sus existencias de calzado y bastones de nieve, esquís y botas y anoraks gruesos voceaban el mensaje: «¡Vermont! ¡No tienes ni idea del frío que puede llegar a hacer! ¡Es una locura!».

Stevie se bajó del coche delante de los almacenes, aferrando la tarjeta de crédito que había recibido apenas una hora antes. Era un tanto extraño ir a comprar ropa para un chico a quien apenas conocía. Hunter era agradable. Vivía con su tía durante el curso universitario. Estudiaba Ciencias Medioambientales. Era rubio, pecoso y estaba interesado en el caso

Vermont. Quizá no tanto como su tía o Stevie, pero bastante. Incluso había permitido a Stevie consultar los archivos de su tía. Stevie no había visto gran cosa, pero gracias a ellos había obtenido la idea de la grabación.

El resto, literalmente, se había convertido en humo. Todo el trabajo de Fenton, todo lo que había recopilado, todo lo que sabía.

En cualquier caso, Stevie tenía que darse prisa en comprar varias cosas para un chico al que apenas conocía. Charles le había dado una lista con las tallas, encabezada por un abrigo. Había un montón de abrigos negros, todos ellos costaban bastante más de lo que Stevie había gastado en cualquier prenda. Después de unos instantes de confusión y de ir de un perchero a otro, mirando precios y grados de aislamiento, terminó decidiéndose por el primero. Las zapatillas siempre le habían parecido algo bastante innecesario hasta que llegó a Ellingham y entró descalza en el cuarto de baño el primer día de invierno de verdad. En cuanto su piel tocó las baldosas y parte de su ser quedó petrificado, supo para qué servían las zapatillas. Eligió unas forradas de borrego que casi parecían zapatos con suela antideslizante; a veces Hunter utilizaba muletas a causa de la artritis, así que serían más seguras si contaba con algo de tracción. Lo llevó todo a la caja registradora, donde una dependienta muy amable intentó entablar conversación sobre el esquí y el invierno, y Stevie se quedó mirándola con cara de no estar enterándose de nada hasta completar la transacción. Quince minutos y varios cientos de dólares después, salió de los almacenes con una bolsa extragrande que chocaba con sus rodillas al andar. Le quedaba poco tiempo para lo que había venido a hacer.

Aunque era poco más de media tarde, las farolas de Burlington fueron cobrando vida entre parpadeos. La zona peatonal de Church Street estaba adornada con farolillos. Había puestos de sidra caliente y palomitas de sirope de arce. Por todas partes había perros tirando de sus dueños. Stevie se abrió paso entre la gente para llegar a su destino, un café pequeño y alegre junto a una de las muchas tiendas de yoga y deportes de exterior. Larry ya estaba allí cuando llegó, sentado ante una mesa con su chaquetón de franela a cuadros rojos y negros y expresión indescifrable.

Larry, o, para usar su nombre completo, Larry Seguridad, era el antiguo responsable de seguridad de la Academia Ellingham. Lo habían despedido tras la aparición del cadáver de Ellie en el sótano de la Casa Grande. Desde luego, lo que le ocurrió a Ellie no había sido culpa de Larry, pero alguien tenía que pagar por ello. En su vida anterior, antes de Ellingham, había sido detective de homicidios. Ahora estaba en paro, pero conservaba una expresión seria y decidida. No tenía ninguna bebida ante él. Larry, supuso Stevie, era un hombre que nunca había tenido que pagar más de dos dólares por una taza de café, y no iba a empezar ahora. A Stevie le daba vergüenza ocupar una mesa y no tomar nada, así que se acercó al mostrador y pidió el café más barato que tenían: solo y en taza normal, sin espumita ni tonterías.

—Bien —dijo Larry en cuanto ella se sentó—. La doctora Fenton.

—Sí.

—¿Estás bien?

A Stevie no le gustaba el café solo, pero bebió un sorbo de todas formas. Ocasiones como aquella requerían bebidas calientes y amargas que no tenían por qué gustarte. Solo necesitabas estar despierta.

—No la conocía mucho —confesó Stevie tras una pausa—. Solo nos vimos unas cuantas veces. ¿Qué pasó? Sé que usted debe saber algo.

Larry inspiró ruidosamente y se frotó el mentón.

—Empezó en la cocina —contestó—. Parece que una de las espitas de gas de la cocina había quedado abierta. La estancia se llena de gas, la mujer enciende un cigarrillo... Dicen que la cocina estalló como una bola de fuego. Fue muy fuerte.

Larry nunca se andaba con paños calientes.

—Habría sido difícil no fijarse en una cosa así —prosiguió—, pero se sabía que la doctora Fenton tenía problemas con el alcohol. Por el montón de botellas vacías que se encontraron en el porche, no lo había superado.

—Me lo contó Hunter —apuntó Stevie—. Y vi las botellas. Además, dijo que el tabaco la había dejado sin sentido del olfato. Su casa apestaba y ella no era capaz de olerlo.

—El sobrino tuvo suerte. Estaba en el piso de arriba y al otro lado de la casa. Bajó cuando olió el humo. Las llamas se habían propagado por la planta baja. Intentó entrar en la cocina, pero fue imposible. Sufrió quemaduras, inhaló humo. Salió dando tumbos y se desplomó. Pobre chico. Pudo haber sido peor, pero...

Se quedaron en silencio unos instantes, imaginando aquel horror.

—Tenía gatos —añadió Stevie—. ¿Están bien?

—Los encontraron. Salieron por la gatera.

—Qué bien —repuso Stevie haciendo un gesto de aprobación—. Bueno... qué bien, no. O sea..., qué bien por los gatos. Pero no...

—Ya te entiendo —dijo Larry.

Se recostó en el respaldo, cruzó los brazos y la observó con aquella mirada glacial capaz de helar la sangre de cualquier sospechoso durante dos décadas.

—La suerte no dura eternamente —continuó por fin—. Ya han muerto tres personas: Hayes Major y Element Walker en la academia, y ahora la doctora Fenton. Tres personas relacionadas con Ellingham. Tres personas que conocías. Tres personas en tres meses. Son muchas muertes, Stevie. Voy a volver a preguntarte una cosa: ¿has considerado la idea de irte de Ellingham?

Stevie clavó la vista en la espiral grasienta de la superficie de su café. El grupo sentado en otra de las mesas se reía demasiado alto. Tuvo las palabras en la punta de la lengua: «Lo he resuelto. He resuelto el crimen del siglo. Sé quién lo hizo». Las palabras se acercaron a sus labios, tocaron la cara interior de sus dientes y después... retrocedieron.

Porque no era una cosa para decir en voz alta. No se le decía a un miembro de un cuerpo policial que sabías quién había cometido uno de los crímenes más horrendos de la historia de los Estados Unidos porque has encontrado una antigua grabación y tienes unas cuantas corazonadas importantes. Así echabas a perder tu credibilidad.

—¿Qué? —preguntó Larry—. ¿Qué me estás ocultando?

Ya que iba a guardarse la información más valiosa, Stevie buscó otra cosa, algo que mereciera la pena. Su mente eligió el dato más inmediato y lo soltó antes de que le diera tiempo a sopesar si quería compartirlo o no:

—David —respondió—. Hizo que le pegaran. Se ha ido.

—Ya vi el vídeo —dijo el hombre.

—Ah, ¿sí?

—Tengo un teléfono —repuso—. Puede que sea un viejo, pero sigo todas las noticias que tengan que ver con Ellingham. ¿Qué quieres decir con «hizo que le pegaran»? ¿Y «se ha ido»?

—Quiero decir que pagó a unos chicos que andaban por allí con los monopatines para que lo hicieran. Lo grabó. Lo subió a la red él mismo, en aquel preciso momento. Yo estaba allí. Lo vi todo.

Larry se pellizcó la nariz, pensativo.

—O sea que... ¿me estás diciendo que hizo que le dieran una paliza y colgó el vídeo allí mismo?

—Sí.

—Y desapareció en Burlington.

—Sí.

—Quieres decir, justo cuando ardió la casa de la doctora Fenton.

—Estas dos cosas no tienen nada que ver —indicó—. Ni siquiera conocía a la doctora Fenton.

Justo cuando pronunciaba estas palabras, se le ocurrió una idea. Si no hubiera estado tan preocupada, lo habría relacionado antes. Aunque David no conociera a la doctora Fenton, sí había conocido a su sobrino, Hunter. Hunter y ella estaban paseando juntos. «No pierdes el tiempo», había dicho. «Tu nuevo chico. Me alegro mucho por los dos. ¿Cuándo pensáis anunciar el gran día?».

¿Estaba celoso? ¿Lo suficiente para... quemar la casa de Hunter?

No. Lo había dicho con indiferencia, como si pensara que tenía que decir algo sarcástico. ¿O no?

Larry se puso las gafas de leer y sacó su teléfono. Vio el vídeo de David y lo paró casi al final.

—Stevie —dijo Larry enseñándole una imagen de David con la cara cubierta de sangre—, alguien que (tal como me has dicho) paga a otra persona para que le haga esto y después sube el vídeo a internet es capaz de cualquier cosa. Los King... —Bajó la voz inmediatamente—, esa familia, son un gran problema.

—Lo hizo —Stevie señaló el teléfono— para dar a su padre en las narices.

—No estás ayudando a su situación —se quejó Larry—. Mira, lo siento por el hijo. No es mal chico. Creo que el problema es el padre. Pero siempre se portó mal. Sé que era muy amigo de Element Walker. Debió de ser un golpe muy duro cuando apareció muerta y ser él quien encontró el cadáver. Eso afecta mucho a una persona.

Lo había sido. David se había venido abajo y ella, incapaz de procesar lo que estaba pasando, se había puesto muy nerviosa. Le había fallado porque no podía controlarlo todo. Comenzó a notar el sentimiento de culpa por todas partes: en el sabor del café, el olor del local y el frío que entraba por la ventana. Culpa y paranoia. Notó el martilleo en el pecho, el motor de la ansiedad rugiendo, haciéndola saber que estaba allí.

—¿Tienes idea de dónde puede estar?

Negó con la cabeza.

—¿Habéis estado en contacto?

Volvió a negar.

—¿Estás dispuesta a enseñarme tu teléfono y demostrármelo?

—Es la verdad.

—Tienes que prometerme una cosa ahora mismo: si se pone en contacto contigo, avísame. No estoy diciendo que haya tenido que ver con el incendio..., solo digo que puede suponer un peligro para sí mismo.

—Sí —aceptó Stevie—. Se lo prometo.

El local estaba empezando a latir, los contornos de los objetos a agitarse ante sus ojos. Un nuevo ataque de pánico acechaba, y no tardaría en producirse. Rebuscó en su mochila disimuladamente hasta encontrar el llavero. En él guardaba un frasquito con tapón de rosca. Lo destapó con una mano temblorosa y volcó su contenido sobre la otra por debajo de la mesa. Un Ativan de emergencia, siempre encima por si era necesario. Respira, Stevie. Inspira hasta cuatro segundos, retén hasta siete, espira en el ocho.

—Tengo que volver —anunció al tiempo que se levantaba de la mesa.

—Stevie —dijo Larry—. Prométeme que vas a tener cuidado.

No hizo falta que le indicara con qué debía tener cuidado. Era con todo y con nada. Con el espectro de los bosques. Con el crujir del suelo. Con cualquier cosa que se ocultara detrás de aquellos accidentes.

—Seguimos en contacto —se despidió Stevie—. Le avisaré si tengo noticias de David. Prometido. Tengo que ir al lavabo.

Alcanzó la mochila y se dirigió a trompicones hacia los lavabos. Una vez dentro, se introdujo la píldora en la boca y metió la cabeza debajo del grifo para beber un trago de agua. Se irguió, se limpió el agua que le goteaba de la boca y miró su imagen pálida en el espejo. El aseo estaba latiendo. La pastilla no tenía un efecto inmediato, pero no tardaría en hacerlo.

Salió del baño, pero esperó en el pasillo hasta que Larry se fue. Mientras esperaba, echó un vistazo al tablón de anuncios, con tarjetas de instructores de yoga, fisioterapeutas, clases de música, talleres de alfarería. Estaba a punto de darse la vuelta y marcharse cuando algo en el folleto azul de la esquina inferior derecha despertó su interés. Se detuvo y lo leyó con más atención:

CABARET DE BURLINGTON VON DADA DADA
DADA DADA
Ven a no ver nada. Haz ruido.
Bailar es obligatorio y está prohibido. Todo está delicioso.
Centro de Acción Colectiva de Artes de Burlington
Todos los sábados a las 9:00 p. m.
Tú eres tu propia entrada

Había un dibujo de una persona pintada de azul y dorado tocando un violín con un cuchillo de trinchar, otra persona con cajas de cartón en los pies y los puños, y, al fondo, con un saxofón en la mano...

Estaba Ellie.

4 de abril, 1936

LA ACADEMIA ELLINGHAM ERA RICA EN DINAMITA.

Había un montón de cajas apiladas, preciosas, cartuchos de un color beis apagado con señales de advertencia. Dinamita para volar rocas y allanar las superficies montañosas. Dinamita para los túneles. La dinamita gobernaba su corazón. No Eddie. La dinamita.

Al llegar, Albert Ellingham bromeó con ella, la dejó sostener un cartucho en la mano y después se rio del interés que mostraba. Desde entonces, se mantuvo alerta. Como ya se había construido la mayor parte del campus, no quedaba tanta dinamita, pero de vez en cuando oía a alguno de los operarios pronunciar la palabra y lo seguía. Fue durante uno de esos paseos cuando oyó que alguien preguntaba qué debían hacer con unos tablones.

—Tíralos al agujero —respondió su compañero.

Observó al hombre acercarse a una estatua. Un instante después, se sentó en el suelo y se metió por un hueco abierto en la tierra.

Inmediatamente, Francis se puso a investigar cuando no había moros en la costa. Tardó cierto tiempo en descubrir por dónde había desaparecido el hombre. Justo debajo de la estatua había una zona rocosa. Estaba segura de que era una trampilla encubierta. Tardó cierto tiempo en descubrir cómo abrirla; a Albert Ellingham le encantaban los juegos y los trucos arquitectónicos. Lo averiguó y la roca cedió, revelando una abertura y una escalera de madera para facilitar el descenso.

El espacio donde había entrado tenía la apariencia de un proyecto inconcluso; a Francis le recordó mucho a cuando su madre había decidido que quería una sala de música antes de darse cuenta de que ni tocaba ningún instrumento ni era particularmente aficionada a la música. La idea a medio terminar, los primeros golpes de cincel antes de que el escultor decidiera que ni el tema ni el material eran de su agrado... Los ricos hacían cosas así. Dejaban cosas a medias.

Este proyecto era de una escala mayor que la sala de música de su madre. La primera parte del espacio estaba excavada y con las paredes de roca irregular, para darle la apariencia de cueva. Más adelante, el espacio se estrechaba y describía una curva. Había un umbral hecho de roca. En cuanto lo cruzó, se encontró en un mundo fantástico subterráneo: una gruta artificial. Había una gran zanja excavada de casi dos metros de profundidad. En su interior, se apilaban sacos de cemento y ladrillos a la espera de ser utilizados. En la pared del fondo, había una pintura al fresco que más tarde Eddie identificaría como las valquirias. En el rincón opuesto, un bote en forma de cisne pintado de verde, dorado y rojo que descansaba sobre uno de sus costados. Vio unas hileras de estalactitas y estalagmitas a medio construir que daban la apariencia de una boca llena de dientes rotos. Había basura desparramada por toda la gruta: latas de cerveza, palas rotas, paquetes de cigarrillos.

La roca había estado congelada durante meses, pero ahora la tierra cedía y Francis pudo enseñar el escondrijo a Eddie. Se escabullían al interior de la gruta varias veces por semana para llevar a cabo sus actividades secretas. Entre ellas, las físicas, por supuesto; pero la intimidad que les proporcionaba la gruta también resultaba muy útil para trabajar en su plan.

El día que decidieron dejar Ellingham para siempre, Eddie se encargaría de recoger las pistolas. Era muy fácil conseguir armas de fuego; había un montón almacenadas en el recinto. Francis se ocuparía de la dinamita. Robarían uno de los coches del garaje de detrás de la Casa Grande para la primera etapa de su fuga, pero inmediatamente se agenciarían uno nuevo en Burlington. Compraron mapas y los desplegaron en el suelo de la cueva para diseñar la ruta de escape de Vermont. Se dirigirían hacia el sur cruzando Nueva York, Pensilvania, West Virginia, Kentucky..., atravesarían la región minera. Empezarían por ciudades pequeñas. Entrarían de noche; volarían la caja fuerte. Sin derramamiento de sangre si podían evitarlo. Seguirían hasta llegar a California y luego...

... quizá sería momento de retirarse. Hasta Bonnie y Clyde llegaron al final de su viaje en Luisiana, cuando la policía les tendió una emboscaba y acribilló su Ford Deluxe hasta que hubo más agujeros que coche. Bonnie y Clyde lo entendieron. Eran poetas, decía Eddie, y escribían con balas.

Todo su plan quedó recogido en el diario de Francis: posibles rutas, explosivos caseros, trucos que había aprendido en las revistas de crímenes reales.

Aquella tarde de abril, Francis y Eddie habían vuelto a bajar a su escondrijo secreto. Eddie colocó un círculo de velas y dibujó un pentagrama en el suelo. Siempre hacía cosas así, jugaba a ser pagano. Aquella petulancia irritaba a Francis; era una guarida, no una especie de templo subterráneo. Pero Eddie tenía que disfrutar de su momento de diversión si ella quería disfrutar del suyo, así que se lo permitía.

—Hoy jugamos —propuso la chica mientras dejaba en el suelo una bolsa con material.

—Oh. Me gusta. —Eddie se dio la vuelta, tumbado en el interior del círculo y levantándose un poco la camisa—. ¿Qué juego tienes en mente?

—Hoy vamos a jugar a Cómo asustar a Albert Ellingham.

—Vaya. —Eddie se incorporó sobre los codos—. No es lo que yo esperaba, pero te escucho.

—Fue muy grosero conmigo cuando me enseñó la dinamita —dijo Francis—. Se rio de mí, como si no pudiera manejar material explosivo por ser mujer. Así que vamos a utilizarlo para divertirnos un poquito. Le escribiremos un acertijo. A él le gustan mucho los acertijos. Solo uno como este.

Buscó en la bolsa y sacó un fajo de revistas. Eligió una de las de arriba llamada *Historias policiacas reales* y la abrió por la página con una esquina doblada y una fotografía de una nota de rescate hecha con letras recortadas. Eddie se puso bocabajo para examinar la revista.

—Un poema —dijo.

—Una advertencia en forma de poema.

—Todos los buenos poemas son advertencias —puntualizó

él; Francis contuvo un gesto de hastío—. Podíamos empezarlo con «Adivina, adivinanza, ya es hora de jugar...».

Francis sacó su cuaderno y lo escribió. «Adivina, adivinanza, ya es hora de jugar». Un comienzo perfecto. A Eddie se le daban muy bien esas cosas.

—Luego podríamos hacer algo parecido al poema de Dorothy Parker, «Resumé» —continuó Eddie—. Es una lista de distintas formas de morir. Podemos poner formas de morir.

—Soga o pistola, ¿qué debemos usar? —sugirió Francis.

Fueron añadiendo versos... «Los cuchillos tienen filo y brillan como estrellas... El veneno es más lento, vaya, qué pena...». Sogas, accidentes de tráfico, cabezas rotas... La firma: «Atentamente, Perverso», que incluía a los dos.

Luego venía la segunda parte. Francis desplegó las revistas y los periódicos sobre el suelo. Llevaba semanas guardándolos, rescatando cosas de la basura, sacando artículos de la biblioteca, escamoteándoselos a Gertie: *Photoplay, Movie News, The Times, Life, The New Yorker.* Sacó las tijeras de costura que había robado a la sirvienta de su madre cuando estuvo en casa por Navidad y unas pinzas de depilar. El papel y el sobre eran de los almacenes Woolworth. Revistas, tijeras, papel, pegamento. Todo muy simple e inofensivo.

Trabajaron con cuidado, eligiendo cada letra y cada palabra, aplicando el pegamento con delicadeza, depositándolas en el papel de manera impecable. Tardaron varias horas en hallar las letras adecuadas, en colocarlas en el ángulo correcto. Francis insistió en que utilizaran guantes. No era probable que dejaran sus huellas dactilares en las letras, pero lo más inteligente era tomar precauciones.

Cuando terminaron, lo dejaron para que se secara y endureciera y se dedicaron tiempo el uno al otro, estimulados por la emoción de haber concluido su obra. Por supuesto, había más parejas que mantenían relaciones sexuales en Ellingham (una o dos). Pero lo hacían con reparo y precipitación, muertos de miedo. Eddie y Francis se unían sin temor ni vacilación. Cuando el plan que tienes en mente es una sucesión de crímenes, no importa si te pillan juntos, y su escondite estaba literalmente bajo tierra, bajo una roca. No podía haber sitio más privado.

Cuando terminaron, y aún sudando, Francis recogió su ropa y la sacudió antes de ponérsela.

—Hora de irse —dijo.

—Me niego.

—Levántate.

Eddie se levantó. Aunque de mala gana, hizo lo que Francis le decía.

Cuando acabó de vestirse, Francis volvió a guardar el material. Después se puso los guantes y dobló el papel.

—Encargaré a alguien que lo envíe —propuso mientras lo metía en el sobre con cuidado—. Llevará matasellos de Burlington.

—¿Cómo sabremos que lo ha recibido?

—Probablemente se lo contará a Nelson. Se lo cuenta todo. Hablando de Nelson, tengo que volver ya. Nelson no me quita el ojo de encima. No se fía de mí.

—Y hace bien.

La pareja salió de nuevo a la luz del día. Francis pestañeó y miró el reloj.

—Llegamos tarde —dijo—. Nelson ya debe de estar pendiente de mí. Más vale que nos demos prisa.

—Otra vez —murmuró Eddie agarrándola por la cintura—, ahora de pie contra el árbol, como animales.

—Eddie...

Era tentador, pero Francis lo apartó de un empujón. Él refunfuñó y la persiguió entre risas. Francis corrió riéndose, sujetando la bolsa de material debajo del brazo. El aire era fuerte y fresco. Todo iba cobrando forma. Pronto se habrían ido de allí, ella y Eddie, a vivir su aventura. Lejos de Nueva York, lejos de la sociedad; hacia la carretera, hacia la libertad, hacia la pasión y la locura, donde los besos jamás se agotarían y las armas escupirían ráfagas.

Una vez en la parte más poblada del campus, Eddie se paró a saludar a unos chicos de su misma casa. Francis continuó su camino hacia Minerva. A pesar de que en Ellingham había más igualdad que en la mayoría de los sitios, seguía habiendo más normas para las chicas. Tenían que regresar más temprano para descansar, leer, arreglarse para cenar.

Francis abrió la puerta de la casa y encontró a la señorita Nelson sentada muy digna en el sofá, con un gran libro en el regazo. Gertie van Coevorden también estaba allí con su sonrisa bobalicona, hojeando una revista de cine, lo único que parecía leer. Si Gertie van Coevorden tuviera dos neuronas, cada una de ellas se asombraría al enterarse de la existencia de la otra. Sin embargo, sí había desarrollado un asombroso sexto sentido que le decía cuándo alguien estaba a punto de meterse en líos, y se aseguraba de estar presente cuando sucediera.

—Llegas un poco tarde, ¿no, Francis? —dijo la señorita Nelson a modo de saludo.

—Lo siento, señorita Nelson —repuso ella en un tono de no sentirlo en absoluto. Era físicamente incapaz de hablar en tono de disculpa—. Perdí la noción del tiempo en la biblioteca.

—La biblioteca está mucho más sucia de lo que yo recuerdo. Tienes hojas en el pelo.

—Estuve leyendo fuera un rato —explicó Francis, pasándose la mano por la cabeza—. Voy a asearme para la cena.

Lanzó una mirada a Gertie al pasar junto a ella que insinuaba que más le valía borrar aquella sonrisita de suficiencia de la cara si quería conservar su lustrosa melena rubia. Gertie volvió a enfrascarse en su revista inmediatamente.

Ya segura en su cuarto, Francis dejó las cosas encima de la cama. A pesar de que Albert Ellingham se había preocupado de que las habitaciones estuvieran bien amuebladas, el mobiliario era muy austero. La familia de Francis la había enviado a la academia con una furgoneta entera de enseres personales: ropa de cama de los lujosos almacenes Bergdorf, un biombo de seda, espejos de cuerpo entero, un chifonier francés, un pequeño armarito de cristal y madera de nogal para el maquillaje y los aceites de baño, un juego de tocador de plata y una cómoda donde colocarlo. Las cortinas estaban hechas a mano, igual que el cubre canapé de encaje. Se quitó el abrigo, lo tiró encima de la mecedora y se miró al espejo. Sudorosa. Sucia. Tenía la blusa toda arrugada y los botones mal abrochados. No podía estar más claro qué había estado haciendo.

Eso la agradó. Que lo supieran.

Se volvió hacia las cosas que había dejado encima de la cama. Se aseguró de que las revistas estuvieran bien escondidas en la bolsa de papel. Las quemaría más tarde. La metió debajo de la cama. Lo más importante era el cuaderno. Siempre tenía que estar a buen recaudo. Echó un vistazo a su trabajo de la tarde; revisó el acertijo con satisfacción y examinó el sobre que había metido entre las páginas. Pero... faltaba algo. Hojeó el cuaderno, presa del pánico.

—¡Francis! —la llamó la señorita Nelson.

—¡Ya voy!

Siguió pasando hojas, frenética. Sus fotos estaban en ese cuaderno. Las que había sacado Eddie posando como Bonnie y Clyde. Sus imágenes secretas. Se habían desprendido de los marcos y habían desaparecido. Debían de haberse caído entre los árboles cuando echó a correr. ¡Maldita sea, estúpido Eddie! Por eso tenía que ser ella quien estuviera al mando. Él no tenía sentido de la disciplina. Cuando se anda con prisas, se cometen errores.

—¡Francis!

—¡Sí! —gritó Francis a su vez.

Ahora no tenía tiempo. Abrió la puerta del armario, se agachó y desprendió un trozo de zócalo. Metió el cuaderno en su sitio, en el interior de la pared, y volvió a hacer encajar la pieza de madera. Después se arregló la ropa y el pelo como pudo y volvió a enfrentarse al mundo.

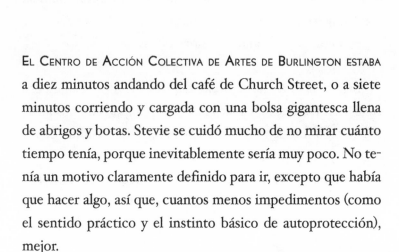

4

EL CENTRO DE ACCIÓN COLECTIVA DE ARTES DE BURLINGTON ESTABA a diez minutos andando del café de Church Street, o a siete minutos corriendo y cargada con una bolsa gigantesca llena de abrigos y botas. Stevie se cuidó mucho de no mirar cuánto tiempo tenía, porque inevitablemente sería muy poco. No tenía un motivo claramente definido para ir, excepto que había que hacer algo, así que, cuantos menos impedimentos (como el sentido práctico y el instinto básico de autoprotección), mejor.

No le hizo falta mirar el número de la casa para saber que había llegado al sitio correcto. El centro estaba en la misma zona que la casa de Fenton, un barrio de grandes casas victorianas en distintas fases de restauración, algunas propiedad de la universidad, otras convertidas en apartamentos. Aunque el tamaño, la forma y el estilo del Centro de Acción Colectiva estaban en consonancia con los de los edificios vecinos, todo lo demás la hacía diferente. La casa estaba pintada de un intenso color lila algo sucio, con rayos de sol en tonos púrpura sobre el tejado a dos aguas. El porche delantero se encontraba combado. Más de una docena de móviles colgaban de las vigas de la cubierta del porche; estaban hechos de latas, trocitos de barro y cristales rotos, trozos de engranaje y piezas de maquinaria oxidados y, en un caso, de piedras. Había un portamacetas de macramé del que pendía una cabeza de maniquí que giraba impulsada por la brisa. La parte de las piernas del maniquí se hallaba en un rincón del porche y se usaba como soporte de un cenicero. Una caja de madera junto a la puerta contenía una pala de nieve y un arenero de gatos.

Stevie abrió la puerta mosquitera y llamó a la puerta interior, que estaba pintada de color vino tinto. La abrió un chico con el torso desnudo, unos pantalones hechos de retales y un gigantesco gorro de lana.

—Hola —saludó Stevie, quien por un momento estuvo a punto de quedarse en blanco al darse cuenta de que había ido a una casa muy extraña para hablar con desconocidos extraños sobre algo que no tenía nada definido en la mente. Al no haber pensado de antemano lo que iba a decir, sacó el folleto y señaló a Ellie en la foto.

—Ellie era amiga mía, creo que vino aquí...

El chico no dijo nada.

—Me preguntaba si... Yo... solo quería averiguar...

El chico retrocedió un paso y sujetó la puerta para dejarla pasar.

El Centro de Acción Colectiva de Artes de Burlington era muy grande. Una pared estaba cubierta de estanterías desde el suelo hasta el techo, repletas de libros. Al fondo había un pequeño escenario con un piano y otros instrumentos. Había cosas miraras donde miraras: boas de plumas y sombreros de copa, piezas de cerámica sin terminar, tambores, alfombras de yoga, libros de arte, una solitaria flauta dentro de una pecera vacía... A un lado se veía un colchón en el suelo con la ropa revuelta; alguien debía de utilizar aquella zona como dormitorio. La primera planta era diáfana y tenía una gran galería con una barandilla blanca de hierro forjado de la cual colgaban varias sábanas pintadas. El olor a salvia se había adueñado del lugar.

Además, había un árbol dentro de la casa. No parecía un árbol vivo, más bien talado y traído al interior solo Dios sabía cómo. Dominaba un rincón de la planta baja e invadía también el primer piso. Stevie no albergó duda alguna de que aquellos eran los amigos de Ellie. Así debía de haber sido la mente de Ellie.

—Bueno, yo...

El chico señaló el piso superior. Stevie ladeó la cabeza algo desconcertada.

—¿Quieres que...?

Él volvió a señalar.

—¿Ahí arriba? —preguntó Stevie.

Asintió en silencio.

—¿Subo? ¿Quieres que suba?

El chico asintió de nuevo y esta vez señaló una pequeña escalera de caracol al fondo de la sala; luego se acercó a una de las paredes e hizo el pino. Mientras subía la escalera, Stevie se fijó en que de las ramas del árbol colgaban notitas de papel con mensajes como «Piensa el cielo» o «Este no es el momento; es el momento». En la planta de arriba, sentada sobre una pila de cojines, estaba una chica. Por un momento, Stevie la confundió con Ellie. Tenía el pelo recogido en pequeños moños. Llevaba una camiseta muy dada de sí en la que se leía *Withnail y yo* y unas mallas de Mickey Mouse desteñidas. Cuando Stevie se acercó, levantó la vista de su ordenador y se quitó los auriculares.

—Hola —saludó Stevie—. Perdona.

—Nunca saludes pidiendo perdón —repuso la chica. Buena observación.

—El chico de abajo me ha dejado entrar. Me dijo que subiera. O, bueno, más bien me lo indicó...

—Paul está en una fase de silencio —dijo la chica, como si eso lo explicara todo.

—Ah. Me llamo Stevie. Soy... Era... amiga de Ellie...

Apenas había terminado de pronunciar aquellas palabras cuando la chica se levantó como impulsada por un resorte y la abrazó con fuerza. Olía a una mezcla dulzona de incienso y olor corporal. Tenía el cuerpo tonificado, probablemente por exhaustivas sesiones diarias de yoga. Era como estar envuelta en una manguera cálida y maloliente.

—¡Has venido a vernos! ¡Has venido! ¡Qué feliz se sentiría Ellie! ¡Has venido!

Stevie no tenía ni idea del recibimiento que la aguardaba en el Centro de Acción Colectiva, pero desde luego aquel no entraba dentro de los que podía esperar.

—Soy Bath —se presentó, deshaciendo el abrazo.

—¿Bath? ¿Como *bañera* en inglés?

—Bathsheba. Pero todos me llaman Bath. Siéntate. ¡Siéntate!

Era muy curioso, porque cuando Stevie conoció a Ellie, esta se había metido vestida en la bañera para teñir la ropa de rosa, probablemente para aquel cabaré. Las palabras *bath* y *bañera* siempre le recordarían a Ellie.

Bath señaló otra pila de cojines en el suelo. Parecían desteñidos, sucios y con una ligera apariencia de estar llenos de chinches, pero Stevie se sentó de todos modos. Una vez en el suelo, se fijó en una fila de botellas vacías de vino francés con velas derretidas alineadas a lo largo de casi toda la pared del piso superior.

—De Ellie —dijo Bathsheba al tiempo que se sentaba en el suelo desnudo con las piernas cruzadas—. ¿De quién iban a ser si no? Vino francés. Poesía francesa. Teatro alemán. Esa era mi chica.

Con aquellas palabras, Bathsheba rompió a llorar. Stevie se revolvió incómoda sobre los cojines y jugueteó con su mochila durante unos instantes.

—Me alegro de que hayas venido —continuó Bath después de sorberse la nariz y tranquilizarse un poco—. Te apreciaba mucho. Nos contó todo sobre ti. Tú eres la detective.

Stevie notó al instante un nudo en la garganta. Desde el primer momento, Ellie la había tomado en serio cuando le dijo que era detective. Ellie parecía tener mucha más confianza en Stevie de la que ella tenía en sí misma. La había acogido, le había ofrecido su amistad en cuanto se conocieron, prácticamente como ahora estaba haciendo Bathsheba. Ahora que Stevie miraba a Bath, se le ocurrió que quizá Ellie le había copiado la imagen, así como alguna de sus actitudes.

—¿Cómo es que Ellie terminó aquí? —preguntó Stevie—. Esto forma parte de la universidad, ¿no?

—No es parte de ella —respondió Bath—. La mayoría de

los que vivimos aquí somos universitarios. La casa pertenece a un mecenas que quiere apoyar las artes de la zona. Es un espacio abierto a los artistas. Ellie nos encontró la semana siguiente de su llegada a Ellingham. Se presentó en la puerta y dijo: «Yo creo arte. ¿Vais a dejarme pasar?». Y la dejamos, por supuesto.

—Yo he venido porque intento averiguar... —Menudo error de principiante. Ten siempre las preguntas preparadas. Aunque lo cierto es que, como detective, no siempre puedes saber de qué vas a terminar hablando. «Así que habla», pensó. «Sigue hablando y el resto ya vendrá solo»— algo más sobre Ellie. Cómo era y...

—Era auténtica —dijo Bathsheba—. Era dadaísta. Era espontánea. Era divertida.

—¿Te habló de Hayes? —preguntó Stevie.

—No —respondió la chica frotándose los ojos—. Hayes es el chico que murió, ¿verdad? ¿No se llamaba así?

Stevie hizo un gesto afirmativo.

—No. Dijo que lo conocía, pero nada más. Y que estaba muy triste.

—¿Te comentó alguna vez que lo había ayudado a hacer un programa?

—¿Lo ayudó a hacer un programa? ¿Como un número de cabaré? Oye, ¿has visto alguna vez nuestro cabaré?

—No, yo...

Bath ya tenía de nuevo el ordenador en las manos y estaba buscando un vídeo.

—Tienes que ver esto —dijo—. Te va a encantar. Una de las mejores actuaciones de Ellie.

Stevie vio obedientemente diez minutos de imágenes oscuras y confusas de saxofón desafinado, poesía, acrobacias y percusión. Salía Ellie, pero estaba demasiado oscuro como para reconocerla.

—Pues sí —añadió Bath cuando terminó el vídeo—. Ellie. No he sido capaz de hacer gran cosa desde que murió. Intento trabajar, pero apenas salgo de aquí. Sé que ella querría que crease algo artístico sobre el asunto. Lo he intentado. Sigo intentándolo. No querría decepcionarla.

«Yo tampoco», pensó Stevie.

—Pero cada vez que pienso en ella... —continuó Bathsheba—, en cómo murió, no puedo.

Stevie tampoco. La idea de quedar atrapada bajo tierra y a oscuras, sin que nadie pudiera oírte..., era demasiado espeluznante. Debió de entrarle pánico cuando recorrió a tientas aquel túnel, negro como boca de lobo, y se dio cuenta de que no había salida. En un momento dado, debió de ser consciente de que iba a morir. Stevie dio gracias por el Avitan que corría por su torrente sanguíneo y mantenía a raya las náuseas latentes y la avidez de aire que sentía cada vez que conjuraba aquella imagen en su mente.

La muerte de Ellie no había sido culpa suya. En absoluto. ¿No? Stevie no tenía ni idea de la existencia de un pasadizo en la pared ni de un túnel en el sótano. Y, desde luego, no había sellado el túnel. Lo único que hizo fue exponer los hechos sobre la muerte de Hayes, y lo había hecho en público, en un lugar que le parecía completamente seguro.

Bath extendió el brazo y le dio la mano. El gesto pilló a Stevie tan desprevenida que a punto estuvo de retirarla.

—Es bueno recordarla —dijo Bath.

—Sí —corroboró Stevie con voz ronca.

Buscó en la sala un punto donde centrar su atención. ¿Qué se veía? ¿Qué información podía obtener? Salpicaduras de pintura, luces de Navidad, una guitarra, purpurina, ropa sucia en un rincón, lienzos apoyados contra la pared, un montón de botellas de vino... Allí habían celebrado fiestas. Igual que David. Eso es. Le había contado que solía visitar a los amigos de Ellie en Burlington. Estos eran sus amigos. ¿Sabrían algo sobre su paradero? Stevie se aferró a aquella posibilidad.

—Creo que otro de sus amigos también venía por aquí. David.

—Últimamente, no —respondió Bath—. Antes solía venir con Ellie.

—¿Pero no últimamente?

—No —repuso Bath—. No desde el año pasado.

Bueno, pues ninguna pista sobre Hayes ni rastro de David. Lo único que había conseguido era hacer llorar a aquella chica y retrasarse.

—Gracias por tu tiempo —dijo Stevie, levantándose y sacudiendo la pierna que se le había quedado dormida—. Me alegro muchísimo de haberte conocido.

—Y yo —dijo Bath—. Vuelve cuando quieras, ¿quizá para vernos actuar? O cuando te apetezca. Eres bienvenida.

Stevie hizo un gesto de agradecimiento y recogió sus cosas.

—Siento todo por lo que has tenido que pasar —comentó Bath mientras Stevie se dirigía a la escalera—. Con todas esas desgracias. Y lo de tu pared.

Stevie se paró y se giró hacia Bath.

—¿Mi pared? —repitió.

—Alguien puso un mensaje en tu pared, ¿no? Qué horror. Ellie estaba cabreadísima.

Si Bath hubiera dicho «¡Mira, puedo convertirme en mariposa!», Stevie no se habría quedado más sorprendida. La noche anterior a la muerte de Hayes, Stevie se había despertado en plena noche y vio algo brillando en la pared de su cuarto, una especie de adivinanza escrita al estilo del acertijo de Atentamente Perverso. Stevie sintió que su cuerpo temblaba, en parte debido al recuerdo del extraño mensaje que había aparecido aquella noche.

—Fue un sueño —explicó Stevie sin hacer caso al teléfono que vibraba en su bolsillo.

—Pues a Ellie no debió de parecerle un sueño. —Bath se reclinó hacia atrás y su camiseta de tirantes dejó al descubierto con toda naturalidad parte de un pecho y el vello de la axila—. Dijo que estaba cabreada con la persona que lo había hecho.

—¿Sabía quién lo hizo?

—Sí, daba esa impresión.

—Creí... —La mente de Stevie empezó a trabajar a toda velocidad—. Creía que, si había ocurrido de verdad, quizá había sido ella. Para gastarme una broma.

—¿Ellie? —Bath sacudió la cabeza—. No. Por supuesto que no. Rotundamente no. El arte de Ellie era participativo —dijo—. Nunca trabajaba con el miedo. Su arte era complaciente. Su arte era cordial. Jamás habría puesto nada en tu cuarto, y menos aún para asustarte o burlarse de ti. No sería propio de ella.

Stevie pensó en Ellie arrancando lamentos a Roota, su querido saxofón. No describiría el sonido como cordial, pero tampoco era agresivo. Era tosco y sin técnica. Divertido.

—No —admitió Stevie—. No, supongo que no.

—Eso de la pared es muy retorcido —dijo Bath—. Es como el banquete de Baltasar.

—¿Cómo?

—La mano en la pared. Ya sabes... el mensaje escrito. De la Biblia. Me llamo Bathsheba. Si tienes un nombre como el mío, terminas leyendo un montón de libros de la Biblia. Se está celebrando un gran festín y aparece una mano en la pared que empieza a escribir algo que nadie entiende.

Los conocimientos de Stevie sobre la Biblia no eran demasiado amplios. Había ido a catequesis cuando era pequeña, pero consistía sobre todo en colorear dibujos de Jesús y cantar mientras la catequista tocaba al piano «Jesús me ama». Y había un niño que se llamaba Nick Philby al que le gustaba comerse puñados de hierba y sonreír con sus grandes dientes teñidos de verde. Pero apenas recordaba nada sobre palabras escritas en una pared.

—Rembrandt lo utilizó como tema para uno de sus cuadros —explicó Bath mientras tecleaba en su ordenador.

Lo giró hacia Stevie y le enseñó la imagen de un cuadro; la figura central era un hombre levantándose de la mesa de un salto, aterrorizado y con los ojos casi fuera de las órbitas. Una mano surgía de una nube de niebla y grababa unos resplandecientes caracteres en hebreo sobre una pared.

—La escritura en la pared —dijo Bath.

El teléfono de Stevie volvió a vibrar. Puso la bolsa con las compras sobre el bolsillo para amortiguarlo.

—¿Y no te dijo quién lo había hecho? —preguntó Stevie.

—No. Solo que estaba furiosa con una persona que intentaba jugar contigo.

Otro zumbido.

Alguien proyectó un mensaje. Había ocurrido de verdad. Y, si no había sido Ellie, ¿quién? ¿Hayes? ¿El vago de Hayes, que no hacía nada sin ayuda? ¿Qué otra persona se habría molestado en intentar atraer su atención de aquella forma?

Solo David. David podría haberlo hecho. Y ahora había desaparecido.

—Sí —afirmó Bathsheba, como dándose la razón a sí misma—. Ellie siempre hablaba de las paredes.

—¿De las paredes?

Otro zumbido.

En aquel momento, el teléfono bien podía haber salido del bolsillo para acercarse a su cara. O haber explotado. No le habría importado lo más mínimo.

—Sí. Dijo que había chorradas extrañas en las paredes de Ellingham. Cosas y espacios huecos. Chismes. Había encontrado cosas. Chorradas. En las paredes.

Chorradas. En. Las. Paredes.

Ahora tenía una pista, un punto en el que centrarse. ¡Había cosas en las paredes! No estaba segura qué significaba ni de lo que debía buscar. Pero gran parte de todo aquel asunto tenía que ver con las paredes. Como escribir sobre ellas. O desaparecer en su interior.

Y, en algún momento, una mano sí había escrito en su pared.

5

Existe oscuridad y luego está la oscuridad. En lo alto de la montaña, era del segundo tipo.

Fue algo que Stevie tuvo que asimilar cuando el otoño se convirtió en invierno en Ellingham. En Pittsburgh, siempre había alguna luz de ambiente en algún sitio: una farola, coches, televisores en otras casas... Pero cuando estás en lo alto de una roca que casi puede tocar el cielo, rodeada de árboles, la oscuridad te envuelve. Ese fue uno de los motivos por los que Ellingham suministraba una linterna de gran potencia a cada alumno. Caminar por el exterior de noche podía resultar una experiencia complicada. Esa noche el cielo se estaba nublando, así que solo se veían unas cuantas estrellas; nada se interponía entre Stevie y el olvido mientras se acercaba al caserón del arte. Apenas se apartaba de los senderos e incluso agradeció el inquietante resplandor azul de las cámaras de seguridad y puestos de vigilancia que había instalado Edward King por todo el recinto.

La vuelta al campus se le había hecho algo incómoda. Había ido a la ciudad con Mark Parsons, el encargado de las instalaciones y mantenimiento. Mark era un hombre corpulento y serio, con la cabeza cuadrada, que vestía una cazadora John Deere. Conducía un monovolumen con un soporte para el teléfono en el salpicadero para poder supervisar y responder una retahíla aparentemente interminable de mensajes sobre tuberías, materiales o gente que llegaba o salía de trabajar. La tardanza de Stevie le había fastidiado el día, y ella intentó hacerse lo más pequeña y pesarosa posible en el asiento del pasajero.

Stevie justificó su tardanza con la excusa de que un impulso emocional la había empujado a acercarse a la zona donde vivía la doctora Fenton. Era desagradable y absurdo mentir de aquella forma, pero es que tampoco aquellos tiempos tenían demasiada lógica. Tuvo que hacer lo que juzgó necesario. Casi como Rose y Jack al final de la película *Titanic*. La puerta no era una balsa segura, pero cuando tus únicas alternativas son la puerta o el océano profundo y frío..., te aferras a la puerta. (La otra gran afición de Stevie, aparte de los crímenes, eran las catástrofes, así que había visto *Titanic* un montón de veces. Ella tenía clarísimo que en aquella puerta había sitio de sobra para dos personas. Jack había muerto asesinado.)

Así que, durante los veinte minutos que duró el viaje, Stevie intentó mostrarse triste hasta que Mark no pudo soportar por más tiempo la incomodidad que se palpaba en el interior del coche y encendió la radio. Había avisos de nieve. Mucha nieve. Ventisca y baja visibilidad.

—La tormenta que llegará dentro de unos días va a ser tremenda —dijo al enfilar la pista empinada y sinuosa que conducía a la academia a través del bosque—. Una de las peores de los últimos veinte años.

—¿Qué ocurre aquí arriba cuando hay una tormenta gigante? —preguntó Stevie.

—A veces nos quedamos cierto tiempo sin electricidad —respondió el hombre—, pero por eso tenemos chimeneas y raquetas de nieve. Por eso he tenido que bajar a la ciudad a por material extra y por eso tenía que volver ya.

El final de la frase incluía un implícito «Y ahora llego tarde».

Mark dejó a Stevie en la carretera de entrada, desde allí la chica echó a andar hacia el caserón del arte, donde Janelle iba a mostrarles la prueba de su prototipo. Había sonidos nocturnos a los que Stevie aún no se había acostumbrado —crujidos a ras de tierra y en lo alto, el ulular de los búhos—, sonidos que apuntaban a que allí arriba había mucha más actividad por la noche que durante el día. (Y, sin embargo, aún no había visto la única criatura que una sucesión de carteles a los lados de la carretera prometía poder observarse, los que ponían ALCE. Un alce. Eso era lo único que quería. ¿Acaso era demasiado pedir? En su lugar, se había encontrado con indicios de la existencia de búhos, y lo único que Stevie había oído sobre los búhos era que les gustaban los objetos brillantes y que eran capaces de comerte los ojos si se les presentaba la ocasión.)

Estaba tan ensimismaba en las ideas que se arremolinaban en su mente sobre Ellie, paredes, búhos y alces que no se dio cuenta de que alguien se acercaba por detrás.

—Hola —dijo una voz.

Stevie se apartó del sendero de un salto y se dio la vuelta, alzando los brazos como en posición de defensa. Tras ella había una persona que se parecía bastante a un búho, con los ojos muy abiertos e inquisitivos y la expresión dura y crispada.

—Así que ha muerto tu tutora —dijo Germaine.

Germaine Batt no se andaba con sutilezas. Stevie tenía un caso que resolver; Germaine tenía historias que seguir. Entró en Ellingham gracias a su interés en el periodismo y su página web, *El Informe Batt*. Esta había dejado de ser un blog modesto para adquirir mucha más importancia debido a la solidez de las historias contadas desde dentro sobre las muertes de Hayes Major y Element Walker, también la mala suerte que parecía conjurarse contra la Academia Ellingham. Ella, como los búhos, cazaba en la oscuridad y las sombras, buscando alguna novedad que pudiera traducirse en más visitas a su página.

—Fue un accidente —repuso Stevie.

—Eso mismo se dijo de Hayes hasta que tú dijiste lo contrario. Cuántas cosas pasan a tu alrededor, ¿no?

—A nuestro alrededor —puntualizó Stevie—. Y sí. Pasan muchas cosas.

Continuó hacia el caserón del arte y Germaine caminó a su lado. Aunque no le apetecía nada que Germaine la mareara a preguntas, debía reconocer, aunque solo ante sí misma, que era reconfortante tener compañía entre la arboleda.

—He oído que vais a tener un nuevo compañero en la casa —dijo Germaine.

—¿Eso has oído? ¿Dónde?

Germaine se encogió de hombros como dando a entender que a veces no sabe uno cómo le llegan las noticias. Quizá con el viento.

—Un chico. Pero que no es alumno.

—Se llama Hunter. Era el sobrino de Fenton.

—¿Fenton? —preguntó Germaine.

—Así se llamaba. La doctora Fenton.

—Y ¿por qué viene a vivir aquí este chico si no es alumno?

—Porque la academia se siente fatal —respondió Stevie.

—¿Las academias se sienten fatal?

—Esta, sí —dijo Stevie—. La doctora Fenton escribió un libro sobre este lugar. Y creo que es bueno que apoyemos a la comunidad o hagamos algo después de...

—¿... de que aquí arriba no pare de morir gente? —acabó Germaine.

Stevie hizo oídos sordos y se concentró en las luces cálidas del caserón del arte que tenía enfrente.

—¿Quieres una historia? —preguntó—. Janelle va a probar su invento. Escribe sobre eso.

—No me dedico al interés humano —repuso Germaine—. ¿Y David? Todo el mundo dice que se ha ido a casa por un asunto familiar, pero me parece una chorrada. Estáis saliendo juntos o algo así, ¿no? ¿Dónde está?

—Creí que habías dicho que no te dedicabas al interés humano —replicó Stevie, apurando el paso.

—Y es verdad. Le dieron una paliza y ahora ha desaparecido, además nadie sabe dónde está a ciencia cierta. Mira, eso podría significar algo. La última persona que desapareció acabó muerta en el túnel. A ver, ¿dónde está? ¿Lo sabes?

—Ni idea —contestó Stevie.

—Y era amigo de Ellie. ¿Crees que David también podría estar en un túnel?

Stevie tecleó su código de identificación en el panel de la puerta y la empujó para entrar en silencio en el caserón del arte, dejando a Germaine en la oscuridad.

El taller del caserón del arte albergaba ahora un artilugio grande y extraño. Vi estaba colgando un letrero de madera que decía EL CAFÉ DE RUBE mientras Janelle no paraba de moverse y de hacer comprobaciones con un nivel. Janelle había gastado todo el presupuesto que le había concedido la academia y además había hecho una incursión entre las cosas que se habían tirado en el comedor para crear su máquina. Las varas habían sido colocadas para construir una estructura que enmarcaba unas estanterías con una suave inclinación, sobre las cuales se habían pegado pilas de tazas y platos en una alineación cuidadosamente calculada. Había mesas pequeñas y sillas colocadas en un ángulo determinado con más pilas de platos y tazas en equilibrio. Había varias tostadoras viejas y un tablón con un dibujo que representaba un dispensador de refrescos. Todo estaba conectado mediante unos tubos de plástico que parecían el sistema circulatorio de un monstruo de Frankenstein en versión café.

Nate levantó la vista de su ordenador.

—Pues sí que fue larga la conversación —dijo.

—Fui a Burlington.

—¿Cómo? Suspendieron el servicio de autobuses desde la paliza y la fuga de David.

—¡Perfecto! —exclamó Janelle—. ¡Lista para empezar!

Vi se acercó y se sentó junto a Nate y Stevie. Nate miró a su amiga con insistencia, pero Stevie centró su atención en lo que tenía ante ella.

—Bien —dijo Janelle, retorciéndose las manos muy nerviosa—. Voy a soltaros mi discurso y después probaré el aparato. Bueno. Allá voy. El propósito de la ingeniería es convertir algo complejo en algo simple. El propósito de una máquina de Rube Goldberg es convertir algo simple en algo complejo...

—¿Por qué? —quiso saber Nate.

—Para pasar el rato —repuso Janelle—. Porque sabes cómo hacerlo. No me interrumpas. Tengo que explicároslo. El propósito de la ingeniería es convertir algo complejo en algo simple. El propósito de una máquina de Rube Goldberg es convertir algo simple en algo complejo. La máquina de Rube Goldberg empezó como una serie de viñetas. Rube Goldberg era dibujante, también ingeniero. Creó un personaje llamado profesor Butts... Creo que alguien va a reírse al escuchar esto, ¿a que sí?

Vi hizo un gesto de asentimiento.

—Vale, pues aquí, pausa para risas. Un personaje llamado profesor Butts que diseñaba máquinas absurdas que hacían cosas como limpiarte la boca con una servilleta. A la gente le gustaron tanto esas historietas que las máquinas de Rube Goldberg se convirtieron en su distintivo, y, más tarde, en una competición pública...

La mente de Stevie ya se estaba desviando del tema. ¿Un asesinato era eso? ¿Algo simple que se convertía en complejo?

—... las dimensiones no pueden exceder de tres por tres metros y solo pueden tener un mecanismo hidráulico...

¿Quién había puesto aquel mensaje en la pared? ¿Cuál era su propósito? ¿Solo reírse de ella? Si lo habían hecho Hayes o David y Ellie lo sabía, ¿por qué no se lo había dicho?

—... y el reto de este año es cascar un huevo.

Con cuidado, Janelle colocó un huevo en una hueverita que estaba encima de una mesa arrimada a la pared del fondo, de la que colgaba una sábana blanca de plástico.

—Muy bien —dijo Janelle, situándose de nuevo delante de la larga y sinuosa máquina—. ¡Allá vamos!

Bajó la palanca de una de las tostadoras, que saltó un segundo después disparando una rebanada de pan de plástico. Esta hizo inclinarse una palanca de madera situada encima, que a su vez disparó una pequeña bola de metal que rodó por una serie de pequeñas tuberías cortadas longitudinalmente sujetas a la tabla del menú. La bola siguió rodando y recorrió una bandeja hasta llegar a la mano de una figurita de un chef. De allí cayó a un cuenco que se hallaba en uno de los platillos de una balanza. El peso hizo que se elevara el platillo opuesto, lo cual provocó el lanzamiento de otra bola.

Todo en aquella máquina tenía lógica. Un disparador, aparentemente sin sentido, desencadenaba una serie de hechos. La bola echaba a rodar y hacía que entrara en juego cada una de las pequeñas piezas que golpeaba. «Hayes preparando un vídeo sobre el caso Vermont. El hurto de la tarjeta identificativa de Janelle para robar el hielo seco. El mensaje en la pared. Hayes dándose la vuelta en el último momento el día del rodaje, diciendo que tenía que volver a hacer una cosa para no regresar. Stevie dándose cuenta de que Ellie había escrito el guion del programa. Ellie huyendo por la pared para después meterse en el túnel del que nunca saldría.»

Salió disparada otra bola, que rodó sobre el borde de una pila de tazas y terminó en el dispensador de refrescos. Este empezó a verter líquido en tres jarras de plástico. Estas ejercieron fuerza sobre la superficie y...

Stevie parpadeó sobresaltada cuando tres pistolas de *paintball* dispararon a la vez, las tres apuntando al huevo, que estalló en una explosión de rojo, azul, amarillo y albúmina. Vi lanzó una exclamación de alegría y saltó para abrazar a Janelle.

—Buenísimo —comentó Nate.

Stevie asintió con la mente en otra parte. Por supuesto, se había perdido el dispositivo que disparó las pistolas. Algo que estaba delante de sus narices, pero que no podía ver. «¿Dónde buscas a alguien que en realidad nunca está cerca?...»

En algún momento, el arma que aparece en el primer acto se dispara, normalmente en el tercero.

Esa era una de las partes más importantes de ser detective: no perder de vista el arma.

4 de abril, 1939

Dottie Epstein no tenía intención de empezar a vigilar a Francis
y a Eddie aquel día. Había estado absorta en sus cosas en la
concavidad formada por las ramas de lo alto de un árbol, arrebujada en su grueso jersey marrón tejido por su tía Gilda, con
un libro abierto en el regazo. El tiempo de abril suponía que
aún no hiciera calor, pero que la montaña ya no estuviera he-
lada. Se podía estar de nuevo en el exterior y era agradable
estar en el bosque, al aire libre. El árbol era un lugar perfecto
para leer, para pasar un rato con Jasón y los argonautas.

Y allí estaba, tranquila y apartada de todos, cuando se
acercaron Francis y Eddie. Caminaban juntos, pegados el uno
al otro, de manera que sus cabezas casi llegaban a tocarse
(¿cómo era posible andar así, con las cabezas tan juntas? Era
fascinante, como un número de circo). Además, había algo especial en su forma de moverse: en silencio, sonriendo, a paso
ligero, pero no demasiado rápido. Una forma de moverse que
delataba que no querían ser vistos.

A diferencia de las demás compañeras ricas, Francis era
muy amable con Dottie. No era como Gertie van Coevorden,
que la miraba como si fuese un saco de harapos con patas y

se quedaba observando con descaro cada zurcido de su ropa. (La madre de Dottie había realizado un trabajo concienzudo al coser aquellos remiendos de su abrigo. «¡Mira, Dot, casi ni se ven las puntadas! Mira qué bien va el color de este hilo con la tela. Lo compré en Woolworth. ¿A que le va muy bien? Me he pasado la noche entera haciéndolo».) Gertie descosía las costuras de la madre de Dottie mientras juzgaba a toda su familia, el motivo por el que estaba al alcance de la mirada escrutadora de sus pequeños ojos azules.

—¡Dios mío, Dottie! —decía—. Debes de pasar mucho frío con eso. La lana no abriga ni la mitad que las pieles. Tengo un abrigo viejo que puedo prestarte.

Quizá habría sido distinto si efectivamente Gertie le hubiera prestado el abrigo. Pero eso era parte de la forma de ser de aquellas chicas. Mencionaban cosas y después se olvidaban. Era casi una burla.

La amabilidad de Francis, sin embargo, era sincera: la dejaba tranquila. Eso era lo que Dottie de verdad deseaba. Cuando hablaban, lo cual no ocurría muy a menudo, era sobre cosas interesantes, como las historias de detectives. A Francis le encantaba leer, casi tanto como a Dottie, y su pasión era el crimen. Lo cual era, en opinión de Dottie, un noble interés.

Y a Francis también le gustaba escabullirse. Dottie la oía moverse por la noche y asomaba la cabeza para verla recorriendo el pasillo sigilosamente, o a veces saliendo por la ventana.

Fue esta cualidad lo que provocó que Dottie, casi de forma mecánica, bajara del árbol sin hacer ruido y los siguiera a una distancia prudente. Quizá, pensó, por lo que decía siempre su tío el policía:

—A veces lo sabes, Dot. Confía en tu instinto.

Francis y Eddie se internaron en la zona más escabrosa y agreste del recinto, donde solo los senderos más tortuosos atravesaban la frondosa arboleda. Dirigieron sus pasos hacia el terreno donde aún estaban dinamitando las rocas de la superficie de la montaña. Había enormes montones de piedras, algunas de las cuales parecían aguardar ser despedazadas para utilizarse como material de construcción. El camino era tremendamente irregular, con zonas que se cortaban de repente. Dottie los siguió haciendo el menor ruido posible y valiéndose de los árboles para impulsarse y salvar las zonas más rocosas. Francis y Eddie eran dos destellos de color en el paisaje hasta que... desaparecieron.

Así, de golpe. Desaparecieron. Desaparecieron entre los árboles, las rocas y la maleza.

Era evidente que se habían escabullido hacia uno de los pequeños escondites del señor Ellingham que la propia Dottie aún no había encontrado. El temor del descubrimiento y la emoción del misterio la invadieron a partes iguales. Consideró la opción de volver a su rincón de lectura, pero sabía que no sería capaz. Así que retrocedió unos pasos hasta un punto por el que sabía que no habían podido desaparecer y se ocultó detrás de un árbol.

Esperó allí más de dos horas. Había vuelto a enfrascarse en la lectura cuando oyó el crujido de sus pasos y se agachó justo a tiempo. Emergieron entre susurros, risas, prisas. Francis llevaba un libro bajo el brazo.

—Dios mío, qué tarde es —oyó decir a Francis.

—Otra vez, ahora de pie contra el árbol, como animales.

—Eddie...

Francis lo apartó de un empujón con una carcajada y se escapó. Con las bromas, se le cayeron unas cosas del libro, pequeñas, del tamaño de las hojas de los árboles. En cuanto se fueron, Dottie se acercó y las recogió. Eran fotografías. Una era de Francis y Eddie posando. Dottie reconoció al instante lo que estaban haciendo; todo el mundo había visto aquella pose alguna vez. Era como la famosa foto de Bonnie y Clyde, los forajidos. Francis posaba como Bonnie, sujetando lo que debía de ser un rifle de juguete (¿o sería un rifle auténtico, de alguien del equipo de seguridad?) que apuntaba directamente al pecho de Eddie. Tenía el brazo extendido hacia él, con las yemas de los dedos casi rozándole la camisa. Eddie mostraba una media sonrisa extraña, llevaba un sombrero echado hacia atrás y la miraba con deseo. Se parecía tanto a la foto de verdad que las pequeñas diferencias destacaban como si estuvieran esculpidas en relieve. No eran Bonnie y Clyde, pero deseaban tanto serlo que Dottie pudo percibirlo.

La otra fotografía era de Leonard Holmes Nair, el pintor, posando sobre el césped, pincel en mano y quizá algo molesto con la interrupción. Ante él había un cuadro de la Casa Grande en un caballete. Las fotos estaban algo pegajosas. Parecía que había un poco de pegamento en los bordes.

Dottie se apoyó en el árbol y observó las imágenes durante varios minutos, asimilando todos los detalles. Aquellos indicios titilantes de las vidas de otras personas eran lo que le marcaban el camino. Adónde, aún no lo sabía.

Ya era hora de irse. Pronto servirían la cena. Se metió las fotos en el bolsillo y echó a correr hacia Minerva. Una vez allí, pensó en metérselas a Francis por debajo de la puerta. Eran suyas.

Pero no. Habría parecido extraño. Lo revelaría todo. Y por algún extraño motivo... las necesitaba para su colección. Entró en su cuarto y cerró la puerta; después se sentó en el suelo y tiró del zócalo.

Francis le había hablado sobre la utilización de las paredes para guardar cosas que no querías que viera nadie. La moldura cedió con facilidad. Era allí donde sus compañeras ricas escondían la ginebra y los cigarrillos. Dottie atesoraba allí su lata, su colección de hallazgos maravillosos. Las metió en la lata y volvió a guardarla en su sitio.

Le devolvería las fotos en algún momento, decidió. Pronto. Quizá antes de acabar el curso.

Siempre habría tiempo.

6

ORDÉNALO. PONLO SOBRE EL PAPEL. RESUÉLVELO. ESCRIBE LO QUE *recuerdes. Escribe tu primera impresión, antes de que la memoria tenga la oportunidad de jugar con ello y distorsionarlo, poniendo una pierna donde debería haber un brazo.*

Stevie abrió el cajón de su escritorio y sacó un taco de notas adhesivas de marca blanca (que había birlado de los suministros de la oficina que habían montado sus padres en casa para la campaña electoral de Edward King). Tenía la pared ocupada con varios ganchos adhesivos para colgar el abrigo y otras prendas. Los descolgó y empezó a colocar las notas. Las víctimas de los años treinta, en notitas amarillas:

Dottie Epstein: traumatismo craneal.
Iris Ellingham: arma de fuego.
Alice Ellingham: desaparecida.

Y luego, al otro lado, las víctimas del presente en azul claro:

Hayes Major: intoxicación por CO_2/hielo seco.
Ellie Walker: congelación/deshidratación/emparedamiento.
Dra. Irene Fenton: incendio doméstico.

Se sentó en el borde de la cama y se quedó mirando las seis notas; dejó que la mente se quedara en blanco y que la vista se desenfocara.

Allí había algún tipo de patrón, algo que aún no era capaz de ver. Se levantó y echó un vistazo a los lomos de sus novelas de misterio. Sacó una de la estantería: *El asesinato de Roger Ackroyd* de Agatha Christie. Tuvo mucho éxito en cuanto se publicó, con Hércules Poirot como detective. El método de Poirot era usar sus «pequeñas células grises» para resolver el crimen; sentarse y pensar, para reflexionar sobre la psicología del asesino...

Se volvió hacia la pared y fue mirando cada una de las notas, repitiendo la información en orden, deteniéndose en las del presente. Hielo seco, emparedamiento. Fuego. Hielo seco con reminiscencias de un crimen en un lugar cerrado, donde el arma es el hielo y el asesino nunca está cerca. Emparedamiento, encarcelamiento en una pared. Otro lugar cerrado. Fuego, donde el arma es el propio edificio.

Stevie comenzó a ver una línea que unía todo aquello; era casi visible, literalmente, como un cordón en un esquema relacional. La psicología del asesino. Eso era lo que veía. Aquellas dos columnas no solo estaban separadas por el tiempo; las separaba la propia separación. La muerte de Dottie había sido directa y brutal. Iris había muerto por disparos de bala. Eran armas que alguien había empuñado, con sangre, donde el agresor tenía que estar presente, viendo a la víctima. Pero Hayes, Ellie y Fenton habían muerto en espacios delimitados, donde alguien podía poner la trampa y alejarse. Hayes entró en una sala subterránea llena de dióxido de carbono. Ellie se metió en un túnel cuya salida habían bloqueado. La doctora Fenton..., bueno, quizá se había olvidado del gas y encendió un cigarrillo. Pero quizá alguien había estado allí, hablando con ella. Alguien que había abierto el gas y después cerró la puerta. Luego, la propia doctora Fenton, sin olfato y fumadora empedernida, provocó la explosión.

Dale cuerda y ponlo en marcha, como la máquina de Janelle. Acciona la palanca de la tostadora y, al final, la pistola dispara.

Tenía que ser alguien muy inteligente. Alguien que planeaba las cosas. Alguien que quizá no quisiera mancharse las manos. Y todas esas cosas eran refutables. Hayes había bajado a la sala él solo, sin saber nada del hielo seco sublimado que había intoxicado el espacio. Ellie entró sola en el túnel. Y Fenton activó el detonador que prendió fuego a su propia casa. Tres casos que parecían accidentes, que habían ocurrido cuando no había nadie cerca.

¿Quién era inteligente? David.

¿Quién sabía hacer trucos? David.

¿Quién habría sido capaz de robar la tarjeta de Janelle y el hielo seco? ¿Quién sabía de túneles y escondrijos ocultos? ¿Quién estaba en Burlington la noche del incendio? David.

Pero Stevie no veía ningún motivo para que hubiese sido él quien hiciera todas esas cosas. Ninguno. No tenía nada en contra de Hayes. Ellie era su amiga. Su muerte lo había destrozado. Cuando la encontró, se había derrumbado entre sollozos incontrolables. Y ni siquiera conocía a Fenton. A menos que David fuese un asesino en serie que matara por placer, era imposible que hubiera hecho todo aquello.

Entonces, ¿quién?

¿Y la nota en la pared? ¿Cómo encajaba en todo aquello? Lo más frustrante era que Stevie apenas había sido capaz de mirar el mensaje en la pared aquella noche. Apareció mientras dormía. Oyó un ruido, se incorporó en la cama y vio un mensaje luminoso. No lo había anotado porque lo primero que hizo fue acercarse a la ventana para intentar descubrir quién era el autor. Luego, sufrió un espantoso ataque de pánico y corrió al cuarto de Janelle. Después, asumió que había sido un sueño... o intentó convencerse a sí misma de que lo había sido, porque la verdad era demasiado espeluznante. Había pasado mucho tiempo para que su mente funcionara y fuese capaz de recomponerlo, pero quizá podría recuperar parte de él.

Cerró los ojos y dejó que su respiración adquiriera un ritmo normal y estable. Inspirar en cuatro segundos, contener la respiración en siete, espirar en ocho. Dejó fluir los pensamientos y se concentró en la respiración. Varios minutos después, entreabrió los ojos y centró su atención en la pared donde había aparecido el mensaje, donde ahora tenía las notas adhesivas. Un panel sin expresión ni pretensiones. ¿Qué había aparecido allí?

Luchó contra las ganas de levantarse y moverse por el cuarto. Respira. Inspira, espira. ¿Qué había visto aquella noche? Estaba allí, en algún lugar de su mente seguían los indicios, como una estela de perfume en el aire. ¿Qué aspecto tenía?

Letras recortadas, tipo carta de rescate, como la de Atentamente Perverso.

«Sé más precisa, Stevie. ¿Cómo eran?»

Resplandecientes. Grandes. Algunas bien enfocadas, otras borrosas. La luz entraba por la ventana en un ángulo determinado que se prolongaba hasta aterrizar en aquel fragmento de pared próximo a la chimenea.

«Adivina, adivinanza en la pared...»

Sí, esa era la primera línea. Era fácil de recordar. De eso, al menos, estaba segura.

Pero ¿cómo continuaba? Rimaba. Decía algo de un asesinato. Algo de un asesinato.

Había imágenes en el mensaje. Cuerpos. Algo sobre un cuerpo en un campo. Tenía sentido. Una referencia a Dottie, que había aparecido semienterrada en un campo de cultivo. Un cuerpo en un campo...

Su mente intentaba distraerla con ruidos, con señuelos, pero se quedó con la imagen de los cuerpos. Había otro. Un segundo cuerpo. Tenía que ser el de Iris, porque fue el único cuerpo que apareció, aparte del de Dottie. Sí..., un lago. Una mención a Iris. Algo sobre la dama del lago.

Ahora la imagen empezaba a recomponerse con algo más de claridad. Aquellas letras recortadas cobraron un poco más de definición. Asesinato. Cuerpos. El mensaje era escalofriantemente burlón. Algo sobre jugar.

Alice, Alice...

¿Alice?

Alice. Había una mención a Alice. Aparecía su nombre. No era capaz de recordar qué más decía. Pero el nombre de Alice estaba allí.

Stevie dejó que su vista volviera a enfocar y abandonó la

meditación. La luz dibujó halos en torno a todos los objetos del cuarto mientras sus pupilas se ajustaban. Levantó las rodillas a la altura del pecho, al hacerlo, también se vio a sí misma con más claridad. Sí que tenía que cambiarse. No podía seguir así, poniéndose la ropa que encontraba tirada en el suelo. Quizá una ducha le estimularía la mente. Alcanzó la caja con los útiles de aseo y cruzó el pasillo arrastrando los pies; se desplomó sobre las baldosas color salmón y dejó que el agua cayera sobre ella, aplastándole el pelo corto sobre la cabeza. Recordó que una vez había coincidido con Ellie en la ducha. Ellie se paseaba desnuda la mar de orgullosa.

«Ellie. Ellie. Lo siento.»

¿Por qué pensaba eso? No le había hecho ningún daño. Lo único que había hecho era revelar la verdad sobre la autoría del programa de Hayes. Pero ahora Ellie ya no estaba. Ni Hayes. Ni Fenton. De pronto, dejó de tener importancia haber hecho encajar las piezas del famoso caso Vermont. Algo estaba ocurriendo en aquel lugar, en aquel momento. Hayes, Ellie y Fenton... estaban relacionados de alguna manera. Todos estaban muertos. Larry temía por ella.

Allí había un asesino.

Se preguntó si tendría miedo. Se hizo la pregunta a sí misma y la respuesta fue un sorprendente silencio.

Cerró el grifo y se quedó tiritando, sintiendo.

Aquel mensaje de la pared era alguien que le estaba diciendo algo. Alguien quería jugar con ella. Pues muy bien. Jugaría. Puede que estuviera ansiosa. Puede que le faltara formación. Pero Stevie Bell estaba segura de una cosa sobre sí misma: una vez que había probado, que había saboreado el misterio..., ya no lo soltaba. Había conseguido llegar hasta aquella montaña. Podría hacerlo. Al fin y al cabo, ahora la gente lo hacía continuamente. Ciudadanos detectives que trabajaban en casos por internet, en casa, solos o en grupos.

Corrió a su cuarto y, a pesar de lo que acababa de pensar de no ponerse la ropa que estaba tirada por el suelo, recogió un pantalón de chándal de un rincón. Estaba bastante limpio. En Ellingham lavaban la ropa de los alumnos, pero había que dejarla en un saco con una etiqueta. Stevie no había estado pendiente de hacerlo. Se echó doble capa de desodorante. Por lo menos, olería bien. El pelo ya le había crecido hasta alcanzar la longitud de un dedo, en marcados mechones rubios, claros como el trigo. Aquel preparado decolorante cumplía bien su función. Los revolvió con los dedos hasta colocarlos en la posición más o menos correcta.

Ya estaba centrada. Ya podía...

Sonó el teléfono. Era un número oculto.

—Estuviste hoy en la ciudad.

La voz la envolvió como una serpiente. Sintió calor y un escalofrío al mismo tiempo. Sonaba tan próxima que parecía surgir de su propio interior.

—¿Dónde demonios estás? —preguntó.

—Vale, pasamos de saludos.

El simple sonido de la voz de David fue lo único que Stevie necesitó para conjurarlo en su totalidad: el pelo oscuro y rizado, las cejas ligeramente en punta, los brazos musculados y fibrosos, las camisetas andrajosas y los pantalones de chándal de Yale caídos, el Rolex rayado en la muñeca. Aquel réprobo niño rico —el tipo de persona que pensaba que nunca sería capaz de soportar—, extraño, difícil y que quizá sentía algo de lástima de sí mismo. Alguien a quien le daba igual lo que pensara el mundo. Alguien divertido. Alguien peligroso.

—No has contestado a mi pregunta —dijo intentando que la voz le sonara serena, casi aburrida, en lugar de sin aliento.

—De vacaciones —respondió él—. Estoy trabajándome un buen bronceado. Y haciendo eso en que se sale a hacer surf con un perro con gafas de sol.

—David. —El mero hecho de pronunciar su nombre resultaba duro. Le salió de la boca como un estallido—. ¿Qué está ocurriendo? ¿Por qué hiciste que te pegaran? ¿Me lo vas a decir?

—No.

—¿No?

—¿Estás preocupada por mí? —Stevie casi oía su sonrisa en su voz, lo que le resultó atractivo e irritante a la vez.

—No —respondió.

—Mentirosa. Lo estás. Estás preocupada por mí y por mi preciosa cara. Y lo entiendo. Se me está curando. Los golpes no fueron tan fuertes como parecían. Me embadurné la cara con sangre.

—¿Qué quieres? —preguntó Stevie con el corazón acelerado—. ¿Me vas a contar qué es lo que está pasando? ¿O solo has llamado para tocar las narices?

—Lo segundo.

—En serio...

—Algo que debía haber hecho hace mucho tiempo —repuso—. Envíe el resto de las preguntas por escrito a mi abogado.

Stevie alzó la vista al techo. Para su sorpresa, se le estaban llenando los ojos de lágrimas. Claro que no iba a volver. Su cuerpo entero se empapó de emoción. Era la primera persona a la que había besado y... con la que había hecho otras cosas. Allí mismo, en el suelo de su cuarto.

—¿Cómo te enteraste de que estuve en la ciudad? —preguntó, sacudiéndose la emoción—. ¿Por Bathsheba?

—Tengo ojos y oídos en todas partes. También me enteré de lo de la profesora. Qué putada.

—Sí —corroboró—. Qué putada.

—¿Su casa se quemó?

—Dejó el gas abierto y encendió un cigarrillo.

—Dios. Están ocurriendo muchas cosas malas.

—Sí, y no son ninguna broma.

Se sentó en el suelo, junto a la cama, pensando qué podía decir a continuación. Un silencio palpitó entre ambos.

—Dime —decidió—, ¿qué quieres? Si no vas a volver, seguro que quieres algo. A no ser que estés preocupado por mí.

—¿Por ti? A ti nunca te pasa nada.

Stevie no supo cómo tomárselo, si pretendía tranquilizarla o si se trataba de una acusación.

—Te propongo un trato —dijo—. Tendré cuidado si me llamas todos los días.

—No puedo prometértelo —repuso David.

—¿Por qué? ¿Estás en un programa de testigos protegidos o algo así? Deja de hacer el capullo.

—Voy a colgar para no fastidiar la conversación.

—Demasiado tarde para...

Pero ya había colgado. Stevie se quedó mirando el teléfono unos instantes, intentando discernir qué demonios había pasado, cuando el aviso de una alerta meteorológica iluminó la pantalla y la sobresaltó: ALERTA DE TORMENTA DE NIEVE EN BURLINGTON Y ÁREA CIRCUNDANTE. HORA DE COMIENZO: DENTRO DE 48 HORAS. SE ESPERA UN ESPESOR DE HASTA 60 CENTÍMETROS.

Stevie dejó el teléfono en el suelo y lo mandó al otro lado de la habitación de una patada.

7

La mañana siguiente, durante el desayuno, Stevie hincó el diente a un gofre recién hecho mientras Janelle no paraba de teclear en su ordenador. Vi estaba leyendo un libro de ciencias políticas. Nate se dejaba engullir por un libro que tenía un dragón en la portada.

Stevie también debería estar leyendo; una hora después tenía clase de literatura y se suponía que ya había leído *El gran Gatsby*. Había echado una ojeada a los primeros capítulos; algo sobre un ricachón que daba fiestas y un vecino que lo observaba. Luego tenía clase de anatomía, con un examen oral sobre el sistema esquelético. El señor Nelson volvería a estar encima de la mesa y se suponía que Stevie tenía que saber los nombres de todos sus huesos. Llevaba seis temas de retraso en los trabajos de matemáticas y lengua. Los deberes la asediaban como un monstruo grande y mudo. Quizá, si no se volvía a mirarlo, dejaría de molestarla.

—He enviado un mensaje a toda la academia —anunció Janelle mientras cerraba el ordenador.

Stevie levantó la vista y se manchó la sudadera con un poco de sirope que goteó del gofre.

—¿Qué? —preguntó.

—Voy a hacer una demostración a las ocho. He invitado a todo el mundo.

En efecto, mientras estaban allí sentados, Stevie vio que el mensaje empezaba a llegar a los teléfonos y ordenadores de varios compañeros. Mudge, desde el otro lado de la sala, le hizo un gesto de aprobación con el pulgar.

—¿Conoces a Mudge? —preguntó Stevie.

—Claro. Quiere ser ingeniero creativo de imágenes y construir autómatas y robots.

—¡Va a estar genial! —exclamó Vi.

Aquella mañana se había puesto un mono rojo por encima de una camiseta con un arcoíris. Se había afeitado un poco más el pelo rubio platino por ambos lados de la cabeza, con una cresta de punta. Vi siempre parecía vivaz y despierta, como si acabara de hacer diana en la red eléctrica. Quizá por eso se compenetraba tan bien con Janelle. Ambas vivían la vida intensamente y con entusiasmo.

—Tengo que irme —dijo Vi al tiempo que recogía su mochila—. Voy a llegar tarde a clase de mandarín.

Besó a Janelle en la coronilla y dijo adiós con la mano a Nate y a Stevie. Nate arrugó una servilleta y la metió en el vaso de zumo vacío.

—Será mejor que yo también me vaya —anunció.

—¿No faltan todavía unas horas para tu primera clase? —preguntó Janelle.

—Sí —respondió—. Pero quiero ir a casa y disfrutar del primer piso para mí solo antes de que llegue el Hunter ese. Hunter. ¿Cómo es?

—Estudia Ciencias Medioambientales —contestó Stevie—. Es muy agradable.

—Bien —comentó Janelle—. Se va David y llega un chico agradable al que le gusta el medio ambiente. A mí me parece un buen cambio.

Janelle nunca había ocultado lo poco que le gustaba David.

—Bueno... —dijo Vi—, os veo allí a las seis y os llevo la cena y...

El teléfono de Vi tintineó y lo miró.

—Ay, Dios —murmuró—. Dios mío.

—¿Qué? —preguntó Janelle.

A Stevie le dio un vuelco el corazón.

Vi levantó el teléfono y les enseñó el titular que había aparecido en la pantalla: EL SENADOR EDWARD KING ANUNCIA SU CANDIDATURA A LA PRESIDENCIA.

—Se presenta —explicó Vi—. Lo sabía. Menudo capullo.

Stevie había contado su secreto a Janelle y Nate; sabían que David era hijo de Edward King. Ambos miraron a Stevie. Nate recogió su bandeja y se fue a toda prisa.

—En fin —se despidió Vi, sacudiendo la cabeza—. A las seis. Os llevaré unos tacos si hay.

Cuando se quedaron solas, Janelle empezó a comer una macedonia de frutas y miró a Stevie.

—Has estado muy callada —dijo—. ¿Qué te traes entre manos? Desde que escuchamos la grabación en aquella máquina antigua te has mostrado muy huidiza. Y luego lo de tu profesora, la de Burlington... ¿Qué te pasa?

—Son muchas cosas —respondió Stevie—. ¿Te acuerdas

del mensaje que apareció en mi pared aquella noche? ¿El que quizá había soñado?

—Claro.

—Ayer conocí a una amiga de Ellie en Burlington. Me contó varias cosas, como que Ellie sabía lo del mensaje y creía que lo había hecho alguien. Ellie creía que había sido real. Quizá incluso supiera seguro que era real.

Janelle se irguió sorprendida.

—Pero ¿quién iba a hacer semejante cosa? —preguntó—. ¿David?

—No creo —contestó Stevie—. A ver, el único que podría encajar ahí era Hayes. Por lo del vídeo. No encaja nadie más. Pero esta chica me dijo que Ellie estaba segura de que era real y que sabía quién lo había hecho.

—Bueno, si lo averiguamos, habrá consecuencias graves. No se te hace una cosa así.

Stevie sintió una oleada de calidez. En su antiguo instituto tenía amigos, gente con quien hablaba y a veces intercambiaba mensajes. Pero, siendo sincera consigo misma (y a menudo intentaba no serlo), era la primera vez que experimentaba esa conexión de vida real. Sus relaciones más auténticas habían sido las de las personas que aparecían en los esquemas relacionales de los casos que estudiaba. Ellingham le había brindado *eso otro*, quizá incluso eso otro de lo que hablaban sus padres. Amigos que pasaban tiempo juntos charlando en pijama. Amigos que escuchaban. Amigos que te defendían.

Pero no sabía cómo expresar todo aquello, ni siquiera si debería hacerlo, así que volvió a mojar el gofre en sirope.

—¿Puedes ver el interior de las paredes? —preguntó a Janelle.

—¿Si yo personalmente puedo ver el interior de las paredes? Puedo hacer cualquier cosa. Pero creo que lo que me estás preguntando es si hay algo que pueda penetrar en una pared para mostrar lo que oculta, y la respuesta es sí. Un escáner de pared. Son de uso corriente. Se utilizan para encontrar tuberías, alambres, clavos, cosas así. ¿Por qué?

—Por... curiosidad.

—¡Oh! ¡Ya tengo cuatro respuestas! —exclamó Janelle mientras su teléfono tintineaba—. ¡Hay gente que va a venir esta noche! Oh, Dios mío. ¿Y si sale mal?

—Saldrá bien —le aseguró Stevie.

—De acuerdo. Tengo que mantener la calma. Me voy a clase y luego a hacer unas cuantas pruebas. Nos vemos allí, ¿vale?

—¡Por supuesto! —repuso Stevie.

Janelle recogió sus cosas, las metió en su gran bolso naranja y salió deprisa. Stevie sacó *El gran Gatsby* de la mochila y se quedó mirando la portada: un fondo azul noche en el que flotaba un rostro de mujer, una típica chica a la moda de los años veinte, hecha de luz y cielo, casi todo ojos, con una ciudad que se extendía a su espalda como un rosario de joyas. Algo parecido al retrato de la familia Ellingham pintado por Leonard Holmes Nair, que seguía colgado en la Casa Grande. Una alucinación de una persona y un lugar.

Hablando de chicas a la moda de los años veinte..., en ese momento entró en el comedor Maris. Llevaba un abrigo amplio y esponjoso de piel sintética negra. Maris tenía un montón de cosas con pelo y flecos. Se pintaba los ojos cargándolos de delineador oscuro y máscara de pestañas. Tras ella entró Dash, con su abrigo enorme y su bufanda larga.

Maris y Dash eran aficionados al teatro; en Ellingham no había muchos, y ellos dos se habían hecho cargo de todo lo relacionado con el teatro ahora que Hayes ya no estaba. Maris parecía haber perdido algo de la pose melancólica que había adoptado tras la muerte de Hayes. Durante varias semanas, se había paseado como la viuda desconsolada, vestida de luto riguroso y con los labios pintados de negro, llorando en la biblioteca y en el comedor y cuidando el santuario que había surgido de manera espontánea en la cúpula en memoria de Hayes. Quizá un duelo excesivo por una persona con la que llevaba saliendo una semana, dos a lo sumo. Maris había cambiado la ropa de luto por un vestido amarillo que parecía *vintage,* complementado con unas medias negras de rejilla y zapatos de tacón ancho. Se había pintado los labios de azul, como transición a su característico rojo vivo habitual.

Al otro lado del comedor, Stevie vio a Gretchen, una pianista con una melena de color rojo intenso. Había salido con Hayes el año anterior. Hayes la había utilizado para que le hiciera los deberes y los trabajos. Hasta le había pedido prestados quinientos dólares que nunca le devolvió.

En teoría, tanto Gretchen como Maris tendrían algo contra Hayes. Este se había aprovechado de Gretchen en varios sentidos. Además, salía con Maris al mismo tiempo que mantenía una relación a distancia con Beth Brave, otra estrella de YouTube. ¿Suficiente para matarlo? Por otro lado, Maris podía haber ayudado si Hayes hubiera querido proyectar aquel mensaje en la pared de Stevie. Maris era inteligente. Conocía muchos trucos del teatro, así que probablemente habría sabido cómo montar algo desde donde proyectar el mensaje. No hacía más que dar vueltas a lo del mensaje. ¿Qué podía significar? En el mejor de los casos, había sido una broma inofensiva. Bueno, no inofensiva. Le había provocado un fuerte ataque de pánico. Pero, tal como se desarrollaban las cosas en Ellingham, sí había sido inofensiva. No la había matado. Pero no era por la gravedad; era por el motivo. ¿Por qué lo hicieron? No podía dejar de pensar que, si lograba descifrar el misterio de la mano en la pared, lo entendería todo.

Casi todos los alumnos de aquel curso habían elegido como materia optativa el seminario de historia y literatura de la doctora Quinn, una clase en la cual todos leían novelas y estudiaban el periodo y contexto histórico en que se desarrollaban. *El gran Gatsby* era sobre los años veinte, una época que despertaba cierto interés en Stevie, pues durante ella se habían cometido muchos crímenes interesantes y daba paso al caso Vermont de los años treinta.

—Mucho se ha escrito sobre la luz verde al final del dique —dijo la doctora Quinn. Era la vicedirectora de la academia y una persona brillante en casi todo. Se paseó a zancadas ante la clase. Llevaba unos zapatos relucientes de tacón, una falda tubo y una blusa blanca y suelta que parecía muy estilosa, aunque Stevie no supiera precisar por qué—. Todo el mundo habla de la luz verde al final del dique. Sin embargo, yo quiero que os centréis en las circunstancias que rodean la muerte de Gatsby al final de la novela. En su asesinato.

Stevie levantó la vista. ¿*El Gran Gatsby* era una novela de misterio? ¿Por qué nadie lo había dicho antes? Miró su ejemplar con sudor febril.

—Stevie —dijo la profesora

La doctora Quinn era capaz de oler el sudor y el miedo, probablemente a kilómetro y medio de distancia si tenía el viento a su favor. Entornó los ojos al mirar a Stevie, que sintió que se le encogía la espina dorsal con la presión.

—Eres nuestra detective particular. ¿Crees que la muerte de Gatsby era esperada? ¿En qué crees que contribuye a la narración?

Tenía que contestar algo, así que dijo lo único que sabía.

—Los asesinatos no suelen producirse al final de un libro.

—Tal vez no en las novelas de misterio —dijo la mujer—. Si así fuese, al lector no le quedaría mucho en qué pensar. ¿Cómo funciona el asesinato en esta historia?

—¿Puedo decir yo algo? —preguntó Maris con la mano levantada.

Stevie sintió que la invadía una oleada de gratitud que se extendía hasta Maris y sus labios azules.

—Es un debate —repuso la mujer, sin dar una respuesta concreta.

—Para mí, su asesinato fue una evasión de responsabilidad.

—¿Y eso?

—Creo que Gatsby debería haber tenido la oportunidad de sobrevivir a las consecuencias —explicó—. Quiero decir, Tom... es un racista y un maltratador. Él y Daisy no mueren.

—Y Gatsby paga por el mal que ellos cometen —dijo la doctora Quinn—. Pero lo que os pregunto es: ¿cuándo creéis que Gatsby muere en realidad, cuando lo alcanza la bala o en algún otro momento de la historia?

Fue como si todo estuviera programado para picotear en la mente de Stevie. ¿Cuándo murió Hayes en realidad? ¿Cuando decidió tomar el camino que conducía a aquella sala llena de gas? ¿Y los demás? ¿En el momento en que Ellie se metió en el túnel? ¿Cuando Fenton miró los cigarrillos encima de la mesa? Todo había sido dispuesto por alguna mano incorpórea, como los ojos de la portada del libro.

—Entonces, ¿tú qué dices, Stevie? —insistió la doctora Quinn.

—No lo sé —respondió con sinceridad—. No sé decir dónde empieza ni dónde acaba todo. Es como un bucle.

Su respuesta fue lo bastante insólita para hacer que la mujer se parase a pensar. Al principio, su mirada prolongada auguraba una reprimenda delante de toda la clase, una de esas que derriten el barniz de las estanterías de caoba de pura incomodidad y vergüenza ajena. Pero luego algo cambió. La mujer desplazó el peso de su cuerpo al otro tacón y tamborileó la superficie de la mesa con sus uñas pintadas. Su mirada se tornó aún más escrutadora. Parecía como si quisiera diseccionar a Stevie y examinar su maquinaria.

—Un bucle —repitió—. Algo que se mueve en círculo. Algo que retrocede cuando intenta avanzar. Algo que regresa al pasado para encontrar el futuro.

—Exactamente —espetó Stevie—. Hay que encontrar sentido al pasado para comprender el presente, también el futuro.

Stevie no tenía ni idea de lo que estaba diciendo la doctora Quinn, pero a veces, por pura casualidad, uno se encuentra vibrando en la frecuencia de otra persona. Puede percibir el sentido del concepto, aunque no su significado literal. Y a veces, esto es más importante y proporciona más información.

—Pero ¿están ahí las respuestas? —preguntó la doctora Quinn—. Desde luego, eso es lo que creía Gatsby, y mira cómo terminó. Muerto en su piscina. Pensad en ese fragmento, justo desde antes del disparo, cuando se acerca su asesino: «Debió de mirar a un cielo poco familiar a través de las hojas inquietantes y se estremeció al pensar lo grotesca que es una rosa y lo pura que se veía la luz del sol sobre las briznas de hierba recién nacidas. Un mundo nuevo, material, aunque no real, donde los pobres fantasmas, respirando sueños como si fuesen aire, vagan sin rumbo... como la figura cenicienta y espectral que se deslizaba hacia él entre los árboles sin forma».

Incluso sin contexto que aclarara el significado, aquellas palabras hipnotizaron a Stevie. Fantasmas que respiran sueños como si fuesen aire, una figura de ceniza avanzando, si había comprendido bien, con una pistola. La persona que buscaba sentido al pasado terminaba muerta.

Stevie levantó la vista hacia su profesora, envuelta en ropa cara y pedigrí. Una mujer que conocía a muchas personas importantes, que había recibido ofertas de trabajo de administraciones presidenciales..., y allí estaba, explicando *El gran Gatsby* en lo alto de una montaña. ¿Por qué rechazar todo para dar clase, para trabajar a las órdenes de Charles, un hombre que no parecía caerle demasiado bien?

¿Quizá la doctora Quinn le estaba enviando un mensaje...

una advertencia? ¿O era que Stevie estaba perdiendo la cabeza sin remedio?

—La próxima vez lee el libro —le dijo la mujer— o te bajaré la nota.

Stevie casi podía sentir a la figura cenicienta a su espalda.

20 de abril, 1936

FLORA ROBINSON Y LEONARD HOLMES NAIR ESTABAN EN EL PATIO
empedrado detrás del salón de baile y el despacho de Albert.
Había transcurrido una semana desde que sonara el teléfono
y el mundo se viniera abajo. Albert había pasado la mayor
parte de la semana encerrado en su despacho con Mackenzie,
atendiendo el teléfono, esperando noticias. Nada había ocurrido desde la noche que entregó un saco de dinero en Rock
Point, y el silencio se hacía cada día más inquietante.

Nadie les impedía salir, pero el mundo exterior era cruel
y peligroso y estaba lleno de gente que los machacaría a preguntas sobre los detalles más insignificantes de la historia. Así
que paseaban alrededor de la casa, fumando y mordisqueando
las inagotables bandejas de sándwiches que preparaban en la
cocina para todo el mundo. Esperando que ocurriera algo. Lo
que fuera. La policía peinaba el recinto, comprobando cada
hoyo con bastones, instalando nuevas líneas telefónicas, ahu-
yentando a periodistas y curiosos.

Aquella noche pasearon por el patio mientras contempla-
ban cómo el sol se ocultaba tras las montañas. Leo se había
cansado del silencio.

—Iris me preguntó por el padre —dijo, acariciando la barandilla de piedra con el dedo. Miró a Flora, que dio una calada larga y ansiosa a su cigarrillo. Luego continuó—: Obviamente, no tenía nada que contarle. Pero he estado pensando, Flo, querida...

—No importa.

—Antes no importaba —explicó Leo—. Pero las cosas... podrían salir a la luz.

—Nada va a salir a la luz. Las encontrarán. Y ahí se acabará todo.

Leonard dejó escapar un largo suspiro y aplastó el cigarrillo con el pie. Se acercó a su amiga y se sentó sobre la barandilla.

—Se hablará mucho de la pequeña Alice —dijo en voz baja—. No tardarán en empezar. Se están cansando de escribir lo mismo día tras día. Querrán más. Su foto está en todos los periódicos del mundo. Y la gente podría darse cuenta de que no se parece mucho ni a Iris ni a Albert.

—Los niños no siempre se parecen a sus padres.

—Luego empezarán a preguntar por qué Iris fue a dar a luz a Suiza...

—Para evitar a la prensa, eso es lo que se dijo...

—Y después, algún intrépido reportero irá a la clínica y empezará a hacer preguntas. Da igual lo bien que se les pagara en su momento; alguien querrá vender la historia.

—Adoptar a un niño no tiene nada de malo.

—Por supuesto que adoptar a un niño no tiene nada de malo —repuso Leo—. No se trata de que sea bueno o malo. Se trata de que el mundo tiene hambre de historias. Es la niña más famosa del mundo. Y ya que tú y yo estamos juntos en este embrollo, quizá quieras compartir conmigo esa información. Es para protegeros a ti, a Iris y a Alice. Al resto del mundo no le incumbe. Quiero saberlo por si en algún sitio hay alguien que también quiera ganar dinero rápido con esta historia. Dímelo, porque solo quiero saberlo por ti y por Alice. Ya me conoces. Sabes que guardo los secretos de todo el mundo.

Dos policías pasaron muy cerca y la pareja permaneció en silencio unos instantes.

—Siempre salió todo bien —dijo Flora cuando los hombres se alejaron—, porque aquí tendría el mejor de los hogares. Sería rica. Estaría a salvo. Tendría lo mejor de lo mejor. Albert pagará. Albert pagará y volverán a casa. Las dos...

Abajo, algo había captado por completo la atención de Flora. Leo siguió la dirección de su mirada. Debajo de ellos, Robert Mackenzie y George Marsh caminaban en su dirección rodeando el estanque. Entonces Leo lo vio. El mentón de Alice. Sus ojos azules.

Muy parecidos a los de George Marsh.

—Así que es él —soltó Leo en voz baja—. ¿Cómo no me he dado cuenta antes?

—Apenas duró —respondió la mujer—. Solo unas semanas. Ya sabes lo aburrido que es esto cuando hace mal tiempo.

—¿Lo sabe él? —preguntó Leo.

Flora negó con la cabeza.

—No. No tiene ni idea.

—Mejor —repuso Leo—. Por lo menos, no es probable que él quiera vender su historia a nadie, pero mejor que no tenga ni idea.

—Alice volverá a casa —dijo Flora como si intentara convencerse a sí misma—. Volverá a casa sana y salva y se la llevarán a Nueva York, lejos de aquí, y nunca volverá a ocurrir nada semejante. Está bien. Sé que lo está. Si no fuera así, lo sabría. Lo sabría.

El sol se ocultó tras la línea del horizonte y las aves de la montaña describieron sus últimos círculos del día en el cielo. Leo puso una mano en el hombro de Flora. Querría decirle que todo iba a salir bien, pero mentiría. Leo podía ser muchas cosas, pero mentiroso no era una de ellas.

—Vamos a tomar una taza de té —propuso, dándole el brazo—. Quizá algo más fuerte. Entremos. Hay demasiada gente aquí fuera.

8

Cuando Stevie regresó a Minerva, había bolsas en la sala común, entre ellas, la que ella había traído de Burlington.

—¿Seguro que te apañas con la escalera para subir al baño? —decía Pix—. Quiero estar segura de que todo es accesible.

—No hay problema —respondió una voz—. Puedo subir y bajar escaleras. Gracias.

Había una única muleta apoyada en la pared del pasillo. Un instante después, Hunter salió del cuarto que había sido de Ellie, contiguo al suyo.

Hunter apenas se parecía a su tía, a excepción de los ojos azules. Había algo luminoso en él, quizá el color arena claro de su pelo o las pecas que le salpicaban la cara. Cuando vio a Stevie, sonrió, se colocó la muleta bajo el brazo izquierdo y entró en la sala común.

—Hola —saludó Stevie.

—No me imaginaba nada de esto. Venir a vivir aquí. ¿Sorpresa?

—Tu cuarto está junto al mío —explicó Stevie. Era mera información, pero decirlo en voz alta sonaba algo extraño—. ¿Necesitas ayuda? ¿Para instalarte, deshacer el equipaje...?

—Claro.

Lo siguió al dormitorio, el número 3, al final del pasillo, al lado del cuarto de baño de la torreta. La habitación ya no estaba llena de plumas de pavo real, ropa y tapices coloridos, pintura y lápices de colores, libros de arte y ropa de escena. Los pequeños fragmentos de poemas franceses escritos ilegalmente en las paredes seguían visibles; el equipo de mantenimiento aún no las había pintado. Una cosa que Stevie recordaba con toda claridad del cuarto de Ellie era la naturalidad con que dejaba la ropa interior tirada por el suelo. Bragas sucias. Las lanzaba con la misma facilidad con que un chico dejaba los calzoncillos en el suelo. En el espacio donde estaban antes ahora había bolsas de compra; las nuevas sábanas aún mostraban los pliegues del empaquetado.

—Me han dicho que tú compraste algunas de estas cosas —dijo Hunter.

—Bueno, las compró la academia. Yo solo las elegí.

Hunter recogió el abrigo acolchado que había comprado Stevie y se lo probó.

—Gracias —dijo—. Este sí que es un abrigo en condiciones. En Florida no usamos abrigos como este. Me da la impresión de que llevo puesto un colchón. En el buen sentido.

Se miró las mangas y después sus pertenencias diseminadas por el cuarto. No eran demasiadas. Es fácil hacer el equipaje cuando todo lo que tienes es consumido por las llamas.

—Lo siento muchísimo —dijo Stevie—. Por tu tía. Y por ti. Con lo del incendio. ¿Estás..., estás bien?

Las palabras salieron de su boca con torpeza, como bloques de madera.

—Gracias —respondió Hunter—. Sigo algo dolorido. Tengo varias quemaduras, aunque no son graves. Al principio me dolía mucho la garganta, pero también ha mejorado. Me han dicho que debo guardar reposo esta semana, así que seré el vecino que se pasa la vida tumbado. Creo que voy a quedarme aquí por lo menos hasta el final del semestre. Después, la universidad me buscará alojamiento en el campus. Me van a proporcionar alojamiento y comida gratuitos y me seguirán aplicando el descuento en la matrícula, lo cual es un gran detalle. Mientras tanto, viviré en un sitio superguay que siempre había querido ver. La verdad es que aún me estoy haciendo a la idea...

Se quitó el abrigo y lo extendió encima de la cama con cuidado.

—No era eso —se corrigió—. No era así como quería expresarlo. Parezco gilipollas.

—No digas eso —le reprendió Stevie, sacudiendo la cabeza.

—Sí, lo digo... —Hunter se sentó en el borde de su nueva cama y recorrió con la mirada el cuarto vacío que le habían prestado—. No conocía demasiado bien a mi tía. No me... No me gustaba mucho vivir allí. Estaba sucio y olía mal, además yo no podía ayudarla. Estaba pensando en regresar a casa. El descuento en la universidad no merecía la pena. Obviamente, lo que pasó fue horrible, pero no puedo fingir que tuviéramos una relación muy estrecha. Así es como me siento; quería que lo supieras.

Era el tipo de sentimiento que Stevie podía entender a la perfección.

—Aquí vas a estar a gusto —le aseguró—. Pix es muy agradable.

—¿Es arqueóloga?

—Y antropóloga. Colecciona dientes.

—¿Y quién no?

—Y Nate es escritor, y Janelle construye máquinas. Esta noche va a hacer una demostración. Deberías venir a verla.

—Me quedaré aquí —repuso Hunter—. No pertenezco a la academia. No sé si se supone que puedo ir a esas cosas.

—Por supuesto que puedes venir —le aseguró ella—. Ve algo normal por una vez.

—¿Por una vez?

Quizá sonara raro. Pero, al fin y al cabo, estaban en Ellingham.

—Vale —dijo el chico—. De acuerdo. Me vendrá bien conocer a mis nuevos compañeros de alojamiento y sus máquinas.

La sonrió y, por un instante, Stevie sintió que quizá la vida en Ellingham podría ser normal. Un chico feliz y equilibrado con reacciones razonables ante cualquier situación; podría ser un cambio agradable. Quizá aquel sería el momento en que todo cambiaría para ella. Quizá ahora sería cuando el curso comenzara en serio.

Quizá estuviera depositando demasiadas expectativas en aquel momento, pero había que confiar en que aquel curso trajera algo bueno, pensó Stevie.

En el caserón se había congregado una buena concurrencia.

Además de Stevie, Vi, Nate y Hunter, había acudido un

grupo de unos treinta compañeros muy interesados, lo cual era extraordinario, teniendo en cuenta que representaban el 30 por ciento de los alumnos de la academia. Ellingham era la clase de sitio en que, si un compañero se presenta a una competición de ingeniería, una serie de personas deja de componer música, escribir libros, cantar ópera o trabajar en matemáticas avanzadas para ir a ver su obra.

Kaz estaba allí, por supuesto. Como responsable del sindicato de estudiantes, ofrecía su apoyo a todos los proyectos y lucía su espléndida sonrisa, esa que parecía una cocina diáfana llena de alacenas blancas de un programa de decoración de interiores.

(Tras varios meses en Ellingham, Stevie apenas tenía idea de lo que hacía el sindicato de estudiantes, ni siquiera de si existía en realidad. Lo cual era bastante significativo en lo concerniente al sindicato o a la propia Stevie. Sospechaba que en lo concerniente a ambos. Había tenido el mismo desconocimiento sobre el consejo estudiantil en su antiguo instituto. Sabía que se habían celebrado elecciones y que los ganadores habían sido cuatro personas con pelazo. Sus promesas electorales tenían algo que ver con el reciclaje, el aparcamiento y las máquinas expendedoras. Estaban exentos de sanción por utilizar el teléfono móvil en el instituto debido al cargo que ocupaban; a veces, los veía recorrer los pasillos a paso ligero, dándose importancia mientras tecleaban en sus teléfonos. No hubo ningún cambio respecto al reciclaje, el aparcamiento o las máquinas expendedoras, así que daba la impresión de que las elecciones al consejo eran, en realidad, un concurso de popularidad enmascaradas bajo una tenue pátina de legitimidad.

Quizá Stevie desconfiaba de la política en general a causa de sus padres. Era un aspecto de su propia estructura psicológica que se ocuparía de investigar en otro momento, cuando hubiera descubierto cuáles eran los detonadores de sus crisis de ansiedad y no estuviera intentando resolver múltiples asesinatos. La gente tiene sus límites.)

Maris estaba tumbada en el suelo, enfrascada en una conversación con Dash. Estaba, según percibió Stevie, pestañeando y poniendo ojitos a Kaz. Junto a ellos se encontraba Suda, de la clase de anatomía de Stevie, vestida con un hiyab azul eléctrico. También estaba Mudge, apoyado en un lateral de la sala.

—¿Este es el tipo de cosas que hacéis? —preguntó Hunter mientras observaba las tuberías, platos y mesas—. Es que mi instituto estaba muy bien, pero no se parecía para nada a esto.

—Ni el mío —dijo Stevie.

—El tuyo es este.

—El antiguo —repuso en un tono más cortante de lo que pretendía—. El de antes, quiero decir. Supongo que habría otras cosas, pero yo no me enteraba. Yo no... no iba a nada.

—Algo harías bien, seguro —dijo él—. Terminaste aquí.

Una relación en la que Stevie nunca había pensado.

Cada vez que pensaba en la Stevie de antes, la de Pittsburgh, existían dos ideas separadas que nunca llegaban a encontrarse. La primera Stevie era antisocial y no desarrollaba su potencial al máximo. No formaba parte de ningún club, a excepción de un semestre en primero de ESO cuando se apuntó al coro, aunque no cantó. No le gustaba el sonido de su voz y se limitaba a mover los labios. Se había apuntado al coro por la presión general para que tuviera algo que aportar en un formulario de solicitud en el futuro. No practicaba ningún deporte, no tocaba ningún instrumento. Podía haber participado en alguna publicación, pero para el anuario lo importante era conocer gente, y la revista trataba de poesía, así que quedaban descartadas las dos. Fue a una reunión del periódico para ver si aquello podría funcionar, pero no era sobre periodismo serio de investigación, sino más bien sobre asistir a encuentros deportivos y contar cuántos tantos se habían conseguido y quiénes los habían marcado. No parecía haber ninguna actividad donde poder encajar, por eso pasó doce semanas fingiendo entonar canciones de Disney hasta que se le quitaron las ganas de volver y sus padres le echaron un sermón sobre lo mucho que los estaba decepcionando. Aquella era la peor Stevie.

Y, sin embargo, había otra Stevie más fuerte. Esta Stevie pasaba el tiempo leyendo sobre todo lo relativo al crimen que encontraba en internet. Estudió manuales de criminología. Creía, creía de verdad, que sería capaz de resolver el crimen del siglo. Y lo había logrado.

Stevie nunca había unido a aquellas dos Stevies para componer un retrato de sí misma; sus decisiones no habían sido fracasos. Habían sido decisiones. Era todo una sola Stevie, y aquella Stevie valía la pena.

Toda esa información se le vino a la cabeza de repente. Hunter continuaba mirándola. Se dio cuenta de que tenía la boca entreabierta, como si aquella intensa fusión de identidades quisiera darse a conocer al mundo por primera vez. Podía ser como las demás personas: como Janelle, que construía cosas y tenía aficiones y también tenía una relación con Vi, que era auténtica y romántica. Quizá Stevie podría ser también una persona de verdad. Quizá podría expresarse y en aquel momento podría nacer esa Stevie nueva y plenamente consciente.

—Lo que tú digas —se oyó decir en voz baja—. O sea, sí. O quizá no.

Tras ellos, Germaine Batt hizo su habitual entrada en la sala, silenciosa y siempre vigilante. Llevaba de nuevo su atuendo semiprofesional: americana y pantalones negros. Se había recogido el pelo en una coleta baja que le colgaba sobre la espalda. Miró a su alrededor, vio a Hunter y a Stevie y se sentó a su lado. Sacó el teléfono con la función grabadora encendida.

—¿Vas a informar sobre la demostración? —preguntó Stevie.

—No. Odio las historias de interés humano. Tú eres el sobrino de esa mujer que murió, ¿no? Estuviste en el incendio.

Hunter parpadeó, sorprendido.

—Por Dios, Germaine —se quejó Stevie—. ¿En serio?

—Sí —respondió Hunter.

—¿Pensarías en la posibilidad de concederme una entrevista?

—Yo... supongo que sí.

Stevie quiso detener aquella embestida de locomotora a cámara lenta, pero Janelle estaba situándose delante de su máquina y parecía lista para empezar. Llevaba su vestido con estampado de limones y se había envuelto el pelo en un alegre turbante amarillo. Siempre se ponía los limones cuando quería que le dieran suerte.

—Bueno —empezó—, ¡muchas gracias por venir a ver mi máquina! Dejadme que os hable sobre Rube Goldberg. Fue un ingeniero que se hizo ilustrador de...

Los pensamientos de Stevie comenzaron a vagar, siguiendo los giros de las tuberías, las tazas y los platos. Estaban tomando un rumbo inesperado. David se había marchado. David no podía marcharse del todo, porque lo tenía en su mente una y otra vez. Quizá necesitaba algo para apartarlo de una vez. ¿Sería Hunter ese algo? ¿Era eso lo que hacía la gente? ¿Interesarse por alguien nuevo? Para empezar, ni siquiera sabía cómo David y ella habían terminado juntos.

—... así que creó un personaje llamado profesor Butts, quien...

Había sido una especie de magnetismo. Sinceramente, no había otra explicación. Pero cuando se encontraba cerca de David, algo se tambaleaba en su interior. Las líneas y los contornos se desdibujaban. Incluso en aquel momento, tenía el teléfono aferrado con fuerza entre sus dedos. A lo mejor volvía a llamarla.

—Así que... ¡aquí está el Café Peligroso! —anunció Janelle.

Extendió el brazo y accionó la palanca de la tostadora. Las bolas comenzaron su viaje en torno a las tazas, platos y fuentes, bajando por las tuberías, pasando por encima del pequeño chef. La sala respondió bien, con risas y sonidos de aprobación. Janelle se apartó a un lado con las manos fuertemente entrelazadas. Hacía un gesto de aprobación con la cabeza cuando cada parte del proceso salía justo como lo había planeado, cuando cada peso, cada montón, cada tubo cumplía su función. La última bola estaba llegando al final. El dispensador de refresco entró en acción. Las tres jarras de plástico empezaron a llenarse. Esta vez, Stevie estaría pendiente cuando se accionase la pistola y el huevo recibiera los disparos de bolas de colores. Puso toda su atención.

Pero...

Lo que pasó a continuación ocurrió tan deprisa que Stevie apenas tuvo oportunidad de captarlo. Se oyó un fuerte ruido metálico, un silbido. Algo se movió y salió volando. Hubo un estruendo ensordecedor cuando todos los platos se cayeron a la vez y un objeto salió disparado en su dirección. Stevie cayó encima de alguien mientras la sala entera gritaba al unísono.

Cuando por fin terminó el estrépito, Stevie levantó la vista desde la pila de gente sobre la que había aterrizado. Un pequeño cartucho rodaba por el suelo. Aparte de eso, había un silencio tenso y confuso. Partes de la máquina de Janelle estaban tiradas por el suelo hechas pedazos, los platos y tazas que había pegado para formar montones se habían hecho añicos. Desde el otro lado de la sala, una voz gritó de dolor. Inmediatamente, otras voces asustadas contuvieron otro grito.

Stevie se miró. Tenía un poco de polvillo de cristal en la sudadera, pero por lo demás no había sufrido daños. Nate, Hunter y Vi estaban igual, más aturdidos que otra cosa. Vi inmediatamente corrió hacia Janelle, que permanecía inmóvil, muda de horror y confusión.

Suda, la chica del hiyab azul eléctrico, se puso en pie de un salto y procedió a evaluar a los heridos. Se dirigió de inmediato a Mudge y se arrodilló a su lado. El amigo alto y gótico de Stevie, el que siempre la ayudaba en anatomía, estaba inclinado sobre un brazo y lloraba en silencio.

La demostración había finalizado.

9

—Bueno —dijo Hunter para romper el silencio—, vaya nochecita, ¿eh?

—No creas —repuso Nate mientras picoteaba del fondo de un gran cuenco de palomitas en busca de las que se habían hecho del todo y no eran granos duros disfrazados—. Más o menos así suelen ser las cosas. Algo terrible sucede y volvemos todos aquí y hablamos de lo horrible que ha sido. No aprendemos.

Stevie le dio un codazo en el costado; ligero, pero firme. Estaba sentada junto a él en el sofá; Hunter se había acomodado en la hamaca y se mecía suavemente mientras el fuego crepitaba en la chimenea. Al otro lado de la sala, Janelle estaba sentada con Pix. Había ido casi todo el camino hasta Minerva llorando sin parar.

—Son cartuchos normales de *paintball* —dijo con voz llorosa.

—No te preocupes —la consoló Pix, con un brazo sobre los hombros de Janelle—. No es culpa tuya.

—Sí es culpa mía —dijo Janelle, soltando lágrimas al escupir las palabras—. Yo la construí. Soy responsable de lo que construyo. Los depósitos tenían la presión correcta. Los reguladores estaban a un nivel muy bajo. No entiendo qué pudo pasar. Todo en esa máquina era seguro. Todo inofensivo. Lo comprobé miles de veces.

A Pix no se le ocurrió nada que decir, y, durante unos instantes, tampoco a los demás. Pero entonces intervino Hunter:

—Las cápsulas de dióxido de carbono son muy comunes —explicó—. La gente las tiene en las cocinas. Esas cosas para hacer refrescos caseros.

—¿Cápsulas de dióxido de carbono? —preguntó Stevie.

—¿Era eso lo que usaste? —preguntó Hunter—. ¿O algún otro tipo de cartucho?

—De dióxido de carbono —respondió Janelle—. Sí, la gente los tiene para hacer soda.

A Stevie le entró un leve temblor.

—Ahora vuelvo —dijo.

Se dirigió a su cuarto medio tambaleándose y descolgó el abrigo, el albornoz y otras prendas de los ganchos, la ropa que ocultaba las notas adhesivas que había pegado en la pared la noche anterior. Miró las notitas azules.

Hayes Major: intoxicación por CO_2/hielo seco.

Ellie Walker: congelación/deshidratación/emparedamiento.

Dra. Irene Fenton: incendio doméstico.

Alcanzó el taco de notas azules y añadió una más:

Máquina de Janelle: accidente depósito de CO_2.

Ahora sí que no había duda alguna. Había una mano en todo aquello, una mano silenciosa que guiaba las cosas en la dirección que no debía. Había trasladado el hielo, cerrado las puertas, accionado la llave del gas y quizá había alterado la máquina de Janelle.

¿Por qué demonios querría alguien estropear una máquina Rube Goldberg? Lanzó una mirada furiosa a las cuatro notitas, exigiéndoles que hablaran, que aclararan la situación. ¿Qué tenían en común Hayes, Ellie, la doctora Fenton... y un grupo cualquiera de alumnos?

Bueno, en dos de los casos, a Janelle.

La tarjeta identificativa de Janelle había sido utilizada para robar el hielo seco. Ella tenía pase de acceso porque estaba construyendo su máquina, una que ahora estaba destrozada. Pero aquellos dos datos no guardaban relación con lo ocurrido a Ellie y a la doctora Fenton, a no ser que hubiera un asesino por ahí suelto con el objetivo de estropear los trabajos de unos cuantos alumnos de Ellingham.

Stevie despegó varias notas adhesivas más y apuntó todo lo que bullía en su mente:

El pase de Janelle.
El mensaje en la pared.
Los accidentes de CO_2.

Alguien llamó a la puerta con delicadeza y Nate entró en su cuarto arrastrando los pies. Stevie alcanzó el albornoz y unas toallas en un tímido intento por colgarlas de nuevo y ocultar la pared, pero Nate ya la había visto.

—No crees que haya sido un accidente, ¿a que no? —preguntó su amigo—. Cada vez que sales de algún sitio de esa forma, es porque crees que algo malo que acaba de ocurrir no es un accidente. Es tu reacción habitual.

—¿Y tú? —preguntó Stevie a su vez, desistiendo y lanzando el albornoz al otro lado del dormitorio, que quedó extendido dramáticamente en el suelo al fallar por un metro su intento de alcanzar la cama.

—No —contestó Nate; se acercó y se sentó en la chirriante silla del escritorio—. Ya no creo que nada sea un accidente. Ni siquiera yo soy tan fatalista. Lo que sí creo es que es extraño que alguien o algo odie este edificio en particular. Parece que vivamos en una parábola.

—¿Cuál es el mensaje de esta parábola? —se interesó Stevie.

—No lo sé. —Nate dio vueltas en la silla—. ¿No vayáis a la academia?

—Está aquí mismo y no lo veo —dijo Stevie sacudiendo la cabeza—. Somos famosos por estar en la academia de los asesinatos. Existe toda esa leyenda sobre este lugar. ¿No es más fácil hacer cosas malas en un lugar donde se supone que ocurren cosas malas? Todas estas personas murieron aquí, y por un motivo. Quizá incluso por el mismo motivo. Quizá haya una línea desde 1936 hasta ahora.

Abrió el cajón de la cómoda y sacó la lata de té abollada que había encontrado en el cuarto de Ellie, la que le había dado la clave para el caso de Atentamente Perverso. La abrió con cuidado, sacó los objetos que contenía y los colocó en la cómoda, junto al cepillo y el desodorante.

—Un trozo de pluma blanca —dijo, mostrándosela a Nate—. La carcasa de una barra de labios. Una horquilla con pedrería. Esta cajita esmaltada en forma de zapato. Un jirón de tela. Fotografías. Y un poema. Alguien recogió todas estas cosas en 1936 y las escondió. Son insignificancias. Pero ahí es donde están las pistas. Las pistas son insignificancias. Hay cosas que salen volando de un coche cuando sufre un accidente. Un asesinato es algo complicado y hay que utilizar cosas insignificantes para descubrir qué ocurre. De algún modo, todas estas baratijas nos llevan a la situación actual y a todos esos accidentes con dióxido de carbono y fuego y gente que se queda atrapada. Esta academia no está maldita. No existe tal cosa. A menos que el dinero sea una maldición.

—En cierto modo, sí —matizó Nate—. Y no es que yo lo tenga. Bueno, un poco sí. Del libro. Sí, la verdad es que sí. No sé qué hacer con él. Tengo que pagar impuestos.

—Dinero —continuó Stevie—. Los secuestros fueron por dinero. Si Fenton estaba en lo cierto, si hay algo en un testamento que dice que alguien cobrará una inmensa fortuna si encuentra a Alice viva o muerta...

—Pero ¿no te dijo Charles que no existía?

Stevie siguió con la vista fija en los objetos que había encima de la cómoda. Las cuentas resplandecían. Hizo girar la carcasa del pintalabios entre los dedos, arriba y abajo.

—Hay algo importante que une todas estas cosas —dijo—. No sé dónde encontrarlo. No sé qué hacer. No sé cómo investigar un caso. Quiero decir, he leído cómo se hace, pero no dispongo de un laboratorio forense. No tengo acceso a las bases de datos policiales ni habilidad para interrogar a la gente.

Puedo investigar las cosas del pasado, pero no estoy segura de cómo proceder en el presente. Esto es real. Y está en curso.

—Cuéntaselo a alguien —sugirió Nate.

—¿Contar que creo que un asesino peligroso anda merodeando por aquí y enseñar todas mis notas?

—Supongo.

Alguien llamó a la puerta, que se abrió tímidamente con un chirrido. Hunter asomó su cabeza rubia y se mordió los labios, nervioso.

—¿Puedo pasar? —preguntó—. Me siento incómodo porque Janelle está muy disgustada y no quiero que piense que no le hago caso o que me quedo mirando sin hacer nada...

—Claro, pasa...

Stevie se situó delante de las notitas e intentó apoyarse en la pared con naturalidad. Hunter ya había visto la lata, así que eso no era un problema..., pero el esquema relacional de las muertes era algo para lo que quizá no estuviera preparado.

—Creo que lo de la máquina va a ser un problema —reconoció Hunter.

—Puede que no —repuso Stevie—. La academia se las ha tenido que ver con cosas peores. No es como antes, cuando todo salió en las noticias y estuvimos sometidos a tanta presión. Mientras no...

—¿Esto cuenta como noticia?

Hunter le enseñó el teléfono. El titular no dejaba lugar a malentendidos:

OTRO ACCIDENTE EN ELLINGHAM: UNA EXCLUSIVA DE *EL INFORME BATT*

—Germaine —murmuró Stevie—. Germaine.

La consecuencia llegó en forma de mensaje enviado a toda la academia a las siete de la mañana siguiente, que despertó a Stevie de su sueño inquieto con un zumbido. Había vuelto a acostarse con la sudadera y el pantalón de chándal; el teléfono perdido entre las sábanas reclamaba su atención. Antes de que le diera tiempo a rescatarlo para ver qué pasaba, Janelle apareció en la puerta con su pijama de gatitos y los ojos llenos de lágrimas.

—Dios mío —gimió—. He cerrado la academia.

—¿Eh? —acertó a decir Stevie.

Janelle se desplomó en la cama junto a Stevie, le pasó su teléfono y estalló en sollozos.

Asamblea general a las 9:00 a. m. Asistencia obligatoria. Todas las clases quedan canceladas. Por favor, acudid al comedor.

Poco después, el pequeño grupo de Minerva se unió a la peregrinación que recorría el campus. Janelle no había dejado de llorar hasta pocos minutos antes. Nate llevaba las manos tan hundidas en los bolsillos que bien podía tocarse las rodillas. Vi los esperaba en la puerta para ir con ellos. Vestía traje y corbata y había hecho unas flores de papel para animar a Janelle. Hunter también los acompañó. No era alumno y no tenía por qué ir. Aún se sentía nuevo, no del todo como en casa y no sabía muy bien cómo convertirse en uno más, así que decidió ir con ellos.

—Es todo culpa mía —gimió Janelle, sorbiendo por la nariz—. Todo lo que vaya a pasar.

—No lo es —la consoló Vi—. Y probablemente no pase nada. Seguro que pondrán nuevas normas, o quizá sea por la nieve. Esta tormenta va a ser de las gordas. —Sacó su teléfono y consultó rápidamente el pronóstico del tiempo—. Escuchad —añadió—. Pronóstico actualizado: hasta noventa centímetros de espesor y fuertes vientos, así que contad con ventisca intensa. Empezará a nevar mañana por la mañana, al principio entre cinco y siete centímetros por hora, cobrando intensidad rápido.

—Es culpa mía —repitió Janelle.

Cuando el grupo estaba a punto de cruzar el césped, Hunter se detuvo.

—Yo tengo que ir por el sendero si no os importa —explicó—. Os veo luego.

—¿Por qué no vamos nosotras por el césped? —propuso Vi; dirigió a sus amigos una mirada que decía «dejadme unos minutos a solas con ella».

—Vale —dijo Stevie—. Iremos por el sendero y nos vemos allí.

Vi y Janelle cruzaron el césped, y Stevie, Hunter y Nate giraron para enfilar el camino.

—Disculpad —dijo Hunter—, pero es que la muleta siempre se me queda atascada en la hierba.

—No tienes que disculparte —repuso Stevie—. De todos modos, creo que querían hablar a solas.

—¿Qué creéis que puede estar pasando? —preguntó el chico.

—Nada bueno —respondió Nate—. No hay asambleas generales de emergencia por un buen motivo. Aquí no.

Todo Ellingham se había reunido en el comedor. El fuego crepitaba en la gran chimenea que presidía la estancia, en la acogedora zona de estudio. La mayor parte de los asistentes se habían sentado allí, ocupando toda la superficie disponible, algunos todavía en pijama con una sudadera por encima. Una intensa y vibrante energía se palpaba en la sala. Los profesores se paseaban con tazas de café. Vi y Janelle estaban sentadas a una mesa. Vi intentaba convencer a Janelle para que comiera unas tortitas, aunque sin éxito. Unas mesas más allá, con la cara pegada a la pantalla de su ordenador, Germaine Batt lo observaba todo atentamente.

—Ahora vuelvo —se disculpó Stevie con sus amigos.

Se acercó a la mesa de Germaine y se sentó a su lado. Germaine ni la miró, pero le dijo:

—No lo hagas.

—¿Que no haga qué?

—No me digas que no debería haberlo publicado. No dije que Janelle fuera la culpable.

—Dijiste que su máquina había estallado —dijo Stevie—. Lo cual ni siquiera es cierto.

—¿No viste esa cosa salir volando? Le rompió el brazo a Mudge.

—Pero no estalló. Lo que ocurrió...

Germaine cerró el ordenador con firmeza y clavó la mirada en Stevie.

—Mira —se enfadó—, ya sé que Janelle está muy afectada. Conté lo que había ocurrido. Y ya. Igual que tú investigaste la muerte de Hayes. ¿Y qué salió de todo aquello?

Stevie se sintió como si le hubieran dado un puñetazo en

la cara. Casi llegó a tambalearse, como si el golpe hubiera sido real. Se apoyó en el respaldo, luego se levantó y se dirigió a su grupo, medio aturdida. Podéis Llamarme Charles y la doctora Quinn llegaron al comedor con paso decidido. Antes de entrar, consultaron algo con unos profesores, todos ellos con gesto muy serio.

—Nada bueno —susurró Nate a Stevie.

Charles se dirigió al centro de la zona de estudio y se subió a una mesa baja de madera maciza.

—¿Podéis acercaros todos o prestarme atención? —dijo.

La sala se quedó inmediatamente en silencio. Stevie oyó el crepitar del fuego a pesar de encontrarse a una buena distancia.

—Os hemos pedido que vinierais aquí para que todos pudiéramos hablar —empezó—. Este semestre ha sido uno de los más difíciles de la historia de la academia. Nunca se había vivido nada semejante, al menos en nuestras vidas. Lloramos la pérdida de dos amigos. Sus muertes dieron lugar a conversaciones serias, conversaciones sobre seguridad, tanto física como emocional. Nos pareció que lo más beneficioso sería seguir adelante con el semestre, tanto para la academia como para todos vosotros. Sin embargo...

El «sin embargo» pintaba mal. Muy mal.

—... y quiero enfatizar que no es culpa de nadie...

Janelle ahogó un sollozo.

—... hemos llegado a la dolorosa conclusión de que debemos dar por finalizado el semestre.

La onda expansiva que invadió la sala fue un acontecimiento sónico como Stevie nunca había experimentado. Fue una inspiración colectiva que pareció dejar la estancia sin aire, seguida de un gemido, luego de un grito, un «no, mierda» y varios «oh, Dios mío».

—¿Qué? ¿Qué vamos a hacer?

La pregunta provenía de Maris. Estaba sentada en el suelo junto a la chimenea, acurrucada como una gata, con un pantalón de pijama negro aterciopelado y un enorme jersey de pelo. Alzó los ojos al cielo sin cambiar de postura, como la heroína trágica de una película muda.

—Esto es lo que vamos a hacer —dijo Charles—. Pero, antes que nada, no tenéis por qué preocuparos por el tema académico. Vamos a idear una manera para que todos podáis terminar el semestre a distancia. Ninguno de vuestros créditos académicos se verá afectado. Ni uno.

Se oyó un suspiro de alivio desde un rincón no identificado.

—En otras circunstancias, os dejaríamos un tiempo para asimilarlo, para hablar, pero hay un factor que lo complica todo. Estoy seguro de que habréis oído las noticias sobre la tormenta que se avecina. Parece que va a ser fuerte. Mañana a estas horas, las carreteras estarán intransitables. Así que, por desgracia, vamos a tener que comenzar la evacuación esta misma noche...

Todo comenzó a girar tímidamente. La sala pareció alargarse. Stevie miró el tejado a dos aguas con sus vigas de madera, las que daban al edificio aspecto de alojamiento de esquí o refugio alpino. Percibió el olor del sirope de arce caliente, del fuego y de ese tufillo que tienen todas las cafeterías por mucho que intenten deshacerse de él.

—Soy consciente de que no tenemos mucho tiempo —prosiguió el director—. No tenéis que preocuparos por el viaje, lo organizará y lo pagará la academia. Para los que necesitéis avión, ya lo estamos arreglando. Esta tarde y esta noche seguirán despegando aviones, por eso era necesario reunirse por la mañana. Para los que os vayáis en tren o en coche, también lo hemos dispuesto todo. No os preocupéis por hacer todo el equipaje. Llevaos las cosas que necesitéis para esta semana y os mandaremos el resto. Os enviaremos los detalles del viaje...

—¿Vamos a volver? —preguntó alguien.

—Esa pregunta, de momento, se quedará sin respuesta. Espero que sí.

Siguió hablando durante unos cinco minutos sobre la comunidad y las emociones. Stevie no oyó nada. La sala seguía distorsionándose y su corazón se aceleró. No había pensado en traer la medicación, así que cerró los ojos y respiró. Inspirar en cuatro segundos. Retener durante siete. Espirar en ocho.

Pix entró cuando ellos salían. Abrazó a todos excepto a Nate, que no admitía abrazos.

—Tengo un vuelo a San Francisco a las dos —dijo Vi, consultando su teléfono.

—El mío es a las cuatro —añadió Janelle.

Ambas se abrazaron. Stevie notó un zumbido en el bolsillo, pero se negó a mirar.

—Os veo en casa dentro de unos minutos —dijo Pix—. Lo siento. Todo va a ir bien.

Pero eso no iba a suceder, por supuesto.

Regresaron a Minerva en una procesión lenta y silenciosa. Vi los acompañó de la mano de Janelle. Stevie se había aprendido de memoria aquella frase de *El gran Gatsby* que la había cautivado. No había sido su intención; la había leído varias veces y ahora le vino a la cabeza al levantar la vista: «Debió de mirar a un cielo poco familiar a través de las hojas inquietantes y se estremeció al pensar lo grotesca que es una rosa y lo pura que se veía la luz del sol sobre las briznas de hierba recién nacidas».

Aún no sabía qué significaba exactamente, pero las palabras la atemorizaron. Hicieron que fuera consciente de que había pasadizos vacíos en su interior que todavía no había explorado, de que el mundo era grande y de que los objetos cambiaban al examinarlos. No son el tipo de cosas en las que uno quiere pensar cuando sus sueños de estudios, de evasión y de amistad —por fin— han estallado por los aires. Todo era lo último. La última vez que volvían del comedor en grupo. La última vez que utilizaba su tarjeta identificativa. La última vez que abría la gran puerta azul. La última vez que miraba los curiosos clavos de las raquetas de nieve y la cabeza de alce y a David sentado en el raído sofá morado...

David. Estaba allí sentado. Con las manos entrelazadas en el regazo, una mochila enorme a los pies, su abrigo Sherlock de dos mil dólares y una sonrisa cómplice.

—Hola, chicos —saludó—. ¿Me echabais de menos? Cerrad la puerta. No tenemos mucho tiempo.

Septiembre, 1936

Era un espectáculo insólito ver desvanecerse un lago. Fue hundiéndose hora tras hora hasta desaparecer. A la hora del desayuno, Flora Robinson se había acercado a la orilla para despedirse de él. Después de comer, su aspecto había cambiado por completo para dejar al descubierto un banco de rocas resbaladizas y cubiertas de musgo. A las cuatro, aún podía oírse un sonido sibilante mientras seguía hundiéndose. Las hojas quedaron inertes sobre una superficie cada vez más reducida. Cuando empezó a ponerse el sol, había desaparecido.

El lago encontró su triste final porque un famoso vidente había llamado al *New York Times* y le había contado a un reportero que Alice Ellingham no llegó a salir de su casa, que estaba en el fondo del lago del jardín. Albert Ellingham no creía en videntes, pero tras cuatro noches sin pegar ojo, ordenó a Mackenzie que llamara a los ingenieros para que lo drenaran de todos modos. No fue una tarea complicada. El lago se abastecía gracias a una red de conducciones que transportaban agua desde un punto más alto de la montaña, otra tubería bajaba por la ladera y desembocaba en el río. Solo fue preciso cortar el suministro, abrir el drenaje y... adiós, lago.

De la misma forma que el agua del lago, así se fue consumiendo la vida de Flora, vaciándose de belleza y frescura. Allá donde fuera, Flora era «esa mujer que estaba allí esa noche» o «una camarera de un bar clandestino conocida de la familia». Nunca lo que era en realidad: una amiga. La amiga. La mejor amiga de Iris. La que de verdad lloró su muerte. El mundo pudo ver fotografías de los familiares neoyorquinos de Iris, dando el espectáculo en público en el funeral celebrado en la catedral de San Juan el Divino de Nueva York, de la cantidad de rosas y lirios suficientes para llenar varios invernaderos y de los grandes ramos de lilas (su fragancia favorita) que atiborraban la iglesia. Había estrellas de cine que habían volado desde California para rendir homenaje a la esposa de su jefe. Junto a su féretro tocaron varios miembros de la Filarmónica de Nueva York y la *mezzosoprano* Clara Ludwig cantó el *Ave María*. Todos lloraron.

Se tomaron muchas fotografías del cortejo de limusinas Rolls-Royce Phantom con crespones negros que atravesaron Central Park, serpenteando para acudir al tentempié que se sirvió en el Hotel Plaza. Una vez allí, el estado de ánimo cambió entre incontables copas de champán y torres de canapés. Era un sofocante día de verano y por la ventana entraba una brisa cálida. Los anteriormente afligidos se dedicaron a comparar vestidos, carteras de acciones y planes de vacaciones. Muchos habían acudido desde sus residencias de verano. ¡Qué horror tener que sufrir la ciudad con aquel calor!

Flora vagaba como un fantasma. No comió canapés ni bebió champán. Iba vestida de negro, sudaba y por dos veces tuvo que salir a vomitar. Cuando terminó el espectáculo, Leo y ella, aturdidos, dieron un paseo por Central Park. El día no quería llegar a su fin y se resistía a dar paso a la noche. El cielo parecía inflamarse, y un pequeño grupo de fotógrafos los siguió a distancia hasta que salieron del parque y escaparon en un taxi en dirección al estudio de Leo. Él le dio una pastilla para ayudarla a dormir.

Meses después, Flora seguía siendo aquel fantasma. Ahora, contemplaba cómo se vaciaba por una tubería lo que quedaba del lago de su gran amiga para dejar un cáliz de piedra vacío. Se estremeció y corrió las cortinas. Se volvió hacia George Marsh, que estaba sentado leyendo el periódico al otro lado de la sala. Lo dobló y levantó la vista hacia Flora.

—¿Ya está? —preguntó.

—Ya está.

—Ya he salido dos veces. Lo peinaremos palmo a palmo, pero no creo que encontremos nada.

Flora se dirigió al gran salón, donde Leonard Holmes estaba sentado en un diván junto a la enorme chimenea. Una novela pendía de las yemas de sus dedos, pero no parecía estar leyendo. Su atención se centraba en la balaustrada de la primera planta.

—Algo pasa ahí arriba. —Hizo un gesto con la cabeza en dirección a la balaustrada—. Desde hace unas horas no han hecho más que llegar cajas y bultos. Albert los inspeccionó todos y los metieron en el cuarto de Alice. Algunos eran enormes. Subí a ver qué eran, pero me dijo que no me acercara a la puerta. Hacía mucho tiempo que no lo veía tan entusiasmado. Hasta sonreía.

Flora se sentó junto a su amigo y miró hacia arriba. Era

una novedad extraña y no del todo bien recibida. Albert Ellingham apareció a los pocos minutos, apoyado en la barandilla.

—Flora, Leo, subid a ver esto. Traed a George. Ya está listo. —Albert estaba casi sobreexcitado—. Venid al cuarto de Alice.

Flora no había vuelto a entrar en el cuarto de la niña desde el secuestro. Estaba como si nada hubiera pasado. Las cortinas de encaje se descorrían cada mañana y se corrían todas las noches. Se cambiaban las sábanas y las mantas con regularidad. Los animalillos de peluche estaban colocados en fila. Se quitaba el polvo a las muñecas para volver a sentarlas en sus sillitas. Cada temporada llegaba ropa nueva de una talla más grande, preparada para cuando Alice apareciera. Flora ya sabía todo eso. Pero ahora había algo más, algo que destacaba en el centro de la habitación y casi llegaba a ocuparlo. Era una réplica de la casa donde se encontraban; la Casa Grande, reproducida en miniatura.

—Está hecha en París —dijo Albert, caminando alrededor de la casa y mirando por las ventanas—. La encargué hace dos años, y por fin ha llegado. Extraordinaria, ¿verdad?

Leo intentó disimular su horror con una mirada de indiferencia, pero no fue capaz de ahuyentarlo. Albert no pareció darse cuenta. Se dirigió a un lado de la gigantesca casa de juguete, descorrió un pestillo y la abrió. El interior de la Casa Grande se desplegó ante ellos, como un paciente sobre la mesa de operaciones, con las entrañas expuestas.

—Mirad —exclamó el hombre—. ¡Mirad los detalles!

Allí estaba el enorme vestíbulo principal en versión reducida, con la escalinata y la chimenea de mármol reproducidas a la perfección. Pomos de cristal diminutos relucían en las puertas del tamaño de una mano. Estaba la sala de estar con su papel de seda y su decoración francesa, el salón de baile con sus paredes profusamente decoradas. En el despacho de Albert, los dos pequeños escritorios tenían papeles del tamaño de sellos de correos y teléfonos que cabían sobre la yema del dedo pulgar de Flora. En la planta superior, lo mismo; el vestidor de Iris entelado en gris perla. Un cuarto tras otro, entre ellos, aquel en el que se encontraban en aquel momento. Lo único que le faltaba a la casa de muñecas era una miniatura de sí misma.

—Trabajaron a partir de fotografías, y vive Dios que han hecho un buen trabajo. Te lo dije, Leo. Cuando nació, te dije que le compraría la casa de muñecas más grande del mundo.

—Lo dijiste —asintió Leo con voz ronca.

—¿Qué te parece, Flora? —preguntó Albert.

—Es una maravilla —dijo la mujer, luchando por tragar la bilis que afloraba a su garganta.

—Sí. —Albert apoyó las manos en las caderas y contempló el conjunto—. Sí. Sí que lo es.

Algo en su ánimo exultante parecía indicar que aquella casa de muñecas iba a cambiar las cosas de alguna manera. Alice no estaba, pero la casa de muñecas había llegado; y si había llegado la casa de muñecas, Alice debería llegar a continuación. Una lógica absurda, hilarante, distorsionada.

—¿Sabéis una cosa? —dijo—. También había encargado otra maravilla para Iris, por su cumpleaños. Se quedó tan cautivada con lo que vimos en Alemania que pensé... Bueno, eso ahora no importa. Lo que importa es que el regalo de Alice ya está aquí.

—¿Y sabes tú otra, Albert? —repuso Leo mientras miraba a Flora y a George en busca de apoyo—. Creo que esto merece una celebración. ¿Por qué no bajamos a comer algo? ¿Qué te parece?

—Sí —respondió Albert—, supongo que debería comer algo. Montgomery podrá conseguirme un par de sándwiches de jamón.

Dio a Leo una palmada en la espalda para que saliera con él del cuarto. Flora también quería irse, pero la presencia de la casa de muñecas la había paralizado. George estaba examinando los pequeños muebles del despacho en cuclillas.

—Ahora mismo voy —dijo la mujer—. Quiero mirar un par de cosas más.

—¡Claro, por supuesto! —exclamó Albert—. ¡Mirad lo que queráis!

Cuando Albert y Leo se marcharon, George Marsh se irguió y se volvió hacia Flora.

—Mira esto —indicó, señalando el dormitorio principal.

Sentadas en la cama, en perfecta formación, había tres figuritas de porcelana: una de Albert, una de Iris y una de Alice, sentada entre ellos.

—Por Dios bendito —murmuró Flora.

—Sí. Ojalá pudiéramos prender fuego a este trasto.

George debía de sentir la misma sensación de náusea con aquella ridícula pantomima de la realidad. Debió de ser eso —esa distorsión— lo que la impulsó a hablar de repente.

—Alice... —empezó—, ¿lo sabes? ¿Te lo contaron alguna vez?

—¿Si me contaron qué? —preguntó George.

Flora se pasó una mano por la frente.

—Es un secreto, pero pensé que tú lo sabrías. ¿Nunca te lo dijeron?

—¿Decir qué?

—Es la hija de Iris y Albert, pero es... —Flora movió la mano en el aire un instante—. Iris no es su madre biológica.

—Entonces, ¿quién?

—Yo —respondió ella.

Esperó unos instantes a que él asimilara la información. George ladeó la cabeza.

—Piensa en cuándo nació, George —dijo Flora—. Piensa. Hace cuatro años.

George parpadeó muy despacio y se volvió de nuevo hacia la casa de muñecas.

—¿Estás segura?

—No hay duda posible —repuso la mujer—. Una mañana me desperté y vomité directamente en la papelera. No había salido la noche anterior. Fui al médico y lo confirmó. Se lo conté a Iris. Ella siempre había deseado un hijo, pero no había sido capaz de concebir. Era la solución perfecta para todos. A la criatura no le faltaría de nada. Así que nos fuimos todos juntos a Suiza. Allí hay clínicas, clínicas privadas, donde saben guardar un secreto. No es que hubieran tenido ningún problema para adoptar a Alice. Lo único que deseaban era privacidad. No querían que Alice se enterara por cualquiera. Todo fue perfecto.

Los diminutos candelabros centellearon cuando un rayo de sol extraviado aterrizó sobre sus lágrimas de cristal.

George se metió las manos en los bolsillos y contempló la casa, sin moverse ni hablar durante un tiempo.

—Me habría casado contigo —dijo por fin—. Es lo que se suele hacer.

Al oírlo, Flora soltó una carcajada, un sonido destemplado y extraño.

—¿Y nunca se te ocurrió que a lo mejor yo no quería casarme contigo? —preguntó ella—. Lo pasamos muy bien, George, pero no tenías demasiado interés. Ni yo tampoco.

—Tengo una hija —murmuró el hombre.

—No —puntualizó Flora—. Yo tengo una hija. Y me aseguré de que tuviera un buen futuro. O lo intenté.

Se frotó los brazos. Tenía frío y estaba confusa. Jamás había pretendido tener aquella conversación. Ahora que había revelado el secreto, no tenía nada más que añadir. Salió del cuarto pisando fuerte el suelo de madera.

George se quedó solo, con la vista puesta en la casa de muñecas. Metió la mano, como un gigante, y sacó a la pequeña Alice de porcelana. Incluso con aquel tamaño reconoció el parecido. Tenía sus mismos ojos.

Había dejado que secuestraran a su propia hija.

Estaba desaparecida, en algún lugar del mundo, con los hombres que él mismo había contratado. Los hombres que habían matado a su madre.

George Marsh siempre había querido encontrar a Alice, pero, en aquel momento, la tarea se convirtió en el único objetivo de su vida.

10

Había habido varias ocasiones en que algún miembro de la familia King —bien Edward o bien David— decidía aparecer de repente en la vida de Stevie. Y en cada una de ellas, sentía como si brotaran del suelo unos cepos que la atraparan por los pies y la inmovilizaran.

—Y tú ¿quién eres? —preguntó David—. Ya nos hemos visto antes, ¿no? ¿Eres mi sustituto?

Sus palabras iban dirigidas a Hunter, quien se había quedado mirando a la persona que había visto por última vez cuando le machacaban la cara en Burlington. Los moretones junto a su ojo izquierdo seguían bastante oscuros e inflamados, algunos verdosos, otros de un negro azulado. Daba la impresión de que el corte que le recorría la mejilla desde la sien habría necesitado algún punto que no le habían dado, y estaba semiabierto en el lugar donde la carne empezaba a curarse. Pero seguía teniendo la misma sonrisa amplia y las magulladuras realzaban el color oscuro de sus ojos.

—Sí, no tengo ni idea de lo que está ocurriendo —repuso Hunter.

—¿Qué estás haciendo aquí? —preguntó Janelle—. Creí que te habías ido.

—Entré por la ventana del cuarto de baño —dijo David, como si fuera lo más natural del mundo.

—Mira, lo que menos falta nos hace hoy es aguantar tus gilipolleces.

—En circunstancias normales, te daría la razón. Pero hoy tengo que deciros algo importante y tenemos que hablar enseguida, y no aquí. Arriba.

—La academia va a cerrar —dijo Janelle.

—Lo sé. Por eso he venido. En serio. ¿Podemos subir ya? Puedes gritarme o hacer lo que quieras, pero hay algo muy muy importante de lo que debo hablaros ahora mismo.

—Tenemos que...

—No sé si Stevie te lo habrá contado, pero Edward King es mi padre.

Fue toda una sorpresa para Vi, y por supuesto para Hunter, que estaba teniendo una curiosa introducción a la vida en Minerva.

—No digas bobadas —le espetó Vi.

—Hablo en serio. Mírame. —David se pasó el dedo por la parte del mentón que no estaba dañada—. ¿Lo ves? ¿Ves el parecido?

—Ay, Dios —dijo Vi.

—Sí. Así reaccioné yo también. ¿Queréis evitar que un hombre malo se convierta en presidente? Si queréis saber más, seguidme. Si no, meted el gel de ducha en el neceser.

Se hizo el silencio en el grupo.

—¿Ya he conseguido que me hagáis caso? —preguntó David—. Muy bien. Todos arriba.

Se puso en pie y se colgó del hombro la enorme mochila. Hizo un ruido metálico. Enfiló el pasillo, sin mirar si los demás lo seguían.

—¿De qué está hablando? —preguntó Janelle a Stevie.

—No tengo ni idea —respondió esta—, pero creo que deberíamos averiguarlo.

Quizá fue la energía nerviosa generada por la noticia del cierre de la academia, pero se produjo una especie de reacción grupal, una fuerza magnética que los mantuvo unidos. Uno detrás de otro, subieron la escalera curva y chirriante, Janelle pendiente de Vi. Stevie todavía alterada por haber visto a David, Nate porque..., bueno, porque se dejó llevar. Arriba, en el pasillo oscuro, David abrió la puerta de su cuarto. Todos entraron tras él. Stevie ya había estado en aquella habitación. Era austera, llena de objetos caros, pero impersonales. Ropa de cama gris. Unos altavoces buenísimos que nunca usaba. Sistemas de videojuegos. Había estado tumbada en aquella cama, junto a la pared. Habían...

No pudo seguir pensando en ello.

—Nadie sabe que estoy aquí —dijo David.

—¿Nadie? —replicó Janelle—. ¿Y todas esas cámaras de seguridad que mandó instalar tu padre?

—Ah —dijo David con una sonrisa—. Las he desconectado un rato. Puedo explicarlo todo, pero...

—¿Las has... desconectado, sin más?

—Esto es lo que quiero que entendáis de mi padre —continuó David—. Parece el malísimo de la película, siempre está maquinando y sabe perfectamente lo que hace, pero muchas de sus soluciones son rápidas y turbias. El sistema de seguridad no es tan bueno. Y la instalación tampoco está muy bien hecha.

Stevie notó que su mirada se detenía sobre ella, así que clavó la vista en sus zapatos.

—Era un buen sistema —dijo—. Vino a nuestra casa y nos enseñó la información a mis padres y a mí.

—¿Qué información? —preguntó David con la cabeza ligeramente ladeada.

—Vi... las especificaciones —respondió Stevie. Utilizó aquella palabra porque le pareció técnica, pero se arrepintió inmediatamente. No había visto las especificaciones. No tenía ni idea de por qué lo había dicho. Mejor ceñirse a la verdad.

—Trajo... todas esas carpetas brillantes.

—Oooh. Carpetas brillantes, ¿eh?

Stevie se sonrojó.

—Para tener el sistema funcionando en el plazo de una semana, utilizaron un sistema simple de inicio automático —explicó—. No está programado. El día que lo trajeron, birlé una estación base cuando estaban desembalándolas. La escondí y la instalé.

—¿Dónde? —quiso saber Janelle.

—Eso no importa para el propósito de esta conversación. La escondí. Lo único que tuve que hacer fue ponerme como administrador del sistema. Desde que lo compró, tiene perfiles de usuario para él y su equipo. Así que añadí una nueva identidad al servidor. Me llamo Jim Malloy. De los Malloy de

Boston. Estudié el máster de Administración de Empresas en Harvard. Todo muy impresionante. Lo único que tengo que hacer es identificarme y conectar la red a la otra estación base, que no hace nada. El sistema se cae. Fácil. Fácil entrar y salir. Fui a casa porque necesitaba traer esto.

Metió la mano en un bolsillo y sacó un puñado de USB.

—Contemplad las llaves del reino —anunció.

—¿Qué hay ahí? —preguntó Janelle.

—Ni idea. Pero estaban en la caja fuerte que hay en el suelo, debajo de la mesa del comedor cuya existencia cree que nadie conoce.

—¿Has forzado la caja fuerte de tu padre? —preguntó Stevie.

—Lo que hay en estos USB es información relativa a las actividades de la campaña de mi padre. Necesito leerlo todo. Y por eso he acudido a ti —añadió, dirigiéndose a Janelle.

—Antes de nada —dijo Janelle; era la única que parecía deseosa y capaz de reconducir la conversación—. Sea lo que sea, lo que hay ahí tiene que ser ilegal.

—¿Cómo que ilegal? ¿Es ilegal llevarme algo de mi propia casa?

—Sí —afirmó la chica—. Es información sobre la campaña. La gente va a la cárcel por cosas así. No es una caja de cereales ni un televisor.

—¿Qué eres, abogada? —replicó—. ¿Y cómo supiste lo de los cereales?

Janelle parecía que había crecido un palmo.

—Es una broma. ¿Crees que mi padre se puede permitir los carbohidratos de los cereales? Se alimenta de huevos pasados por agua y de la miseria humana. Dejando a un lado la legalidad..., asumo todo el riesgo. Lo único que necesito es ayuda para verlos. Mirar algo no es delito.

—Sí, probablemente lo sea —dijo Janelle—. Voy a...

—Nelle —terció Vi—. Espera.

—Vi —respondió ella—. No. No podemos.

—Solo quiero escuchar —explicó Vi—. Si tenemos que contárselo a la policía, cuanta más información tengamos, mejor.

—Vi tiene razón —dijo David con un sutil gesto de la mano—. ¡Cuando os chivéis a la policía, mejor que estéis en posesión de todos los datos! Escuchad lo que tengo que contaros.

—¿Estás sugiriendo que abramos esas cosas radioactivas en nuestros ordenadores y...?

—Jamás pretendería tal cosa —confesó y se llevó una mano al corazón—. ¿Qué clase de monstruo crees que soy? He traído...

Abrió la enorme mochila y sacó ropa enrollada y sucia, incluyendo unos calzoncillos de cuadros que Stevie intentó no mirar. (Dios, qué difícil era apartar la vista de la ropa interior de alguien cuando aparece inesperadamente en tu campo de visión. Sobre todo, esa ropa interior. ¿Por qué, cerebro, por qué?) Sacó también unos ordenadores algo abollados y dos tabletas, además de una especie de rúter o estación base.

—Todo frigano o de cincuenta dólares como mucho. He inutilizado la conectividad en red. Por mucho que lo intentara, nadie podría conectarse a la red con estos cacharros. Voy a descargar el contenido de los USB y los pondré más o menos en vuestro campo visual. Hasta desplazaré las páginas hacia abajo si queréis. Lo único que tenéis que hacer es leer, cosa que sabéis hacer todos, muy deprisa. Cuando terminemos, lo borraré todo y los tiraré al lago Champlain. Los desarmaré. Como si nunca hubieran existido.

—Un problema —intervino Nate—. Nos vamos dentro de..., digamos, una hora.

—Y por eso aparecí cuando aparecí para presentaros mi plan radical. No os marchéis. Cuando vengan a buscaros, que no os encuentren aquí. Desconectad los teléfonos. Esperad. Al final, llegará la tormenta y los autobuses saldrán.

La idea era tan simple que a Stevie casi le dio la risa. No marcharse. Quedarse.

—Imaginad —continuó David—. Todos juntos el fin de semana que más nieve va a haber en un refugio de montaña. Con un montón de comida, mantas..., sirope. Si no hay otra opción, ¿no os apetece marcharos de Ellingham con estilo? ¿Qué os van a hacer? ¿Echaros por no iros cuando cerró la academia? ¿Qué culpa tenéis si estabais en otro edificio despidiéndoos y perdisteis la noción del tiempo? Ninguna. No pueden haceros nada.

—Mis padres me matan —dijo Nate—. Ellos sí pueden.

—Y los míos —corroboró Janelle, pero su tono de voz ya no era el mismo.

—Insisto —siguió David—, nosotros, aquí, ahora, tenemos la posibilidad de evitar que una malísima persona se convierta en presidente. Pensad en lo que estaríais evitando. Una persona que utiliza métodos racistas para herir o matar gente. Una persona que podría causar un daño incalculable al medio ambiente. Una persona que sería capaz de iniciar una guerra ilegal para distraer la atención de sus problemas políticos. Vi, sabes que es capaz de todo eso.

Vi inclinó la cabeza ligeramente.

—Stevie —añadió David, por fin mirándola a los ojos—, tus padres colaboran con la campaña. Podrías deshacer lo que ellos han hecho, y mucho más. Y con mucho gusto me inmolaría en la hoguera como castigo, solo que eso no va a ocurrir porque soy su hijo y porque soy un gilipollas blanco y rico, así que me llevaré una regañina o me mandarán a un internado en Dios sabe dónde, pero merecerá la pena. Porque, lo creas o no, es lo correcto. No es fácil. Pero es lo correcto. Así que ¿qué otra cosa mejor se puede hacer? ¿Qué otra cosa merecería la pena?

—Y tú ¿cómo sabes que está haciendo algo ilegal? —le espetó Janelle—. ¿Algo que serviría para arruinar su carrera? Porque ya lo han intentado antes.

—Porque es mi padre. Sé cómo vive. Y, como os he dicho, le gustan las soluciones turbias y expeditivas.

Todo el grupo se quedó en silencio unos instantes.

—Bueno, me has convencido —dijo Hunter.

—¿Podemos fiarnos de este tipo? —preguntó David.

—Demasiado tarde para preocuparse —repuso Hunter—. Pero odio a ese tío, y además tampoco tengo a donde ir.

—Yo me quedo —dijo Vi.

—Vi... —Janelle se acercó a su pareja.

—David tiene razón. Si de verdad hay algo, merece la pena. Es por el bien común. Y por mí. Así soy yo. Quiero quedarme y hacerlo, porque es lo correcto. Quédate conmigo.

El viento silbó y azotó las ventanas.

Janelle exhaló un hondo suspiro por la nariz y miró a Stevie.

—¿Stevie? —dijo en tono de súplica.

A Stevie se le había quedado el cuerpo insensible con tanta sobrecarga emocional. Miró a David, sus cejas algo en punta, la caída de su abrigo, las ondas de su pelo. Las palabras de Larry resonaron como un eco en su mente: no está bien, está en la ciudad, ten cuidado...

—Yo..., sí. Me quedo.

Los labios de David esbozaron una sonrisa.

—¿Nate? —preguntó.

Nate hizo un gesto indolente con la mano.

—Tampoco tengo otro sitio a donde ir. ¿Por qué no? Estoy seguro de que solo es ilegal hasta cierto punto. ¿Qué son unos años en una prisión federal?

Todos los ojos se volvieron hacia Janelle. Desplazó el peso de su cuerpo de un pie a otro y echó los hombros hacia atrás, luchando contra sí misma.

—Que Dios me coja confesada —dijo—. Vale. De acuerdo. Vale. Hagámoslo. Porque en todo esto tiene que haber una persona con cordura.

—Perfecto. —David se frotó las manos y sonrió—. Hora de pasar a la clandestinidad.

11

—Muy bien, campistas —dijo David mientras volvía a guardar todo en la mochila—. Pix volverá en cualquier momento, así que tenemos que irnos ya. Es el momento de esconderse.

—¿Dónde? —preguntó Vi.

—En el gimnasio —respondió—. Está todo pensado. Es el lugar menos vigilado y, probablemente, el primer edificio que cerrarán y el último donde nos buscarían. Entraremos por la parte de atrás, por el bosque. Nos quedaremos allí hasta que se hayan ido todos. Vamos.

—¿Ahora? —preguntó Nate.

—Ahora.

—Y yo ¿qué debo hacer? —Hunter miró a su alrededor—. A mí sí me dejan quedarme aquí.

—Puedes hacer lo que quieras. Pero no nos delates.

—Un momento —pidió Janelle—. Ya que nos vamos a quedar aquí aislados, hagámoslo con seguridad. Que todo el mundo lleve una linterna y ropa de abrigo extra, agua, barritas energéticas...

—Tenemos que irnos ya... —dijo David.

—Barritas energéticas —repitió Janelle despacio—. Hay una caja en la cocina. Voy a buscarlas.

—No nos harán falta. Volveremos...

—Necesitamos —continuó Janelle, dirigiéndole una mirada capaz de taladrar la pared— comida, agua, linternas y ropa de abrigo extra.

Se tomaron unos minutos para ir corriendo a sus respectivos cuartos. Stevie metió las cosas en la mochila a toda prisa: el ordenador, la lata, su medicación y el ejemplar de *Y no quedó ninguno*. No estaba muy segura de por qué había metido el libro, pero sabía que tenía que llevárselo. Se puso el abrigo —el más grueso que casi nunca usaba— y metió unos guantes en los bolsillos. Janelle también estaba recogiendo cosas, pero parecía hacerlo a un ritmo mucho más lento; echó un vistazo a las bufandas antes de elegir una, echó un jersey en la mochila, luego el ordenador y después miró el teléfono. Vi se balanceaba sobre los pies, impaciente.

—Gracias por la ayuda, Pecas —dijo David a Hunter—. Nos vemos cuando no haya moros en la costa. Entretén a Pix unos minutos cuando vuelva, ¿vale?

—¿En serio me vas a llamar Pecas? —repuso Hunter.

—Dadme todas vuestras tarjetas identificativas —continuó David—. Los puestos de seguridad podrían hacerlas sonar al pasar. No quiero que queden expuestas cuando vuelva a conectar el sistema.

De nuevo, Janelle pareció vacilar, pero ya estaba todo en marcha. David las dejó caer en la caja de los artículos de aseo de Janelle.

—El sistema de seguridad está a punto de caerse. ¿Listos? Tres, dos, uno...

Volvió a guardar el teléfono en el bolsillo del abrigo.

Stevie no fue capaz de pasar por alto lo sexi que resultaba aquel corte del sistema de seguridad.

—Ya está. En marcha.

Abrieron la puerta y salieron a un mundo donde la nieve comenzaba a caer con calma. El cielo tenía un color extraordinario, una especie de acero rosa. Apenas llevaba una hora nevando, pero ya se habían acumulado unos cinco centímetros sobre el suelo y los árboles, y ni siquiera había llegado la tormenta propiamente dicha. Stevie oyó los autobuses y las voces de sus compañeros traídas por el viento mientras se despedían y lloraban y empezaban a marcharse.

De pronto, le vino a la cabeza un destello fugaz: aquello ya había ocurrido. En abril de 1936, la mañana siguiente al secuestro, cuando Albert Ellingham había ordenado la evacuación de todos los alumnos debido a los sucesos acaecidos la noche anterior. Igual que ahora. Quizá estaba escrito que Ellingham no podía sobrevivir. Quizá había sido concebido desde el principio como un lugar que tenía que ser abandonado a causa de la muerte y el peligro.

—Vamos a seguir el camino más largo —dijo David, con un gesto para que lo siguieran por la parte de atrás de Minerva.

El grupo dejó atrás el círculo de cabezas de piedra y viró hacia la arboleda, apartándose de la tienda de estudio. Siguieron la línea del bosque, sobre las piedras y ramas. Pasaron ante una estatua masculina de estilo clásico. Era a la que se había subido Ellie la noche que llegó Stevie, cuando iban a la fiesta de la tienda. En su torso, había escrito con pintura ESTO ES ARTE. La habían limpiado, pero Stevie sospechaba que, si se acercaba lo suficiente, aún podría apreciar el contorno de las letras.

Todo contacto deja un rastro.

David iba en cabeza, abriendo camino. Vi y Janelle, normalmente compenetradas y charlando por los codos, ahora caminaban juntas en silencio. Janelle mantenía la vista al frente, firme y abatida; Vi llevaba la cabeza erguida y desafiante.

—Estoy intentando dilucidar si esta es la mayor insensatez que he hecho en mi vida —dijo Nate que iba cerrando el grupo junto a Stevie—. Creo que no, y eso es lo que me preocupa.

—Probablemente no.

—En serio, eso de los archivos es una locura. Ni siquiera sé si los voy a leer.

—Entonces, ¿por qué te quedas?

—Porque cuando él y tú estáis juntos —respondió, señalándolo con la cabeza—, te ocurre algo malo.

Stevie tragó saliva para deshacer el nudo que se le estaba formando en la garganta. En aquel momento sintió ganas de darle la mano a Nate, aunque este probablemente recibiría aquel gesto con el mismo entusiasmo que un puñado de arañas.

—¿Vas a contarle lo que me has contado a mí? —preguntó—. ¿Que has resuelto el caso?

—No lo sé —reconoció Stevie, dejando escapar una bocanada de aliento como una pluma de escarcha—. No, no lo sé. Puede. No. Y si me quedo, es porque tendré más tiempo para conseguir lo que necesito: cualquier cosa que pueda encontrar para reafirmar el caso.

—Bueno —dijo Nate—, ahora que pertenecemos al grupo de recreación de *El resplandor,* por qué no intentarlo. Es la última oportunidad.

Hablar de hacer algo es una cosa; internarse en un bosque de montaña mientras observas a tus compañeros sacar las bolsas para subirse a los autobuses, llorar y abrazarse, es otra muy distinta. Stevie logró ver algún retazo de las despedidas cuando se escondieron entre la colección de estatuas. En concreto, a Maris, corriendo de una persona a otra como un destello rojo. Dash estaba con ella, con su abrigo largo y amplio. Stevie los conocía un poco —había vivido una muerte con ellos—, y lo más probable era que no volviera a verlos. Mudge también estaba allí; tenían que ayudarlo, pues tenía el brazo derecho escayolado y en cabestrillo. Todos se marchaban ya, mientras ella y sus amigos se ocultaban entre los árboles.

Rodearon el caserón del arte por la parte de atrás y se internaron en la arboleda que había enfrente de la carretera de mantenimiento, más allá de la entrada al túnel que conducía a la cúpula. Desde allí, David les hizo señas para que lo siguieran por el terreno inclinado e irregular calado de raíces de árboles y lleno de charcos de hojas de profundidad desconocida. Resbalaron y bajaron dando tumbos hacia el río, que discurría rápido y con poca profundidad. A través de los árboles desnudos, en la elevación, Stevie podía ver el tejado de la biblioteca, parte de Artemisa y Dionisos, el gimnasio. Tres autobuses pasaron ante las esfinges de la entrada enfilando la carretera.

—Por aquí —indicó David.

Los guio hacia la parte de atrás del edificio, donde había quedado una ventana abierta. Por ella entraron; Stevie pasó una pierna sobre el alféizar con torpeza y se le quedó la mochila atascada cuando intentaba cruzar.

—El sistema está conectado de nuevo —anunció David en cuanto todos estuvieron dentro del edificio.

—Y ahora, ¿qué? —inquirió Janelle.

—Ahora nos vamos a dormir. Os recomiendo el cuarto de suministros de la piscina. Anoche dormí allí. Muy privado. Montañas de toallas. Y churritos de natación. ¿Sabíais que teníamos churritos de natación?

Stevie no había pasado mucho tiempo en Dionisos. Lo había visto durante la visita guiada el día que llegó a la academia y había hecho un par de incursiones en el ropero del piso superior. Era un edificio extraño. Allí se encontraba el teatro, un pequeño espacio con pinturas decorando la entrada que parecía un templo. Había una sala muy moderna, llena de aparatos de gimnasia con alfombrillas de goma en el suelo y unos vestuarios. El edificio olía a cloro.

—Nosotras nos vamos para arriba —dijo Vi. El mensaje era claro: Janelle y Vi necesitaban más tiempo para hablar.

—Nosotros nos quedamos en la piscina —repuso David—. No os vayáis sin nosotros. Y nada de teléfonos.

Nate, David y Stevie se dirigieron a la zona de la piscina, que ocupaba la mayor parte de la planta baja del edificio. Se accedía por una preciosa puerta antigua de madera, con el rótulo original PISCINA escrito en letras doradas. Estaba alicatado con baldosas color verde piscina y blancas. También había losetas decorativas con rostros sonrientes en bajorrelieve: dioses o diosas, romanos o griegos que lo observaban todo desde allí, como si fueran socorristas. La sala tenía un magnífico techo de cristal abovedado cuya cúspide empezaba a cubrirse de una capa blanca de nieve. Los copos buscaban cobijo en las junturas entre los paneles de cristal. En el fondo de la piscina había un mosaico de Neptuno, que los contemplaba a través del agua.

—Aquí —indicó David, cuya voz reverberó al rebotar sobre las baldosas.

Su escondite era el almacén, repleto de toallas azules, cestas para la ropa, botes de productos químicos y equipos de seguridad. Había un pequeño nido en uno de sus lados: el saco de dormir de David, con una pila de toallas que le habían servido de almohada. También había una bolsa de comida y restos: envoltorios de sándwiches, Doritos, magdalenas envasadas y lo que parecían varios recipientes del comedor.

—¿Cuánto tiempo llevas aquí? —preguntó Nate.

—Solo desde anoche. Bienvenidos. Poneos cómodos. Las toallas son muy mullidas. Os las recomiendo.

Stevie y Nate buscaron un sitio en el suelo que estuviese apartado del saco de dormir. Stevie hizo acopio de varias toallas y se sentó encima.

—¿Todo en orden? —se aseguró David—. Perfecto.

Apagó las luces.

—¿Qué haces? —preguntó Nate.

—Por si registran el edificio o miran por las ventanas.

David atravesó el cuarto y uno de sus pies chocó con la pierna de Stevie al pasar.

—Bueno —dijo—, ¿qué tal?

—Odio estar aquí —respondió Nate.

—Nada nuevo, entonces. ¿Qué tal el libro?

—Me voy —repuso Nate.

—Nate... —se quejó Stevie.

—Tiene que haber otro lugar. Un cuarto de basuras o algo parecido.

—Nada tan agradable como esto —dijo David—. Siéntate. Tenemos que llegar hasta el final. Me portaré bien. Te lo prometo.

Silencio.

—¿Y tú qué tal, Stevie?

—He estado muy ocupada —replicó.

Nate exhaló un profundo suspiro.

—¿Por qué no me cuentas algo más de lo que has estado haciendo tú? —preguntó Stevie—. Parece más interesante.

—Pues bien —empezó—, después de la paliza, un amigo me llevó a Harrisburg. Dormí en la caseta del vecino. Entré en casa. Me llevé lo que necesitaba. Volví. Me abrí camino entre los bosques como un puto montañero, dormí en el cuarto de la piscina y después me reuní con vosotros. Ahora estamos aquí.

—¿Y esas tabletas y las demás cosas? —inquirió Nate.

—Llevo un tiempo haciéndome con ellas. Es necesario planificar por adelantado una operación como esta. Lo ideal habría sido disponer de más tiempo, pero anoche oí lo del accidente y lo de la tormenta; me dio la impresión de que las cosas se iban a poner muy feas por aquí. Así que tuve que improvisar.

—Pero no improvisaste el discurso que soltaste en Minerva —replicó Stevie—. ¿Cuánto tiempo pasaste preparándolo?

—Un día o dos. Copié alguna idea de *El ala oeste de la Casa Blanca*. Era el único programa que me dejaban ver de pequeño, así que es mi favorito. Me pregunto a quién nombrará mi padre vicepresidente si logra llegar a la Casa Blanca. Me decanto por una bandada de murciélagos. ¿Y tú, Stevie? Tú lo conoces mejor que yo.

—Cualquier otro sitio —dijo Nate—. ¿Un cuarto de calderas? ¿Algo que tenga que ver con la depuradora?

Media hora después, Vi y Janelle se reunieron con ellos. Hicieran lo que hicieran arriba, no había solucionado las cosas. Entraron en el pequeño cuarto de la piscina, Janelle se sentó junto a Stevie y Vi se hizo un sitio al lado de Nate. Janelle insistió en encender la luz, lo cual estuvo a punto de cegar a Stevie.

—Qué bien que hayáis vuelto —dijo David, protegiéndose los ojos con la mano.

—Tomad —dijo Janelle, pasándoles unas barritas energéticas y pequeños paquetes de papel de aluminio.

—¿Qué es esto? —se extrañó Nate—. ¿Papel de aluminio de cocina?

—Mantas de mylar isotérmicas —explicó—. Como las que les dan a los corredores de maratones.

—¿Por qué tienes mantas isotérmicas? —siguió preguntando.

—No iba a venir a una montaña sin el equipamiento de seguridad adecuado. Además, son baratas y ocupan poco más que un paquete de pañuelos. Son para cuando nos quedemos sin electricidad y calor aquí dentro, cosa que es probable que ocurra.

Los poderes de anticipación de Janelle escapaban a la comprensión de todo el mundo.

—Tengo alguna pregunta más —continuó Janelle—. ¿En qué te pudo favorecer que te pegaran? ¿No hace que tu padre quiera encontrarte?

—Eso es lo que ocurriría en tu familia, probablemente —contestó David—. La mía es diferente. Mi padre espera lo peor de mí, así que eso es lo que le ofrezco. Me escapé, me metí en una pelea, la colgué en internet para asegurarme de que viera que soy un bala perdida y desaparecí entre lo que estoy seguro de que asumió que era el humo de una cachimba sobre unos pufs. Quería hacerme un poco radioactivo para que no intentara localizarme, al menos durante unos días.

Aquello ratificaba al dedillo todo lo que David había contado a Stevie sobre sus padres.

—Y gracias, Stevie, por participar.

—¿Qué? —se le escapó sin pensar.

—¿Crees que te encontraste con la pelea por casualidad? Necesitaba que lo vieras. Te seguí hasta Burlington y pagué a esos chavales. Después, me aseguré de que estábamos en tu ruta y empezamos justo en el momento oportuno. Así podías contar que no solo me habían pegado y me había escapado, sino además que pagué para que me pegaran y que yo mismo lo había subido a internet. Doble ración de insensatez y desconcierto. Mantendría a todo el mundo haciéndose preguntas el tiempo suficiente. Necesitaba parecer...

Hizo un gesto como si le faltara un tornillo.

—Y ¿por qué crees que hay algo en esos USB? —preguntó Janelle.

—Tengo mis fuentes —respondió—. Bueno, ¿quién quiere una tableta? Tenemos que empezar ya.

—Yo —dijo Vi con voz firme.

David le pasó una, además de un aparato para conectar el USB.

—¿Nate?

—De momento, no. Preferiría cometer las infracciones de una en una.

David se encogió de hombros como diciendo «Allá tú».

—Supongo que lo tuyo es un no, Janelle, ¿o...?

—Es un no —afirmó ella mirando a Vi, que ya estaba enfrascada con la tableta.

—Vale. Vamos a ello.

—¿Y yo? —protestó Stevie.

—Ah, ¿tú quieres una?

David sacó una de las tabletas y se la ofreció a Stevie, pero cuando esta extendió la mano, él la retiró.

—Quizá no deberías —dijo.

Volvió a meterla en la mochila. Nate tenía la cabeza tan inclinada que parecía que iba a sumergirse en su ordenador. Janelle sacudió la cabeza.

—Estás mejor así —dijo.

Y de esta manera, cada uno de los miembros del grupo se dedicó a lo suyo en el pequeño cuartito contiguo a la piscina mientras la nieve caía y el viento soplaba y Ellingham se iba quedando vacío. Stevie abrió su mochila y sacó *Y no quedó ninguno*, la historia de diez desconocidos que se reúnen en una isla y son asesinados uno a uno.

Era, quizá, demasiado parecido a la realidad que vivían en aquel momento.

18 de febrero, 1937
Nueva York

GEORGE MARSH ABRIÓ LA PUERTA DEL RESTAURANTE MANELLI'S EN MOTT Street. Manelli's era como tantos otros locales modestos de la zona: espaguetis con almejas, ternera, un vino tinto bastante pasable, trepidantes conversaciones en italiano por todas partes. A las diez de una noche de nevada, seguía oyéndose un animado murmullo, con una niebla de humo de cigarrillos que flotaba sobre las mesas y risas que amortiguaban el sonido de los cubiertos sobre los platos. Se sentó en un taburete alto frente a la barra y pidió un vaso de *whisky* y un plato de pan y salami.

—Estoy buscando a dos tipos —dijo al tiempo que partía el bollo de pan.

El camarero limpió unas marcas de vasos del mostrador.

—Por aquí vienen muchos. Elija los que quiera.

George metió la mano en el bolsillo y puso un billete de cien dólares encima del mostrador. El camarero parpadeó sorprendido e inmediatamente deslizó el billete en el bolsillo de su delantal. Se quedó remoloneando junto a George mientras abrillantaba el mostrador de cinc describiendo círculos con la bayeta. Incluso en un lugar como aquel —un lugar donde se cocinaban chanchullos y se llevaban a cabo actividades ilegales, donde pequeñas fortunas pasaban de mano en mano en bolsas de papel y cajas de puros—, un billete de cien dólares lograba que te prestaran atención y te escucharan amistosamente.

—¿Esos tipos tienen nombre? —preguntó el hombre, como sin darle importancia.

—Andy Delvicco y Jerry Castelli.

El camarero asintió con la cabeza como si estuvieran hablando del tiempo.

—Sí, puede que los conozca —dijo. Echó la bayeta en el fregadero de debajo del mostrador, la enjuagó y la escurrió—. Quizá necesite un par de días.

—Este es mi número de teléfono. —George sacó del bolsillo un trozo de lápiz y lo escribió en una servilleta de papel—. Por si se acuerda de algo. Si tiene algo que pueda serme útil, ese billete que le he dado tiene muchos amigos.

Apuró el *whisky* y el último trozo de salami y se levantó.

Una vez en la calle, George se subió el cuello del abrigo para protegerse de la nieve, que caía con un resplandor azul y rosa bajo las luces de los letreros de neón. Emprendió su camino despacio para dar la posibilidad de alcanzarlo a cualquiera que quisiera seguirlo.

Cada una de las últimas diez noches, George Marsh había seguido la misma rutina. Iba al garito de algún mafioso conocido, charlaba un rato con el camarero de la barra y dejaba un billete de cien dólares. Normalmente, el camarero respondía que intentaría enterarse. George dejaba su número de teléfono. De momento, no había recibido ninguna llamada. Lo habían seguido un par de veces, pero no le pareció nada serio; a los hombres de la mafia siempre les gustaba echar un vistazo a los que entraban en sus locales, y todo el mundo sabía quién era George Marsh. Nadie iba a meterse con el hombre de Albert Ellingham. Demasiados problemas. Solo querían vigilarlo, y George quería que lo vieran. Quería que lo supieran: buscaba a Andy Delvicco y Jerry Castelli, y había dinero para quien los descubriera. Dinero de Ellingham. Dinero inagotable. Dinero fácil.

Dinero fácil. Ese era el comienzo de la mayor parte de los problemas de este mundo. Ciertamente, había sido el comienzo de su problema...

George siempre había sido aficionado a las cartas. Nada serio; una partida aquí y allá, en la comisaría, en casa de algún amigo un sábado por la noche. También le gustaba jugar a los dados de vez en cuando, o hacer alguna visita al hipódromo. Todo cobró mucha más emoción cuando comenzó a moverse en el círculo de Albert Ellingham. De pronto empezó a haber noches en el casino de Central Park, fines de semana en Atlantic City, viajes a Miami, Las Vegas y Los Ángeles..., sitios con partidas mejores y más importantes, más glamur, más emoción, más dinero.

No tardaron en llegar las deudas. Nadie puso reparos para concederle créditos, pues era un buen amigo de Albert Ellingham, y George siempre confió en recuperar lo perdido. No significaba nada deber cinco mil dólares, luego diez mil, luego veinte mil...

Podía haberle pedido el dinero a Albert Ellingham, por supuesto. Pensó en hacerlo. Pero le dio demasiada vergüenza.

¿Y si Albert se negaba? Se quedaría sin dinero, sin trabajo, sin crédito, sin amigos; desaparecería la vida que se había forjado. Tenía que conseguir el dinero. Veinte mil dólares.

Más o menos, la suma que Albert Ellingham solía tener en la caja fuerte de su despacho para pagar a los trabajadores de la academia...

El plan había sido muy simple.

Andy y Jerry eran un par de tipos con pocas luces que había conocido cuando era policía; dos pobres diablos de quiero y no puedo que nunca pasaron de mediocres, pero perfectos para un trabajo sencillo y rápido como aquel. El día elegido, les daría la señal y esperarían en la carretera a que pasara Iris Ellingham con su Mercedes. Tenían que llevársela y retenerla durante unas horas en una granja, mientras George se ocupaba de lo demás. Después, les pagarían y se marcharían a casa a celebrarlo con una buena cena. El dinero más fácil que ganarían en su vida. Nadie resultaría herido. Iris se reiría cuando todo hubiera terminado. Contaría aquella historia el resto de su vida. Le encantaba la aventura. Eso era lo que le iba.

El primer problema fue que Alice estuviera allí. Normalmente, ella no acompañaba a su madre cuando salía en coche. Iris les plantó cara por su hija; probablemente les hizo frente para proteger a Alice. Fuera como fuera, resultó muerta y terminó flotando en el lago Champlain.

Y luego lo de la otra niña, la pequeña Dottie Epstein. No debería haber estado en la cúpula aquel día. Ni ella ni nadie. Y ella sola había saltado al vacío por miedo. Se había abierto la cabeza en la caída. Una imagen espeluznante. A George no le quedó más opción que rematarla.

Además resultó que Andy y Jerry tenían un poco más de sesera de lo que él había creído. Lo asaltaron cuando se presentó a buscar a Iris y a Alice aquella misma noche para llevarlas de vuelta a casa. Las habían escondido y querían más dinero. Todo se descontroló desde el principio. Dos personas muertas y Alice desaparecida.

Alice. Su hija. No de Albert Ellingham. Suya.

Andy y Jerry habían logrado mantenerse ocultos durante casi un año. Nadie había vuelto a verlos. Después, inesperadamente, uno de los confidentes de George lo había llamado hacía una semana para decirle que había visto a Jerry cerca de Five Points. George había regresado a Nueva York de inmediato y había estado peinando calle por calle. Si repartía suficientes billetes por Little Italy, alguien terminaría por saber algo.

Tomó un taxi para volver a la parte alta de la ciudad, a la Calle 24, donde Albert Ellingham tenía una de sus muchas residencias en Manhattan. Albert Ellingham compraba casas y pisos igual que otra gente compraba fruta. Se decía que había sido uno de los lugares favoritos del famoso arquitecto Stanford White antes de que lo asesinaran a tiros en la azotea del Madison Square Garden, durante la representación de un musical llamado *Mam'zelle Champagne* en 1906, hacía ya más de treinta años. White era un degenerado que se merecía lo que le ocurrió. El tipo que lo mató era otro degenerado. Demasiados degenerados en aquella ciudad.

El apartamento era pequeño, pero estaba perfectamente equipado. Tenía un dormitorio muy coqueto, caja fuerte, una pequeña cocina moderna que nunca se había usado y una radio último modelo. George la encendió en cuanto entró en el piso. El sonido de una sinfonía llenó la sala. No le importaba lo que pusieran, pero no podía soportar el silencio. Se sentó en la sala oscura, sin quitarse el abrigo ni el sombrero, con las luces apagadas y contemplando cómo caían los copos de nieve. Volvió a repasarlo todo en su mente por enésima vez.

Si Alice aún no había aparecido, tenía que haber una buena razón. Por supuesto, podía haber muerto junto a su madre, pero no le encajaba. Sería muy fácil esconder a una niña, sobre todo a una niña como Alice, pequeña y encantadora. No podía haber criatura más dulce. Había jugado con ella muchas veces. Enseñaba sus juguetes y muñecas a todo el mundo y siempre les daba un abrazo y un beso. A veces, le daba la mano y lo acompañaba por el recinto. Sería muy fácil de ocultar. Ni siquiera tendría que estar encerrada a cal y canto. Distinto estilo de ropa, distinto corte de pelo y podría pasar por cualquier otra niña.

La pequeña Alice. Ahora, cada recuerdo de ella cobraba un nuevo sentido. Su hija. Y la había arrojado a la boca del lobo. Lo justo era que él, su padre, acudiera a rescatarla.

George Marsh se quedó dormido en el sillón mientras contemplaba la nieve. Cuando despertó, se sintió mucho mejor. El programa de radio matutino era una charla sobre el presidente Lincoln. Había nevado mucho durante la noche; se habían acumulado por lo menos diez centímetros en el alféizar de la ventana del cuarto de baño.

Como seguía con el abrigo puesto, no tenía mucho sentido ducharse y cambiarse. Iría directamente a desayunar al café de la esquina.

Cuando iba a salir, se fijó en que habían deslizado algo por debajo de la puerta. Era una postal. Mostraba una ilustración de Rock Point, en Burlington, el lugar donde Albert Ellingham y él habían depositado una cuantiosa suma de billetes marcados en un bote; un bote que después desapareció. Dio la vuelta a la postal y leyó las palabras, escritas a mano en letras de molde:

MANTÉN LA BOCA CERRADA SI QUIERES RECUPERARLA

George esbozó una sonrisa sombría. El pez había mordido el anzuelo.

12

—Despierta, Bella Durmiente.

Stevie abrió los ojos, pero seguía a oscuras. Una mano la sacudía por el hombro. Tardó un instante en procesar que la mano y la voz pertenecían a David. Se había quedado dormida sobre su pila de almohadas, apoyada en la pared del pequeño almacén y con *Y no quedó ninguno* abierto entre las manos. Sacudió la cabeza con fuerza e intentó mantenerse alerta y recuperar la compostura, aunque sospechaba seriamente que había estado roncando y babeando. Notaba una rigidez tirante en todo el cuerpo, como de llevar varios días sin cambiarte de ropa porque has estado absorta en otras cosas y luego has pasado un día de invierno metida en un almacén de piscina con un montón de productos químicos.

—Venga, arriba —dijo David—. Hora de volver a casa.

—¿A casa?

—Ya no tiene sentido esconderse —respondió—. Lo único que conseguiríamos sería que nos buscaran y nos metiéramos en un lío.

Stevie salió del almacén hacia la zona de la piscina. El techo de cristal estaba cubierto de nieve. Nate lo miraba con gesto de preocupación.

—Ya sé que probablemente lo construyeron pensando en este clima —aclaró—. Pero es que hay mucha nieve. No es que sea un miedica ni nada parecido, pero tampoco me apetece morir bajo una lluvia de cristales rotos.

Lo primero que averiguaron fue que ya no se podía abrir la puerta; había quedado bloqueada por unos treinta centímetros de nieve. Salieron por la misma ventana que habían utilizado para entrar. Caía nieve sin parar. Era tan copiosa que Stevie no distinguía el resto de los edificios, tan solo siluetas en un mundo blanco y rosa noche. Era un panorama casi mágico: la Casa Grande recortada contra el cielo, rodeada de un manto blanco. Había varias luces encendidas, resplandecientes ante la noche intensa y sobrecogedora. El resto de Ellingham estaba a oscuras. No había ningún movimiento en la biblioteca, en las aulas ni en las casas. Neptuno estaba siendo enterrado poco a poco en su propia fuente, consumido por agua en otro estado, fuera de control. La nieve lo amortiguaba todo. Quizá fuera eso lo más extraño. Stevie se dio cuenta de que, aunque allá arriba reinaba el silencio, siempre había algún tipo de sonido suave y apagado: el susurro del viento entre los árboles, un crujido de ramas, algún animal. Esa noche no se oía nada más que el silbido operístico del viento. Sus voces quedaban atenuadas por el manto espeso que los rodeaba y que acentuaba cada palabra.

Tampoco es que pudieran decir mucho. Caminar les resultaba difícil. Cada paso exigía sacar la pierna de una acumulación de nieve que les llegaba casi hasta las rodillas, elevar el pie contrario y clavarlo en la nieve. Un ejercicio pesado y aeróbico. Stevie estaba sudando por el esfuerzo de la caminata y el sudor creaba un halo de frío que le envolvía todo el cuerpo. No tardó mucho tiempo en notar que los pies le ardían y se le entumecían. Cuando por fin llegaron al sendero que conducía a Casa Minerva, Stevie se habría enfrentado a cualquier persona o cosa que intentara impedirle la entrada.

Al llegar, después de la fatigosa caminata, Minerva les dio la bienvenida con una calidez placentera. Un alegre fuego ardía en la chimenea atendida por Hunter, que lo atizaba y removía por si decidía descontrolarse en algún momento. Llevaba las zapatillas y el polar que ella había elegido. Pix estaba junto a él, en el sofá desgastado, envuelta en su enorme y esponjoso albornoz marrón. Aunque iba vestida como un oso de peluche, la expresión de su cara era la de una criatura mucho más amenazadora cuando se levantó.

—A cambiarse todos antes de que os muráis de frío —ordenó—. Después, volved inmediatamente para que pueda echaros una buena bronca. Porque estoy muy muy cabreada.

Stevie se dirigió dando tumbos a su cuarto, que estaba más oscuro de lo habitual porque la nieve se había acumulado en el alféizar y bloqueaba la ventana hasta media altura. Encendió el interruptor con un golpe de su mano ardiente y entumecida y se despojó de la ropa húmeda. Empezó a dolerle todo a medida que fue recuperando su temperatura corporal. Con un gesto instintivo, alcanzó el albornoz y cruzó el pasillo tambaleándose en dirección a la ducha. Incluso a la temperatura más alta, el agua le parecía fría al contacto con la piel. Se acurrucó en un rincón, apoyada en los azulejos, hasta que su cuerpo se impregnó de un poco del calor cercano. Los pies fueron los últimos en reaccionar. Salió de la ducha, regresó a su dormitorio medio aturdida y se puso la ropa más suave, más caliente y que tenía más a mano. Después se puso aún más ropa: más calcetines, otro jersey por encima del primero, luego una manta sobre los hombros. Por fin, envuelta en tantas capas que tenía que ir arrastrando los pies, regresó a la sala común. Janelle ya estaba allí, vestida con su pijama polar con caras de gatitos. Vi llevaba uno prestado cubierto de arcoíris.

David debía de haber traído ropa de repuesto en su enorme mochila: los viejos pantalones ajados de chándal de Yale que habían sido de su padre. Los que llevaba la noche que se habían besado por primera vez.

—Bien —empezó Pix cuando todos se sentaron—. Voy a ser muy muy clara respecto a un par de cosas. Estáis todos en arresto domiciliario. Nadie va a salir de esta casa hasta que deje de nevar. Puede que la academia esté cerrada, pero eso no significa que no pueda imponéroslo. ¿Queréis una buena carta de recomendación para los institutos de vuestras ciudades? ¿Queréis tener la oportunidad de regresar si la academia vuelve a abrir? ¿Queréis ir a la universidad? Pues no os mováis de aquí hasta nueva orden. Excepto tú, Hunter. Tú puedes hacer lo que quieras.

—Pero tampoco puedo ir a ninguna parte —se quejó—. Esta nevada es brutal.

—No. Pero tenía que decirte que eres libre para hacer lo que te plazca.

—Perfecto —terció David, poniéndose cómodo y acercando los pies al fuego—. De todos modos, no hay a dónde ir.

—Ni siquiera voy a preguntaros dónde habéis estado —dijo Pix—. Solo porque probablemente ya no será relevante.

—Fui a cumplir una misión —repuso David.

Nate le lanzó una mirada que parecía decir «Déjate de bobadas de misiones, capullo».

—¿Habéis llamado todos a vuestras casas? —preguntó la mujer.

—Yo no tengo línea —respondió Vi.

—Es verdad, yo tampoco —dijo Nate.

Stevie sacó su teléfono. Sin señal.

—Tengo un teléfono fijo en el piso de arriba —añadió Pix—. Llamaréis por turnos. ¿Quién quiere ser el primero?

Nadie quería, así que, sin saber cómo, Stevie terminó subiendo la primera. En todo el tiempo que llevaba en Ellingham, nunca había estado en el apartamento privado de Pix, que ocupaba el espacio sobre la sala común y la cocina, además de la zona del pasillo frente a los dormitorios superiores. Había pintado las paredes de color arcilla. Tenía objetos preciosos procedentes de África y Oriente Medio: teteras de latón con largas boquillas; mesas largas hexagonales con el tablero recubierto de azulejos blancos y azules; animales de madera delicadamente tallados; faroles de latón y estaño con aplicaciones de colores. Había reproducciones de jeroglíficos egipcios imprimidos en papel vitela y colgados junto a la otra gran pasión de Pix: la música de los años noventa. Tenía por lo menos una docena de carteles originales de conciertos de grupos como Nirvana. Estos fueron los únicos que Stevie reconoció.

Por supuesto, también había huesos. Allí estaban los preciados dientes en su cajita clasificadora de artesanía. La repisa de la chimenea estaba decorada con huesos que probablemente eran falsos: un fémur, un cráneo, una rótula, montados en un pequeño tablero. El resto del apartamento estaba lleno de libros, por todas partes, amontonados en estanterías y en pilas a lo largo de las paredes. Libros junto al pequeño sofá, libros en el pasillo y libros encima de la mesa.

Pix le pasó el teléfono. Stevie se acomodó junto a la cinta de correr de Pix, preparándose para lo que se le venía encima, y marcó. Contestó su madre.

—Hola —saludó Stevie—. Lo siento. He perdido el autobús. Todo sucedió muy rápido, y cuando...

—¡Estás bien! Oh, Stevie, ¿estás bien? ¿Pasas frío?

Para su inmensa sorpresa, su madre no parecía enfadada. La academia debía de haber dado una versión edulcorada, que había perdido el autobús o algo así, no que había corrido a esconderse en una piscina hasta que se hizo de noche. Parecía obra de Podéis Llamarme Charles; su tarea era suavizar las cosas para que no pareciera que Ellingham era una auténtica trampa mortal. En su defensa, había que reconocer que había hecho un buen trabajo. Toda su jovialidad y sus tópicos habían surtido efecto.

—Quédate dentro —dijo su madre—. No salgas, no te enfríes. En cuanto la nieve despeje, volverás a casa.

—Claro —respondió Stevie sin saber muy bien cómo sentirse. Cada vez que sus padres se mostraban comprensivos, siempre la hacían sentirse como un monstruo, como si los hubiera juzgado mal.

—Te queremos —añadió su madre.

¿A qué venía eso del querer? No era algo que ni sus padres ni ella acostumbraran a decir. Se querían, sí, pero no andaban diciéndolo.

—Yo... hum... ya. Estamos todos bien. Tenemos un montón de comida y palomitas y cosas de esas. Y mantas y leña.

Pero ¿qué estaba diciendo? Debía de estar intentando componer una imagen mental de un fin de semana en una cabaña acogedora. Lo cual, para ser sinceros, se ajustaba bastante a la realidad. Tenían un montón de comida y palomitas y mantas y leña. Todo muy acogedor.

Cuando terminó la llamada, devolvió el teléfono a Pix.

—Pareces desconcertada —observó la mujer.

—Creí que iban a matarme —repuso Stevie.

—Sorpresa. Tus padres solo quieren que estés a salvo.

Pix volvió a colocar el teléfono en la base y se apoyó en la pared.

—Sois unos idiotas, ¿lo sabías? —dijo—. De todas las casas, me ha tocado la más boba. Pero mentiría si te dijera que no me alegro de que estéis aquí. Ahora baja. Terminemos con las llamadas y luego comeremos algo. Fui a saquear el comedor al darme cuenta de que seguíais aquí.

El ambiente de la sala se animó un poco cuando todos llamaron a sus casas y empezó a salir comida de la cocina. Pix había vuelto con un botín contundente: bandejas de macarrones con queso, cuencos de plástico con ensalada y fruta, lasaña, pollo, patatas asadas, tofu a la plancha..., todo lo que habían preparado para la comida del día, además de leche, zumos y todo tipo de bebidas. Era demasiado para que cupiera en el frigorífico, así que Pix tuvo que dejar parte de ello fuera, bajo la ventana de la cocina. La naturaleza se ocupaba de la refrigeración. Había muchas cosas de las de todos los días, como chocolate caliente, palomitas y cereales. La verdad era que tenían todos los ingredientes para pasar un buen fin de semana sin salir de casa. Una gran celebración final todos juntos. Hincaron el diente a la comida con entusiasmo.

—¿Quién más se ha quedado? —preguntó Janelle—. Habrá alguien más, ¿no?

—¿Aparte de los locos que tengo delante, quieres decir? Mark el de mantenimiento. El doctor Scott y la doctora Quinn. Vi, ahora te preparo el cuarto de arriba. —Ese era el de Hayes, pero nadie iba a mencionarlo—. Vosotras dos —añadió señalando a Janelle y Vi—: habitaciones separadas.

Vi y Janelle intercambiaron una mirada silenciosa. Hasta Pix se había dado cuenta.

—Es agradable estar de vuelta —comentó David—. Me voy a mi cuarto a leer. Disfrutad de la nieve. Nos vemos por la mañana.

—Creo que yo haré lo mismo —dijo Vi—. Estoy muy cansada.

—Qué raro no ser el primero que quiere irse a la cama a leer —observó Nate una vez que se fueron a sus respectivos cuartos—. ¿Alguien quiere jugar a algo?

—La verdad es que no estoy de humor para juegos —respondió Janelle—. Buenas noches.

Pix miró al menguado grupo de la mesa.

—Pues vaya... —dijo Nate—. Bueno, el juego que tenía en mente es mejor con un grupo más grande, así que casi mejor me voy también a mi cuarto. A trabajar en mi libro o algo.

La situación se había vuelto embarazosa. Solo quedaban Stevie, Hunter y Pix. Stevie sabía que lo correcto sería quedarse hablando un rato con Hunter. Pero oía los pasos arriba; David estaba de nuevo en casa. Después de la tormenta, los mandarían en direcciones opuestas. No iba a ser capaz de centrarse y hablar. Lo mejor sería seguir los pasos de los demás e intentar dormir.

Tras una despedida algo incómoda, subió a su cuarto arrastrando los pies. Se metió en la cama y se quedó con la vista fija en la pared, incapaz de apagar la luz. Era poco probable que apareciera un mensaje, pero tenía la inquietante sensación de que alguien estaba vigilando, alguien que no estaba en la casa. Era imposible. La nieve caía con fuerza y la academia estaba vacía. De todos modos, se levantó y se dirigió a la ventana. Le costó trabajo abrir; estaba medio congelada. Cuando logró abrirla, una ráfaga glacial y un torbellino de nieve le golpearon el rostro. Buscó su potente linterna e iluminó el exterior.

Estaban solos. Completa e inusitadamente solos, en unas circunstancias difíciles y anómalas.

Stevie luchó contra el viento para volver a cerrar la ventana; luego, se estremeció y se sacudió la nieve. Volvió a acostarse.

No vio la figura que salió de la sombra de un árbol justo delante de su ventana.

13

No funcionó. Y no iba a funcionar.

Para empezar, su cuarto estaba como un témpano, y Stevie tuvo que seguir poniéndose unas prendas sobre otras: un pijama más grueso, luego otro, calcetines sobre calcetines, la sudadera negra y, finalmente, el albornoz. Se metió en la cama, arrebujada en todas aquellas capas de ropa como un burrito humano.

Luego aquel ruido, el silbido del viento. Era como estar en una habitación con una docena de hervidores de agua a pleno rendimiento, expulsando vapor y agua caliente. Había llegado la ventisca, y su virulencia sobresaltó a Stevie. El viento metía los dedos por los bordes de la ventana. Se puso los auriculares e intentó escuchar una grabación para distraerse, para intentar hacer algo de su vida normal, pero las voces familiares sonaban extrañas. Las paredes de su cuarto la ponían nerviosa.

¿Por qué no le había dejado una tableta? ¿Por qué volver para no dejarla hacer lo único que necesitaba que hicieran todos? ¿Era una prueba? ¿Un juego? ¿Una lección? ¿Todo eso junto?

La irritaba pensar en ello.

Sería un error subir al piso de arriba. Eso era lo que él quería. También lo que quería ella.

¿Por qué los humanos sufren esa tensión? ¿Por qué fuimos creados con una corriente capaz de cortocircuitar todo nuestro poder de razonamiento y cordura en cualquier momento? ¿Por qué estamos llenos de componentes químicos que nos trastornan? ¿Cómo era posible sentirse tan excitada y enfurecida, como si te estuvieran pinchando el cerebro con mil agujas de distintas emociones a la vez?

No iba a subir.

Solo se levantaría, nada más. Pero no iba a subir.

Solo iría hasta la puerta, sin pasar de ahí.

Desde luego, no más allá del pasillo.

El primer peldaño de la escalera. Ese era el límite.

Hasta mitad de camino. Subir la escalera y volver.

Y así se encontró ante su puerta en la oscuridad del pasillo. No se veía luz por debajo, ni se oía nada dentro. Se concentró para intentar distinguir cualquier sonido, cualquier indicio de lo que podía estar ocurriendo en el interior. No había más voces. Cambió el peso del cuerpo de un pie al otro, vibrando y en vilo.

No. Tenía que regresar a su cuarto. «No caigas en la tentación».

—¿Por qué no entras? —Lo oyó decir.

Escuchó un respingo brusco y se sorprendió al darse cuenta de que ella había sido la causante de aquel sonido. Estos cuerpos, traicionándonos continuamente... Estúpidos sacos de carne. Apoyó la mano en el pomo, maldijo todo y a todos y abrió la puerta. David estaba sentado encima de la cama, vestido con ropa de calle e inclinado sobre una tableta.

—¿Quieres algo? —le preguntó.

No sabía lo que quería. Había subido con la vaga noción de que, una vez se encontrara ante la puerta de David, tendría una idea más clara. La naturaleza la haría actuar, y a él también. No harían falta palabras. Sin embargo, la naturaleza se había despistado, así que se sorprendió a sí misma temblando en el umbral como un vampiro.

El cuarto de David estaba lleno de cosas compradas por catálogo sin mirar los precios. Aquellos objetos creaban un lienzo blanco en contraposición a todo lo que le resultaba evocador. La mochila desgastada, el olor persistente a humo ilegal, su abrigo Sherlock tirado con descuido en el suelo, un cuenco de ramen precocinado, su teléfono abollado. Buscó pistas que le proporcionaran una explicación, y lo único que encontró hizo que sus conexiones neuronales bailaran agitadas.

—No me diste una tableta —dijo.

—Cierto.

—¿Por qué?

—Tienes mucho que hacer —repuso él sin inmutarse—. No quiero entretenerte.

Los cristales repiquetearon en el marco. La tableta desprendía suficiente luz para distinguir el contorno de su rostro, los hoyuelos de sus mejillas, los picos de sus cejas. Sintió deseos de acercarse a la cama, de tumbarse a su lado. De hacer algo. Lo que fuera.

Avanzó unos pasos, vacilante. David dejó la tableta sobre sus rodillas.

—Ah, ¿querías averiguarlo? —Cruzó los tobillos y colocó una mano sobre otra—. ¿Intentarlo en serio? ¿Tocar todas las bases?

No había ningún tono cortante en su voz. Era como un cuchillo romo.

—¿Podemos...?

—No —respondió él—. No podemos.

—¿Para qué has vuelto? Podías haber leído todo eso tú solo.

—¿Y qué tiene eso de divertido? Y además, soy algo lento. Mejor que lo vean también unos cuantos cerebritos.

—Mentira —dijo Stevie.

—¿Creías que había vuelto para verte? ¿Es eso? ¿A ti, a la persona que trabajó para mi padre, que volvió para espiarme...?

—No te espié. Y tampoco me gusta tu padre. Pero mis padres sí trabajan para él, y yo hago todo lo que puedo para evitar...

—Sí, ya me lo contaste. Pusiste el número de SeaWorld en la lista de las llamadas que tenían que hacer. Bien hecho.

—Tu padre —continuó Stevie— hizo instalar un cartel gigantesco de contenido racista en la calle donde vivo. ¿Crees que trabajaría para un tipo así?

David seguía en la misma postura laxa; piernas estiradas, cuerpo relajado. Pero su talante se hizo más tenso.

—Repasemos los hechos —dijo—. Mi padre te trajo de vuelta en su avión, a cambio de que no me perdieras de vista y evitaras que fuera por el mal camino. Confié en ti. Me fie de ti. Te hablé de mi madre y de mi hermana, de lo que nos hizo mi padre.

—Después de mentirme —lo interrumpió Stevie—. Un montón de veces. De decirme que tu familia había muerto...

—Y te pedí perdón por ello. Está claro que no fue suficiente. Hice todo lo que pude. Te abrí mi corazón.

Lo había hecho. Era cierto. Le había contado toda su vida aquella noche en el túnel. Y cuando encontraron a Ellie, lloró. Había desnudado su alma ante Stevie. A cambio, ella se había dejado llevar por el pánico, le contó sin miramientos que su padre había hecho un trato con ella: podría volver a la academia si ayudaba a David a comportarse.

—Lo de tu padre... te lo dije, no era para espiarte. Él me trajo de vuelta. Nada más. Ni siquiera sé muy bien qué quería de mí.

—Algo que creyó que podrías darle —repuso David—. Así es como funciona. Mi padre percibe las debilidades de la gente. Así es como ha llegado a donde está. Así es también como sé que encontraré algo si reviso todo este material. Los insatisfechos perversos engendran insatisfechos perversos. El mal devora a sus hijos. Yo necesitaba personas inteligentes, personas que entiendan de política, como Vi. Y ha sido una suerte encontrar a ese tío, a Hunter. Gente a la que no le importa causar un impacto positivo pensando en el futuro. Mientras que tú...

No pudo ver su expresión en la oscuridad, pero notó su sonrisa desdeñosa.

—... quieres resolver los grandes crímenes del pasado para que todo el mundo crea que eres Nancy Drew. Y en el proceso, ¿qué? Ellie muere y...

Llegado a ese punto, se interrumpió. Pero ya le había asestado la puñalada. No importaba que no le hubiera dado nada a Edward King. Este la había visto débil.

—Creo que será mejor que bajes —dijo David—. Abrígate bien. Parece que va a bajar la temperatura. Y mucho.

24 de febrero, 1937

DURANTE CINCO NOCHES, GEORGE MARSH MONTÓ GUARDIA JUNTO AL restaurante Manelli's.

Alguien había avisado a Andy o Jerry de que George estaba en la ciudad y los andaba buscando. Se habían asustado lo suficiente para tratar de disuadirlo. Cuando le dices a alguien que se retire, es porque estás en un rincón del que no puedes salir. La postal le indicó que al menos uno de ellos se encontraba en Nueva York y que, quienquiera que fuese, estaba atemorizado. Se quedaría esperando y vigilando el tiempo que hiciera falta.

Era demasiado arriesgado llamar la atención en la calle. Había una tienda de ultramarinos situada al otro lado de la calle en diagonal donde, a razón de doscientos dólares la noche, lo dejaban sentarse dentro y mirar por la ventana. Otro gasto extra fue para pagar a unos cuantos hombres que se sentaban toda la noche en la barra de Manelli's y después le contaban cualquier detalle de interés. El dinero había perdido todo sentido para él; era tan solo algo que repartía, pequeñas fortunas en una ciudad sacudida por la Gran Depresión. Pagaría a toda Carmine Street si fuera necesario.

Justo después de las nueve de una noche gélida, cuando estaba abriendo un nuevo paquete de cigarrillos mientras el dueño de la tienda barría el local, George observó una figura que caminaba hacia Manelli's con la cabeza inclinada, pero dirigiendo miradas furtivas hacia atrás. Fuera quien fuera, llevaba una bufanda atada al cuello que le cubría el rostro. Un fallido intento por pasar desapercibido. La persona se acercó a la puerta de Manelli's y miró en ambas direcciones antes de entrar.

—Sal —murmuró George, sin apartar la vista de la ventana—, llame a Manelli's, por favor.

El hombre dejó la escoba a un lado, marcó un número y le pasó el auricular a George. El camarero contestó después de varios tonos de llamada.

—Acaba de entrar un tipo —dijo George a modo de saludo—. Si es Andy o Jerry, diga «Tiene que venir a recogerlo. No repartimos a domicilio». Si no, diga «Se ha equivocado de número».

Tras una pausa, el camarero dijo:

—No, no repartimos a domicilio. Venga a recogerlo si lo quiere.

George devolvió el auricular a su dueño.

Al cabo de una media hora, se abrió la puerta del restaurante y la misma figura salió deprisa, con el sombrero bien calado y la cara envuelta en la bufanda. George aplastó el cigarrillo en un cenicero que había sobre el mostrador. Cuando la figura llegó al final de la manzana, George empezó a seguirla. La nieve lo favoreció; era fresca y limpia, así que resultó muy fácil ver las huellas de pisadas recientes al girar a la izquierda.

Avistó a la figura zigzagueando entre los coches y dirigiéndose a un callejón. George apretó el paso, pero sin entrar en el campo de visión del hombre. Por algo había sido un oficial de policía tan condecorado y estaba ahora en el FBI: eran sus calles, y sabía cómo trabajárselas.

El hombre se detuvo junto a un coche y estaba abriendo la puerta cuando George movió ficha.

—Hola, Jerry.

—Por Dios, George —repuso Jerry, ya sin aliento del susto—. Por Dios.

George le propinó un puñetazo en la cara que lo hizo caer sobre unos cubos de basura. Mientras estaba en el suelo, le dio la vuelta, le puso las manos a la espalda y lo inmovilizó con unas esposas. Lo cacheó rápidamente; Jerry llevaba una pistola en la cintura y una navaja automática en el calcetín. A continuación, lo puso de pie sin miramientos.

—George —empezó Jerry—, yo...

George se quitó el abrigo y lo colocó sobre los hombros de Jerry para ocultar sus manos esposadas.

—Camina —le indicó—. Si corres o si gritas, disparo. Si haces algún gesto raro, disparo.

—Por Dios, George...

—Y cállate.

La misma mañana que llegó a Nueva York, George compró un coche a un ladrón de su confianza en Five Points. Como policía lo había trincado varias veces, pero el hombre no le guardaba rencor y se mostró encantado de suministrar un vehículo a un cliente que pagaba bien. Era un coche bueno y sólido que George equipó con mantas y luces extras. Ahora empujó a Jerry hacia ese coche. En cuanto lo metió, le inmovilizó los tobillos con una cuerda que después ató al asiento. Una vez lo tuvo bien sujeto, rodeó el coche y se sentó en el asiento del conductor.

—La niña —dijo—. Alice.

—George, yo...

—La niña. ¿Está viva?

—Jamás sería capaz de matar a una niña, George. Ni siquiera teníamos intención de matar a la mujer. Y yo tampoco quería que te dieran una paliza. Fue todo cosa de Andy...

—¿Dónde está la niña?

—Está viva —se apresuró a responder Jerry—. Está viva. La dejamos a cargo de unas personas para que se ocuparan de ella.

—¿Dónde?

—En las montañas, al otro lado del lago. En la parte de Nueva York. Tienen una cabaña allá arriba. Gente agradable. Muy familiar. Les dijimos que era la hija de mi hermana y que queríamos mantenerla apartada de una situación complicada. Gente agradable, George. La dejamos allí hasta que lo solucionáramos todo.

—¿Dónde?

—En algún lugar del bosque. En una cabaña.

George le dio un puñetazo en la sien.

—Por Dios, George... —Jerry sudaba copiosamente a pesar del frío.

—¿Secuestras a una niña y te olvidas de dónde la dejas? En ese caso, ya sé lo que voy a hacer: voy a atarte a un ancla y tirarte al río.

—¡Por Dios, George!

—Recuerda dónde está la cabaña —dijo George despacio—. Piénsalo bien.

—Quizá si viera un mapa o algo así, podría recordarlo.

George había venido preparado. Tenía un buen surtido de mapas en el asiento del copiloto, mapas de todo el país. Estaba dispuesto a conducir hasta California si hacía falta. Se los enseñó.

—Nueva York —dijo al tiempo que desplegaba uno de los mapas—. Da por hecho que voy a matarte. De ti depende mejorar tu situación. Impresióname. Mira este mapa. Dime, ¿adónde vamos?

14

Stevie, inmóvil en la oscuridad del pasillo de la primera planta, pensó en cómo había logrado arruinar su vida.

Tanto nadar para morir en la orilla. ¡Y con qué facilidad! Ella solita se había metido en la boca del lobo. Había resuelto el caso —había hecho lo que parecía imposible—, y ahora, rechazada y muerta de frío en un pasillo, con las extremidades agarrotadas por la tristeza, sentía como si se le viniera el mundo encima.

Todos los pensamientos negativos del mundo se le arremolinaban en la cabeza. Al quedarse allí, había gastado su último cartucho en lo referente a Ellingham. Sus padres no solo le prohibirían volver a la academia; lo más probable era que no la dejaran irse a ningún otro sitio. Retirarían el dinero destinado a su educación, si es que existía. Seguramente la propia academia Ellingham le bajaría las notas. Volvería a Pittsburgh y se quedaría allí atrapada para siempre, perdida sin remedio.

¿Y todo por qué? Por la oportunidad de quedarse unas cuantas noches más en medio de una tormenta de nieve con alguien que la odiaba.

¿Y el caso Vermont? ¿Y si estaba delirando? Tenía la lata;

tenía una prueba concreta de que la carta de Atentamente Perverso no estaba relacionada con el secuestro. Era algo. Pero las demás conclusiones no eran más que conjeturas. Y, además, ¿qué importaba ya? Quizá podría intentar demostrar que aquella carta había sido escrita por dos alumnos. ¿Merecía la pena echar a perder su vida por ello?

No podía quedarse en aquel pasillo para siempre. Sopesó la idea de ir al cuarto de Nate, pero estaba demasiado agobiada con sus problemas. No podría explicarle la sensación de que su mundo se acababa de un plumazo. Colocó un pie, que pesaba como si fuera de plomo, delante del otro para bajar la escalera, casi deseando tropezar en la oscuridad, romperse aquellas piernas renuentes y perder el conocimiento. Pero en realidad no lo deseaba, pues se agarró a la barandilla y la pared y bajó los escalones con cuidado.

Quizá David saliera de su habitación para dirigirse a la escalera y mirarla con ojos tiernos y contritos. Tendría el pelo un poco despeinado por donde se habría pasado las manos, arrepentido por lo que acababa de decirle. Diría algo como «Oye, ¿por qué no subes?». Y ella se detendría como si estuviera considerando la idea, luego diría...

Quizá el sol se decidiera por fin a salir y tragarse el mundo.

Ahora estaba ya en su pasillo, que le pareció aún más lúgubre. Estaba demasiado aturdida para llorar, demasiado destrozada para dormir, demasiado perdida para moverse. Pero había luz en la sala común. Alguien estaba despierto. Stevie no quería ver a nadie, pero tampoco quería estar sola. Estaba atrapada en el pasillo, retenida en todos los espacios que se interponían entre ella y donde verdaderamente quería estar.

Pero uno no se puede quedar en un pasillo para siempre. Los pasillos no están para eso. Se dirigió al fondo, se asomó a la puerta de la sala y vio a su ocupante. Era Hunter, con el polar que le había comprado aquel día en Burlington, acurrucado en el sofá e inclinado sobre una tableta. La sala aún olía a humo, pero el fuego de la chimenea se había apagado. No la vio, y Stevie pensó en darse la vuelta, pero no fue capaz de decidirse a retroceder o seguir avanzando. Debió de hacer algún ruido sin querer, porque Hunter levantó la vista sobresaltado.

—¡Ostras! —exclamó, a punto de dejar caer la tableta. Menuda visión, una cabeza asomando como un espíritu maligno.

—¡Perdón! Lo siento. Lo siento, yo...

—No te preocupes —dijo, recobrando la compostura—. Todavía no estoy acostumbrado a este lugar. ¿Estás..., estás bien?

Stevie prefería lanzarse al cráter incandescente de un volcán en erupción antes que reconocer que no estaba bien. Hizo un leve gesto afirmativo.

—No puedo dormir —contestó.

Cruzó la sala con paso decidido, como si siempre hubiera tenido la intención de entrar allí, y se movió con naturalidad por la cocina, llenando el hervidor eléctrico para prepararse un cacao caliente. Echó dos medidas en una taza y miró el montón de cacao en polvo que pensaba consumir. ¿Acaso aquel polvo la iba a compensar por algo? ¿Iba a reparar todo lo que se había roto en su corazón?

Era pedir demasiado a una taza de cacao en polvo.

—¿Quieres algo? —preguntó a Hunter asomándose a la sala—. ¿Algo de beber? Voy a...

Señaló el hervidor con decisión como diciendo «Voy a poner agua a hervir para preparar todo tipo de bebidas calientes».

—Perfecto —respondió—. Un té o algo así.

Stevie metió una bolsa de té en otra taza y llevó las dos bebidas a la sala. Hunter había elegido uno de los rincones más fríos para sentarse. Una brisa gélida se colaba por la chimenea, así como por debajo de la puerta principal.

—¿Has encontrado algo interesante? —quiso saber al tiempo que dejaba la taza en el borde de ladrillos de la chimenea.

—No sé lo que estoy buscando —dijo—. Nos ha dado un USB a cada uno. He leído por lo menos mil mensajes de correo electrónico sobre estrategias de campaña y cientos de hojas de cálculo con transacciones bancarias. Los mensajes demuestran que todos los de la campaña son gilipollas. Ninguna sorpresa. No sé qué significan las hojas de cálculo. Alguien paga dinero por algo, pero no tengo ni idea de lo que es o para qué. Una forma un poco rara de pasar una noche.

Metió la tableta entre los cojines del sofá y alcanzó su taza.

—Gracias —dijo—. Nunca pensé que la casa de mi tía pudiera arder. Nunca pensé verme aquí, en medio de una tormenta de nieve, leyendo mensajes de la campaña electoral de Edward King.

Una buena forma de hacerla recordar que había gente con problemas más serios que los suyos.

—¿Puedo hacerte una pregunta? ¿Sobre David? ¿Es...?

Stevie esperó a oír el final de la pregunta, porque las preguntas sobre David podían ir por muchos derroteros. Todo en su interior se enroscó como una serpiente a la defensiva.

—A ver, la primera vez que lo vi le estaban dando una paliza. Y es el hijo de Edward King. ¿Y traer todo esto? Es decir, robarlo... es bastante fuerte. ¿Es bueno? Es que no sé qué pensar.

—Yo tampoco —dijo Stevie.

—Él y tú... —Hunter dejó la palabra en el aire un instante—. Tenéis algo. Es obvio que tenéis algo.

—No —aclaró Stevie con la vista clavada en la plasta de cacao que estaba bebiendo, con grumos grisáceos y espumosos de cacao sin disolver flotando en la superficie.

—Ah. Perdona.

Hunter fue lo bastante perspicaz como para saber que la palabra adecuada era probablemente «perdona». Stevie notó que sus hombros se relajaban un poco, pero no levantó la vista de su cacao grisáceo. Durante unos instantes, se produjo un silencio incómodo entre ambos. Hunter era una persona a la que resultaba fácil mirar; no en el sentido de que fuera deslumbrantemente guapo, como si fuera un bien consumible. Uno se sentía cómodo con él. A diferencia de David, nunca parecía estar midiéndote. Su rostro salpicado de pecas era como un cielo estrellado. Era de complexión fuerte. Era sólido y real. Se podía confiar en él.

—¿Puedo hablarte un poco sobre tu tía? —preguntó Stevie.

Hunter asintió.

—La noche que... la otra noche... la llamé —dijo—. Parecía ocupada. Dijo que no podía hablar. Al parecer, había alguien allí. ¿Viste a alguien?

—No —respondió él—. Tenía los auriculares puestos. Ya sabes que mi tía ponía la música muy alta y que la planta baja olía mucho a tabaco, así que me pasaba la mayor parte del tiempo en el piso de arriba. Estaba preparando mi trabajo de fin de semestre, sumergido entre los plásticos que van a parar al océano.

—Entonces, lo primero que notaste...

—Fue el humo —terminó Hunter. Su expresión cambió fugazmente al pronunciar aquellas palabras. Apartó la mirada; elevó la vista al techo y después miró hacia los lados, lo cual, según los libros sobre evaluación psicológica de los criminales que Stevie había leído, significaba que estaba recordando—. Lo olí. Había olido humo de tabaco muchas veces, pero había mucho humo y era un olor muy penetrante. No como el humo de leña. Como cuando se está quemando algo que no debería quemarse. Cuando hueles algo así, sabes que algo no va bien. Me quité los auriculares y oí ese sonido, como un chasquido continuo. Imagínate una bandeja con vasos que se cayera una y otra vez. Cuando abrí la puerta y llegué a la escalera, todo ocurrió muy rápido. Había humo, gases. Me costó mucho bajar la escalera. Me ardían los ojos.

Sacudió la cabeza al hablar, como si aún no se pudiera creer lo que había visto.

—La cocina, donde estaba mi tía, debió de prenderse inmediatamente. Supongo que el gas llevaba un rato saliendo. Se propagó al salón. Había mucho material inflamable por todas partes..., libros, papeles, porquería. Y todos los muebles eran viejos, igual que las alfombras. Cuando terminé de bajar la escalera..., vi fuego prácticamente por todas partes, con origen en la cocina. La llamé. Creo que intenté ir a su despacho para ver si estaba allí, luego iba a intentar llegar hasta la cocina. En algún momento perdí el conocimiento.

Por un instante, Stevie no supo qué hacer. David pasó a un segundo plano. Hunter siguió aferrado a sus recuerdos unos instantes, después soltó un largo suspiro y se frotó la cara.

—Quizá pasé más miedo del que creo. Estoy bien, pero es que... había mucho fuego.

Stevie bajó de nuevo la mirada a la taza.

—¿Qué vas a hacer? —preguntó.

—Ir a terapia —respondió, repartiendo las cartas—. Viví un incendio en casa que mató a mi tía. Ahora estoy tranquilo, pero no creo que esa tranquilidad dure demasiado.

—Me parece muy sensato.

—Es lo sensato. Soy un chico sensato.

Hunter se quedó en silencio unos instantes y Stevie sintió un burbujeo de ansiedad subiendo lentamente hacia la superficie.

—¿Era eso lo que querías preguntarme? ¿O tienes otra pregunta?

Su tono indicaba sin lugar a duda «Yo también estoy bien y listo para retomar la conversación».

—Me dijo algo muy extraño por teléfono —añadió Stevie—. «Está aquí». Estaba muy excitada. ¿Sabes de quién podía estar hablando?

—¿«Está aquí»? —repitió Hunter moviendo la cabeza—.

No tengo ni idea de lo que puede significar. No estarás pensando... ¿Alice?

—Alice no podría estar allí. No tiene sentido.

—A lo mejor no se refería a una persona. Quizá quiso decir... —Intentó buscar una explicación, después hizo un gesto con la cabeza—. Mira, mi tía había bebido mucho aquella noche. Pero muchísimo. Tanto, que terminó incendiando la casa entera.

—Dijo que alguien estaba allí —insistió Stevie.

Hunter sacudió la cabeza, perplejo.

—Entonces, no tengo ni idea de lo que quiso decir. Pero sí es cierto que llevaba unos cuantos días obsesionada con el codicilo. Cada vez hablaba más de él. Dijo que Mackenzie se lo había contado. Había un documento. Lo ocultó porque no quería que el lugar se llenara de falsas Alices. Dijo que la academia lo sabía todo y que dependían de ese dinero, porque cuando terminara el plazo, se quedarían con él.

—¿Dijo que la academia lo sabía? —se sorprendió Stevie, inclinándose hacia delante.

—Sí. Oye, ya sé lo que parece. Ya sé que podía... Bueno, mi tía tenía problemas. Ya sé lo que acabo de decir sobre el incendio. Pero en cuanto a este tema, sabía lo que decía. Y cuando se puso a investigar lo del testamento, cambió. Ya no parecía tan interesada en el caso como en la idea de que hubiera... una recompensa. Una recompensa muy muy sustanciosa.

—Pregunté sobre él —dijo Stevie—. Se lo pregunté a Podéis Llamarme Charles.

—¿Podéis Llamarme...?

—Así es como llamamos al doctor Scott.

Hunter hizo un gesto que indicaba que había entendido el sobrenombre a la perfección.

Ninguno de los dos supo qué decir. Stevie barajó varias cosas, como contarle su solución al caso Vermont o preguntarle si de verdad creía que su casa se había incendiado por accidente.

—Antes Nate propuso jugar a algo —dijo Hunter—. ¿Te apetece una partida?

Aquello pilló a Stevie totalmente desprevenida. Era demasiado normal.

—Hay juegos por ahí —observó—. No sé muy bien dónde...

«No hay nada más serio que un buen juego» era uno de los lemas de Albert Ellingham, y desde que se inauguró la academia siempre hubo juegos de mesa. Por entonces se jugaba sobre todo al Monopoly, pero al salir tantos juegos nuevos, las colecciones habían ido creciendo. Había un montón de juegos apilados en algún rincón de la sala común. Stevie nunca les prestaba demasiada atención salvo cuando Nate sacaba uno y la convencía para que jugara.

Era algo que hacer aquella noche tan extraña.

Encontró los juegos, cuatro en total, en el armario donde se guardaban los productos de limpieza y los de la chimenea. Los colocó encima de la gran mesa, como una especie de ofrenda. Hunter los inspeccionó con mirada experta.

—Este es mejor con más jugadores —explicó apartándolo—. Este no lo conozco, pero parece complicado. Sin embargo, este otro...

Le mostró una pequeña caja que contenía un juego de cartas llamado Zombie Picnic.

—Jugué con Nate —dijo Stevie—. Está bastante bien. Tienes que intentar disfrutar de un pícnic mientras los zombis te atacan.

—También lo conozco. Venga. Estar aquí sentados sin hacer nada es un asco. Vamos a jugar.

Si se lo hubieran asegurado media hora antes, Stevie no se habría creído que estaría jugando a las cartas en lugar de, por ejemplo, llorando en un rincón de su cuarto o planeando cómo fingir su propia muerte. La vida continuaba en forma de cartas con dibujos de bocadillos o ensalada y de zombis devorando cabezas humanas. Ella seguía allí. David seguía arriba. Todo tenía solución.

Durante una o dos horas, no hubo asesinatos. No hubo caso. En un momento dado, miró el teléfono y vio que ya era más de medianoche. Después, las dos de la madrugada. La invadió una sensación de vértigo, debido al insomnio y a la adrenalina y a como se llame lo que sobreviene después de la tristeza. Hunter era una buena compañía y el juego era muy fácil. Quizá Albert Ellingham tuviera razón respecto al juego.

Cuando rebasaron las tres y las cuatro de la madrugada, lo más razonable parecía continuar hasta que el cielo empezara a clarear, como así ocurrió. El cielo negro y rosa noche se tornó blanco y rosa claro, luego blanco puro. Ahora, Hunter y ella eran compañeros nocturnos, unidos por un vínculo que no fue capaz de definir. Durante un rato, todo fue perfecto. Se levantaron y empezaron a reírse de cualquier cosa.

Hicieron palomitas. Sacaron la cabeza por la ventana y dejaron que la nieve cayera sobre sus rostros y los despejara.

Así continuaron hasta que, cuando ya amanecía, oyeron un crujido en la escalera. David apareció en la puerta.

—Jugando, ¿eh? —dijo.

—Sí, bueno... —Hunter reunió las cartas en las manos—. Estábamos haciendo una pausa.

David solo murmuró «hummm» y desapareció en la cocina para reaparecer instantes después con una Pop-Tart sin tostar entre los dientes. Se sentó en la hamaca y la hizo girar, provocando que la cuerda se retorciera ruidosamente.

—Me he pasado la mitad de la noche leyendo lo que nos diste —explicó Hunter—. ¿Tienes alguna idea de lo que se supone que estamos buscando?

—No —respondió David, frenando el giro de la hamaca con los pies—. Solo que es algo importante.

—Así que, si he estado mirando unas cuantas hojas de cálculo, extractos bancarios...

David se metió en la boca el último trozo de Pop-Tart y se encogió de hombros.

—Muy aclaratorio —dijo Hunter—. Entonces, ¿cómo sabes que es importante?

—Porque mi padre intenta mantenerlo oculto —repuso David—. Por la actitud que ha tenido últimamente. Por las cosas que ha dicho o que no ha dicho. Sé cuando mi padre está metido en alguna mierda gorda.

—¿No lo está siempre? —preguntó Hunter.

—Siempre está metido en alguna mierda —puntualizó David—. Pero no siempre gorda. Esta lo es. Y sea lo que sea que contengan esos USB, no estaba en el servidor.

—La mayoría son cosas rutinarias.

—Parte de ellas puede que sí. Creo que algunos USB son copias de seguridad, lo que significa que tendremos que encontrar nosotros lo importante. Muy divertido.

—¿Divertido? —repitió Hunter.

—Como lo que estás haciendo ahora. Ah, buenos días, Stevie.

Stevie intentó no crisparse. Todo lo que hacía David era deliberado.

Hunter recogió las cartas y las reunió en un montón, dándoles unos golpecitos sobre el tablero de la mesa para colocarlas bien antes de volver a meterlas en su caja.

—Has utilizado una especie de identidad falsa en la campaña de tu padre, ¿no? —dijo.

—¿Te refieres a Jim? —preguntó David.

—Sí. Jim. ¿Jim puede hacer algo?

—¿Como qué?

—Como enviar un correo electrónico a la academia pidiendo ver el codicilo.

David miró fijamente a Hunter, asegurándose así de que Stevie quedara fuera de su atención. Esta, por su parte, estuvo a punto de sufrir un latigazo cervical por el giro que había dado la conversación.

—¿Qué codicilo? —quiso saber.

—Ese que dice que la persona que encuentre a Alice Ellingham se llevará una fortuna —respondió Hunter—. Ese que la academia no enseña a nadie.

David ladeó la cabeza con interés.

—¿Por qué iba a hacer eso Jim? Es un tipo ocupado.

—Te estoy ayudando con tus cosas —dijo Hunter—. Tú también podrías hacerme un favor.

—¿Hacerte a ti un favor?

—Un favor —repitió Hunter sin hacer caso de cualquier pregunta implícita—. Un intercambio de trabajo.

—¿Y ese favor es para ti? —insistió David.

—Es algo en lo que mi tía creía —repuso Hunter—. Quiero saberlo. Yo te ayudo, tú me ayudas.

David esperó unos segundos interminables, después volvió a hacer girar la hamaca, retorciendo la cuerda. Stevie se dio cuenta de pronto de que estaba totalmente despejada y quizá a punto de vomitar.

—Bueno, el wifi no funciona —dijo por fin—. Si Jim escribiera ese mensaje, no sé cuándo lo podría enviar. Pero ¿por qué iban a enseñárselo a Jim si no se lo enseñan a nadie?

—No es que no se lo enseñen a nadie —respondió Hunter—. Probablemente se trate de que no se lo enseñen a cualquiera.

La mente embotada de Stevie tardó unos instantes en captar el matiz.

—Los miembros de la junta directiva —dijo—. Legalmente tiene que haber gente que lo sepa.

—Exactamente —corroboró Hunter—. Y quizá haya un motivo por el cual el senador King quiera saberlo, porque su hijo es alumno de la academia. A ver si se nos ocurre alguna razón...

Hunter tramaba algo. La mente de Stevie volvió a ponerse en marcha para un último estallido de actividad aquella noche.

—Querría saberlo por lo que ha salido en las noticias —dijo—. Por las muertes. No habría que dar demasiadas explicaciones.

—Mis padres son abogados —dijo Hunter—. Se trata de escribir notas sucintas y concisas y hacer que parezca que la gente tiene que hacer lo que ellos quieren. Decir solo lo necesario. Creo que podría funcionar.

David se rascó una ceja y luego se frotó la barba incipiente. Barba incipiente. Stevie tuvo que obligarse a no mirarla, ni su manera de estirar las piernas. La sexualidad humana era sorprendente y complicada y horrible, y le desordenó todas las ideas justo cuando había logrado ponerlas en orden. «Céntrate, Stevie.»

—¿La vas a escribir? —preguntó ella a David. Lo miró directamente a los ojos, como retándolo.

—Insisto, necesito un motivo.

—Te deberé un favor.

Al oírla, soltó una carcajada.

—Y así le tocas un poco más los cojones a tu padre —añadió Hunter—. Si te has inventado una identidad, ¿por qué no aprovecharla?

Stevie casi podía ver los cálculos que David estaba haciendo a través de sus ojos.

—Vale —dijo—. Me decís qué tengo que escribir, lo envío, y vosotros seguís leyendo. No tenemos mucho tiempo.

Solo tardaron unos minutos en redactar el escrito de Jim:

Me dirijo a ustedes en nombre del senador King. El senador desearía ver una copia de cualquier documento legal que manifieste que hay algún tipo de beneficio económico para aquel que encuentre a Alice Ellingham. Desde hace años hay rumores sobre la existencia de este documento. El senador desea conocer cualquier potencial resquicio legal o noticia que involucre a la academia y, obviamente, cualquier beneficio económico imprevisto que pudiera convertirse en carnaza atractiva para la prensa. Gracias por su atención en este asunto.

—Es corto —dijo Hunter—. Que sea breve. Suena más importante, como si tuviera más autoridad.

—Y directo —dijo David cuando terminó de escribir—. Bien. Lo enviaré en cuando vuelva la señal. Y ahora ¿vais a seguir leyendo el material que os di?

Hunter se puso en pie sin decir palabra, volvió a sentarse en el sofá y encendió la tableta.

El agotamiento derrotó a Stevie. La burbuja estalló y la sala volvió a quedarse sin aire. David se estaba columpiando en la hamaca y el viento seguía aullando. No la necesitaban.

—Me voy a la cama —anunció.

Cuando se levantó para irse, David salió al pasillo tras ella, despreocupadamente.

—¿Me estás siguiendo? —preguntó Stevie.

—Voy a mi cuarto a buscar un cable —repuso—. Como dije, he pasado toda la noche leyendo. Sin embargo, parece que tú te has divertido.

Stevie agarró el pomo de su puerta con tanta fuerza que creyó que lo iba a arrancar.

—No todo gira a tu alrededor —sentenció.

Después entró en su cuarto y le cerró la puerta en las narices.

15

Toda la casa temblaba.

Stevie abrió los ojos. Una luz tenue bañaba la habitación. Parpadeó varias veces y alcanzó el teléfono. Eran casi las tres de la tarde. No tenía mensajes ni llamadas de sus padres, lo cual la hizo pensar que seguían sin señal.

Vio que se había hecho un nido para mantenerse caliente: todas las mantas, el albornoz, el polar, incluso varias toallas. Recordó que en un momento dado había pensado en sacar la ropa sucia de la bolsa y echársela por encima. Reconstruyó los hechos acontecidos hasta aquel momento. Había estado con David y Hunter en la sala común hasta primera hora de la mañana, después la venció el agotamiento y se fue a su cuarto a descansar un minuto. El minuto se había convertido en varias horas, y el día se había esfumado.

Salió de la cama casi arrastrándose y se acercó a la ventana. En el exterior, la nieve caía de lado, a veces incluso volvía a subir impulsada por el viento. Los árboles y el suelo estaban tan cubiertos que era difícil imaginar qué había debajo. Era imposible calcular el espesor de la nieve, pero parecía estar ya a pocos centímetros del alféizar de la ventana. ¿Sesenta centímetros? ¿Noventa centímetros?

¿Qué hacer ahora? Volvió a la cama y se sentó en el borde. Ni hablar de salir; no ya de casa, sino posiblemente de su cuarto. Miró la pared, la superficie algo rugosa con varias capas de pintura donde había aparecido el mensaje hacía ya varias semanas. Entre la visión algodonosa del exterior y el aturdimiento de después de dormir, la realidad se distorsionó y una bala de adrenalina impactó en su sistema nervioso. Aquel lugar era un peligro. Debería haber hecho caso a las advertencias de la pared. Era un continuo coqueteo con la muerte, a la que había esquivado por centímetros o segundos. La había acechado al final del túnel, debajo del suelo, al otro lado del teléfono. Debería haber vuelto a casa, dejar atrás aquel lugar terrible, porque ahora se daba cuenta de que su suerte se desvanecía por momentos. No tenía escapatoria.

Justo cuando empezó a notar la primera embestida de un ataque de ansiedad, oyó un suave repiqueteo en la puerta y Janelle asomó la cabeza. Iba envuelta en el edredón, como si llevara una capa real. Lo arrastró por el suelo al entrar.

—Me pareció oírte —dijo—. Ya te has levantado.

Los monstruos de la mente de Stevie huyeron ante la presencia de Janelle. Su amiga poseía esa facultad, y a punto estuvo de que se le llenaran los ojos de lágrimas.

—¿Dónde está Vi? —preguntó mientras se secaba un ojo fingiendo naturalidad.

—En la habitación de David. Están leyendo. David, Hunter, Vi.

—¿Y Nate?

—Está escribiendo —contestó Janelle—. O eso creo. Por

lo menos él tiene un poco de sensatez. Me sorprende que no hayas subido tú también.

—Ya. —Stevie alisó la manta—. Sigo sin ser bien recibida.

—No te preocupes por eso. Olvídalo.

Su voz tenía un toque áspero y algo de ronquera. Stevie se preguntó si habría estado llorando.

—¿Habéis discutido? —preguntó—. ¿Vi y tú?

Janelle se sentó en la cama y se arrebujó en el edredón.

—No es una discusión —dijo—. Es una diferencia de opiniones. Vi es activista. Ya lo sabía. Tiene puntos de vista muy radicales y quiere hacer un mundo mejor. Eso es lo que me encanta de ella. Pero no creo que deba... Las ideas de David no son apropiadas. Esto no es apropiado. Bueno, quizá la parte en la que decidimos quedarnos. Pero... bueno. Sí. Hemos discutido.

Por un instante, apoyó la cara en las manos, gimió y volvió a levantarla.

—¿Qué haces?

—Mirar la pared —respondió Stevie con total sinceridad.

—Una forma de pasar el rato como otra cualquiera, supongo —repuso Janelle.

—Las paredes son más interesantes de lo que crees —dijo Stevie, dándose cuenta de que acababa de pronunciar la afirmación más aburrida de la historia—. En las novelas de misterio, hay un montón de cosas detrás de las paredes o en su interior —añadió—. Pero también ocurre en la vida real. No paran de encontrarse cosas en las paredes. Cartas. Dinero. Frasquitos de protección contra las brujas. Navajas. Gatos momificados...

—Un momento, ¿qué?

—Antes solía ocurrir —explicó Stevie—. Se han encontrado cuerpos. Hay historias de personas que vivían en el interior de las paredes; bueno, eso ocurre más en los libros. La gente prefiere vivir en desvanes, como ese tipo, Otto, que vivió en el desván de su amante durante años y bajaba a escondidas cuando salían y terminó asesinando al marido. O ese otro, llamado el Spiderman de Denver, que vivía en el desván de una casa ajena y una noche asesinó al dueño y siguió viviendo en ella una temporada. Normalmente se descubre cuando se oyen ruidos extraños de noche y empieza a desaparecer comida...

—Oh.

—O sea —continuó Stevie—, que hay casos que se resuelven gracias a las paredes. Por ejemplo, hubo uno en Inglaterra de un hombre que fue acusado de agresión sexual a un montón de adolescentes en la década de 1970. Todas comentaron que en su casa había una pared donde las víctimas apuntaban sus nombres y sus números de teléfono. Así que la policía acudió a esa casa, ya en la actualidad, y llevaron varios pintores profesionales para desprender la pintura de las paredes, porque tienen el material apropiado. Levantaron capa tras capa de pintura hasta que literalmente dejaron al descubierto los años setenta, y había una pared con todos los nombres, fechas y números de teléfono, como habían dicho las víctimas. Allí estaba la prueba. Destaparon el pasado. Estaba pensando en ello porque esa amiga de Ellie de Burlington dijo que Ellie le había hablado de que aquí había cosas dentro de las paredes.

Janelle observó el espacio vacío de la pared durante unos instantes. Después dejó caer el edredón y se puso en pie.

—Espérame aquí —anunció—. Ahora vuelvo. Tengo que hacer una cosa.

Stevie esperó sin moverse varios minutos. Diez, quince. No la oyó en el piso de arriba, ni siquiera en su cuarto. Stevie escuchó los crujidos y el movimiento de la casa. Se recostó en las almohadas y se tapó con su edredón y el de Janelle. Por fin oyó ruido en el cuarto de su amiga. Puertas que se abrían y se cerraban. Luego, Janelle abrió la puerta del cuarto de Stevie y entró sin hacer ruido, cerrando la puerta con firmeza. Llevaba ropa diferente; se había puesto el pijama de cabezas de gatitos, unas zapatillas forradas y un albornoz. Estaba sofocada, húmeda por la nieve y el esfuerzo, con el cuerpo aún frío. Tenía nieve en el pelo, en las pestañas. Llevaba un objeto pequeño en la mano. Parecía un teléfono, pero de mayor tamaño.

—¿Qué has hecho? —preguntó Stevie—. Creí que estarías mirando alguna cosa en el ordenador o algo así.

—Y tú querías mirar el interior de las paredes —dijo su amiga—. Fui a la caseta de mantenimiento y traje el escáner de pared.

—¿Has salido?

—No tienes el monopolio del incumplimiento de normas —se quejó Janelle mientras sacudía las piernas para entrar en calor y reactivar la circulación sanguínea—. ¿Quieres echar un vistazo y ver qué hay ahí dentro? Vamos a mirar.

El escáner de pared era un aparato sencillo, con una pequeña pantalla. Janelle intentó encontrar algún vídeo tutorial sobre su funcionamiento, pero el wifi no ayudó. Lo averiguó por su cuenta sin demasiada dificultad.

—Vale —dijo—. La función de estos aparatos es detectar tuberías, cables, montantes y cosas así. Probemos con esta pared.

Se acercó a la pared que Stevie había estado contemplando y pasó el aparato despacio por encima.

—¿Ves eso de ahí? —Lo movió de un lado a otro cerca de un interruptor—. Cables.

Recorrió otra franja de pared.

—Montantes —dijo—. Hay muchos espacios vacíos, ¿ves? También podemos buscar cosas, como están haciendo ellos. Solo que esto es legal y constructivo.

Inspeccionó el cuarto.

—¿Puedes sacar todo lo de la mesilla de noche? La usaré para subirme encima. Y necesitamos retirar todos los muebles de las paredes.

El cuarto, que tan triste parecía un rato antes, se convirtió en un repentino centro de actividad. Mover los muebles resultó ser una buena manera de despejar la mente. Janelle estaba tan concentrada que ni siquiera mencionó las enormes pelusas de polvo que aparecieron detrás de la cómoda y debajo de la cama. Cuando terminaron de apartarlo todo, Janelle hizo un barrido con el escáner. En la pared que daba al exterior solo había materiales de construcción. Cuando Janelle se movió hacia el interior, encontró más cables, espacios huecos, un par de tuberías. Aparte de alguna cosa que bien podía ser otro ratón muerto, no detectó nada destacable.

—Bueno —dijo Janelle después de repasar las cuatro

paredes—. Ya tenemos una idea de cómo funciona este chisme. Probemos ahora en el cuarto de Ellie. ¿Crees que Hunter nos dará permiso?

—Todavía queda un poco de pared —advirtió Stevie, señalando el armario.

—Buena observación.

Solo tardaron un par de minutos en vaciar el contenido del armario de Stevie encima de la cama. Su cuarto era un auténtico caos. Janelle se metió en el armario y pasó el aparato por las paredes.

—Oh —dijo—. Creo que aquí volvemos a tener unos cuantos ratones muertos.

—Genial —repuso Stevie—. Me encanta saberlo.

—Cuando abres la puerta al conocimiento, tienes que aceptar lo que te encuentras... Espera. —Janelle estaba agachada pasando el detector por la arista que unía el suelo y la pared—. Ahí hay algo —dijo—. No es de metal. Es una especie de... —Dejó el escáner y palpó la base de la pared, siguiendo la línea del zócalo—. Hay un montón de pintura. Vamos a tener que atravesarla. Un momento.

Fue a su cuarto y regresó un instante más tarde con su cinturón de herramientas. Comenzó a trabajar los bordes con una navaja multiusos. Luego, pasó a un destornillador, trabajando despacio y metódicamente para hacer palanca y desprender el tablón. Stevie oyó unos plops y cracs muy prometedores. Le tocó el turno a otro destornillador más grande de cabeza plana. Siguió empujando, golpeteando, haciendo palanca, y entonces...

Crac. El zócalo se desprendió con un chasquido.

—Vaya —dijo Janelle—. Bueno, paciencia. Está en el armario. No importa. Necesito...

Hizo un movimiento de pinza con los dedos.

—¿Un cangrejo? —preguntó Stevie.

Janelle levantó la vista y miró a su alrededor; después se irguió y alcanzó un par de perchas vacías de la barra del armario.

—Trae la linterna y alumbra ahí —indicó.

Stevie rescató su linterna e iluminó el espacio en donde estaba trabajando su amiga. Janelle metió los ganchos de las dos perchas con delicadeza y apretó uno contra otro para crear una pinza. Necesitó varios intentos, pero al final atrapó lo que parecía un papel arrugado. Tiró de él. Era una cajetilla de cigarrillos Chesterfield muy deteriorada. Aún contenía varios cigarrillos, que parecían extremadamente frágiles.

—Parecen viejos —comentó Janelle—. Alguien utilizó este hueco para esconder cosas.

Recogió el escáner y lo pasó de nuevo por el mismo lugar.

—Hay algo más —anunció—. Un poco más arriba. De unos veinte centímetros de alto por diez o doce de ancho, quizá. Un rectángulo perfecto.

—¿Como del tamaño de un libro? —preguntó Stevie.

Janelle metió el brazo por el hueco, pero enseguida lo sacó y se sacudió el polvo.

—Creo que así no vamos a conseguir llegar hasta él. Vamos a tener que atravesarla.

—¿Atravesarla?

Janelle salió de la habitación y regresó instantes después con un mazo y una aguja de hacer punto larga y gruesa.

—¿Qué no tendrás en tu cuarto? —se admiró Stevie.

—Una sierra radial. Y mira que lo intenté. Pon música. Esto va a hacer un poco de ruido.

Stevie se acercó al ordenador y buscó música aceptable; subió el volumen al máximo. Los altavoces temblaron con un ruido metálico. Janelle se encogió de hombros, como diciendo que tendrían que conformarse. Volvió a probar la pared, dando golpecitos hasta llegar al punto que buscaba. Colocó la punta de la aguja sobre él y le dio un golpe seco con el mazo. Dejó una pequeña marca. Repitió la misma acción una y otra vez, haciendo una serie de pequeños orificios hasta componer una pequeña figura en forma de celdilla de abeja. Después solo necesitó unos golpes más suaves de mazo para hundir el área marcada y uno más para abrir un hueco de unos quince centímetros de diámetro.

—Linterna —indicó Janelle—. La buena, no la del teléfono.

Stevie fue a gatas hasta la cajonera y sacó la potente linterna que la academia suministraba para emergencias. Janelle iluminó el interior de la pared y descubrió una pequeña cavidad de oscuridad y polvo. Metió la mano. Esta vez apenas le costó trabajo.

—Lo tengo —dijo.

Tras un minuto de maniobras varias y varios golpecitos de mazo, Janelle sacó del hueco un pequeño libro rojo.

Lo más maravilloso de la realidad es que es increíblemente flexible. En un momento dado, todo es fatalidad; al siguiente, aflora un sinfín de posibilidades. Las terribles emociones de la noche anterior dieron paso a una nueva luz, a un latido que le hizo temblar el brazo y la mano cuando recogió el libro. Estaba encuadernado en cuero rojo; probablemente de un tono vivo en su día, ahora algo oscurecido por la suciedad, pero no tanto como para deslucir su aspecto. Tenía las esquinas redondeadas y la palabra *DIARIO* escrita en la portada con letras doradas. Los cantos de las hojas eran también dorados. Al verlo surgir de la pared, la invadió una emoción indescriptible. Fue como un epicentro desmedido a ras de tierra, una sensación de que el tiempo se desmoronaba y el pasado afloraba para saludar.

—¡Ábrelo! —la apremió Janelle—. ¡Ábrelo!

El libro emitió un leve crujido cuando la frágil encuadernación y el cuero se abrieron por primera vez desde hacía décadas. En su interior había varias fotografías en blanco y negro sin pegar. Reconoció al instante que eran parte de la colección que había encontrado en la lata. Francis y Eddie. Francis estaba tumbada sobre la hierba, mirando a la cámara con una sonrisa pícara en los labios. Había otra de Francis con su disfraz de Bonnie Parker. Y también otras escenas. Quienquiera que hubiese sacado aquellas fotografías estaba intentando crear una obra de arte. Había una foto espectacular de la Casa Grande, otra de la fuente y sus chorros de agua. Leonard Holmes pintando en el césped. El libro estaba repleto de anotaciones y recortes de periódicos.

—Ostras —murmuró Stevie.

—¿Ves? —dijo Janelle—. Acude a mí si quieres resultados.

Se oyó un golpe suave en la puerta y Pix asomó la cabeza.

—¡A cenar! —exclamó.

25 de febrero, 1937

CONDUJO TODA LA NOCHE; SIGUIERON UNA RUTA SINUOSA POR LAS montañas de Adirondack dejando atrás lagos y recorriendo carreteras que el hielo y la nieve habían convertido en senderos estrechos.

Tal como George había sospechado, Jerry sabía a dónde ir, a grandes rasgos. Conocía la ciudad —Saranac Lake— y también un itinerario aproximado. Jerry no tenía muchas luces, pero ni siquiera él se olvidaría del lugar donde se encontraba la persona más valiosa del planeta.

El coche subía con dificultad, y si hubiera hecho algo más de frío, no habría podido recorrer el camino. Ya cerca del amanecer, llegaron a las afueras de Saranac Lake, y Jerry pareció mostrarse más seguro de que estaban en la zona correcta. Guio a George por una sucesión de estrechas carreteras cercanas a la ciudad.

—Háblame de Iris —pidió George.

Jerry se hallaba en estado de estupor provocado por el miedo y el agotamiento. Irguió la cabeza y la inclinó hacia la ventanilla.

—Andy creyó que nos había engañado —respondió con

voz cansada—. Así empezó todo. Dijo que a usted se le habían subido los humos desde que vivía con Albert Ellingham. Me enseñó todos los periódicos, todas las historias sobre Ellingham. Dijo que era uno de los tipos más ricos del mundo y que unos miles de dólares no significarían nada para él. Que sería como la lotería. Una y no más. Se nos presentaba la ocasión en bandeja. Nos llevaríamos a la mujer y lo utilizaríamos a usted para conseguir más dinero. Pero paramos el coche y había una niña. Todo salió mal desde el principio.

—Podíais haber dejado a la niña en la carretera.

—¡Eso mismo dije yo! Pero Andy dijo que teníamos que seguir con el plan..., que sería aún mejor con la niña. Y así fue al inicio. La mujer... estaba tranquila; quiso asegurarse de que su hija no sufriera ningún daño. Todo el mundo se estaba portando de maravilla. Creí que las soltaríamos después de recoger el dinero aquella noche en Rock Point, pero a Andy se le ocurrió que podríamos conseguir un millón. Un millón de pavos no es nada para un tipo como Albert Ellingham. Dijo que deberíamos retenerlas un poco más. Encontró este lugar, una granja en medio de la nada. Dijo que no podrían buscar en todas las granjas del país. Creo que ahí hay que girar a la derecha.

George viró el coche mientras observaba a Jerry de reojo.

—Pasamos unos días allí —continuó Jerry—. Las instalamos muy bien. Yo hablaba con ellas. Hasta les compré una radio para que se entretuviesen. Mantuvimos atada a la mujer, pero a veces dejaba jugar a la niña cuando Andy salía. Mientras... —parecía incapaz de pronunciar el nombre de Iris—, ella pudiera ver a la niña, estaba tranquila. Vio que le daba bien de comer. Hasta le traje una muñeca. Yo le repetía que todo iba a salir bien. Estuvo serena unos días. La niña y ella dormían juntas. Todo iba a salir bien. Hasta que aquel día...

Jerry tuvo que hacer una pausa.

—Sigue —ordenó George.

—Dejé que la niña jugara un rato cuando Andy salió a comprar comida. De repente, la mujer gritó: «¡Alice, a jugar!», y la niña salió corriendo. Creo que había instruido a la niña para que lo hiciera, como si fuera un juego o algo así. Antes de que me diera tiempo a echar a correr detrás de la niña, la mujer se me abalanzó. Había logrado soltarse las manos. Tenía mucha fuerza. No se ven por ahí tías con tanta fuerza. Saltó sobre mí y me hundió los pulgares en los ojos. Yo solté la pistola. No quería hacerle daño. Pensé: «Déjala, deja que se vaya». Pero algo en mi interior... No sé, si te pasas la vida metido en peleas no puedes no pelear si te saltan encima. Ella quería la pistola, entonces agarré una pala o algo de la pared y le di un golpe, uno fuerte. Sangró, pero... seguía en pie. Echó a correr. Parece que la estoy viendo correr por aquel prado, gritando a la niña que corriera. A la niña no se la veía por ninguna parte. Yo pensaba: «Se acabó. Bien. Se acabó. Ahora ya podemos irnos». Pero gritaba tan fuerte que me asusté. Le di alcance cuando se cayó. Tenía sangre en la cara y en los ojos. Le dije que se callara, que se callara y que todo iría bien. La golpeé una o dos veces, solo para intentar que se callara. Y entonces... se echó a reír.

En aquel momento, Jerry se interrumpió, parecía verdaderamente desconcertado por lo ocurrido. George aferró el volante con más fuerza.

—A todo esto, volvió Andy. Cuando lo vi, la solté. Porque sabía lo que iba a ocurrir. Pensé: «Dale una oportunidad». Ella se levantó y volvió a gritar. Entonces Andy, sin pensárselo dos veces...

George se imaginó la escena, completa y vívida. Iris era una de las personas más dinámicas que había conocido. Le encantaba bailar, las fiestas..., recorría kilómetros a nado. Aquel momento en el prado... había entrenado para ello toda su vida. Era una valkiria. Dispuesta a caer luchando.

—... disparó —terminó Jerry sin más—. Todo ocurrió muy rápido.

Jerry dejó de hablar, sumido en el momento de la muerte de Iris en el prado.

—Alice —exigió George.

—Tardamos una hora en encontrar a la niña —prosiguió Jerry en voz baja—. Le dije que su madre se había ido a casa. Se echó a llorar. Nos mudamos a otro sitio. Envolvimos el cuerpo de la mujer y Andy lo llevó en el coche hasta el lago Champlain y lo dejó allí para hacer creer que estábamos más cerca de Burlington. Después, Andy empezó a volverse loco y a hablar del FBI sin parar. No volvió a dejarme solo con la niña. Íbamos de un sitio a otro. Dormíamos en parques, a veces en hoteles, pero normalmente al raso, en el coche. Hasta que un día decidió que podía volver a dejarme un rato solo con la niña. Se fue durante una hora y cuando volvió dijo que había encontrado este lugar. Pensábamos dejar allí a la niña una temporada y volver cuando corriéramos menos riesgo. La pareja la cuidaría. Les dijimos que era la hija de su hermana, que el marido andaba metido en líos y que queríamos mantener a la niña alejada mientras se resolvían. Parecieron tragárselo, y además les gustaba el dinero. Aquella noche dormimos en un granero. Andy habló de Cuba, de que conocía a un tipo que tenía un barco y nos podía llevar hasta allí por quinientos dólares. Dijo que deberíamos ir. Podíamos ir a Boston en coche y embarcar allí. Cuando desperté, Andy se había ido. Me había metido mil dólares en el bolsillo. No sabía qué hacer. Tengo primos en Nueva Jersey, así que allá me fui. Pero no sabía qué hacer en Nueva Jersey, así que volví a Nueva York. Sabía que usted terminaría por aparecer en algún momento.

—Entonces, ¿por qué me dejaste la postal?

—Supongo que ya estoy cansado de luchar. Uno se cansa.

George sintió que algo se le agitaba en el estómago. Café y bilis. «Uno se cansa». Estaba muy cansado. En cuanto rescatara a Alice, todo habría terminado. Después, no le importaba mucho lo que le ocurriera. Encontrar a Alice y a Andy. Albert Ellingham conocía a medio Gobierno cubano. Sería bastante fácil de resolver. El amanecer trajo consigo un dulce alivio. Tanto dolor y tanta tensión sufridos en el último año, ¿para qué? Ahora encontraría la redención.

—Ahí —indicó Jerry—. Gire ahí.

Enfilaron una carretera que apenas se podía llamar así; era una pista de tierra abierta entre los árboles, llena de baches y socavones, cubierta de hielo y nieve. El coche traqueteó y hubo un momento en que estuvo a punto de resbalar y estrellarse contra un árbol. Al final de la pista había una casa rústica, hecha de troncos y tablones, con el porche medio hundido y varias cornamentas de ciervo colgadas aquí y allá. Una fina columna de humo salía por la chimenea.

—¿Es aquí? —preguntó George.

—Aquí es. Esta es la casa. Esta es la pareja. Buena gente.

—Esto es lo que vamos a hacer —dijo George—. Te desato. Te acercas a la puerta delante de mí, por si se trata del tipo de gente que sale a saludar con un rifle en la mano. Yo voy detrás de ti con el revólver. Recuerda, quiero matarte. Si haces algo raro, cederé a mi impulso.

—Nada raro, nada raro.

George desató la cuerda para que Jerry pudiera salir del coche. Le dejó puestas las esposas, que volvió a tapar con su abrigo. Jerry avanzaba dando tumbos, cuando la puerta de la casa se abrió y salió un hombre. Tendría aproximadamente la edad de George, quizá algo menos, pero en aquel lugar el clima hacía estragos. Su pelo era escaso y grasiento, pegado al cuero cabelludo. Mostraba una tez grisácea, el aspecto de un hombre que llevaba tiempo sin ver la luz del sol ni una comida decente. Llevaba un mono muy flojo y una camisa de franela, pero no abrigo. No pareció alegrarse mucho de tener visita.

—¡Buenos días! —saludó Jerry con una jovialidad falsa y nerviosa. Su acento neoyorquino sonó como una rama al quebrarse en el frío de la mañana—. ¿Se acuerda de mí? ¿Los de la niña?

El hombre los miró detenidamente durante unos instantes y George apoyó la mano en la culata del revólver que llevaba en el bolsillo trasero del pantalón, por si acaso. El hombre tenía buen ojo y pareció entender la situación; observó a Jerry, suplicante y con demasiada ropa encima, y a George, que siempre tenía aspecto de policía independientemente de lo que estuviera haciendo.

—Bien ha tardado en volver a por ella —respondió el hombre en tono irritado—. Dijeron una semana. Ha pasado mucho más de una semana.

—Lo sé —dijo Jerry—. Lo siento. Pero ya estamos aquí.

—Solo nos pagasteis una semana.

—Le pagaremos —terció George sin dar tiempo a Jerry a decir nada más—. Tenga esto, para empezar.

Metió la mano en el bolsillo y sacó un fajo de billetes. No tenía ni idea de cuántos. Lo mismo podían ser doscientos pavos que dos mil. Se los tendió, entonces el hombre bajó el escalón del porche y los recogió. Tenía las manos curtidas y arrugadas por el trabajo, aunque limpias. De algún modo, esto reconfortó a George. Era una casa humilde en un entorno agreste, pero ser pobre no tenía nada de malo, y allí la gente sabía cómo vivir, cómo alimentarse y protegerse del frío, incluso en lo más crudo de un invierno interminable.

—Ya me parecía —dijo el hombre, mirando el puñado de billetes—. Es esa niña de los periódicos, ¿verdad? Tiene que serlo. La pequeña Ellingham.

George ladeó la cabeza sin afirmarlo ni negarlo.

—Seguro que hay mucho más en el sitio de donde proceden —añadió el hombre, indicando los billetes.

—Se le pagará bien.

El hombre refunfuñó.

—Deberían haber venido antes. Ha pasado mucho tiempo. Dijeron una o dos semanas.

—Ya estamos aquí —dijo George.

—Está ahí detrás.

George se dispuso a subir los escalones, pero el hombre hizo un gesto negativo.

—No, en la casa, no. Está fuera, ahí atrás. Venga por aquí.

George contempló el prado cubierto de nieve que se extendía detrás de la casa. Un buen sitio para un niño. Un niño podía hacer un hermoso muñeco de nieve ahí detrás. Casi se la imaginaba brincando en la nieve, riéndose. Quizá todo aquello había sido para bien. Quizá Alice había tenido una vida normal allí, una vida sencilla. Quizá se había bañado en el lago en verano, había recogido manzanas en otoño.

—A Bess le gustó tener una niña en casa —dijo el hombre, avanzando sobre casi un palmo de nieve.

George miró la nieve lisa e inmaculada. No había huellas de pisadas, observó.

—¿Dónde? —preguntó mientras barría el lugar con la vista.

—Ahí —contestó el hombre con cierta impaciencia—. Junto a los árboles.

George empezó a caminar más deprisa y se olvidó de Jerry, que andaba dando tumbos con las manos esposadas a la espalda y el abrigo resbalando por los hombros. Alice. Viva. Alice. Viva. Dos hermosas palabras. Estaba allí, jugando. Estaba allí, en la nieve. Estaba...

No había nadie junto a los árboles.

George sintió una oleada de pánico y sus reflejos entraron en acción. Sacó el arma y se volvió con un solo movimiento rápido, algo bastante complicado con la nieve agolpándose en sus tobillos. ¿Cómo había podido ser tan idiota? Había caído en la trampa. Era un complot, y estaba a punto de ser abatido.

Y, sin embargo, cuando se encaró con el desconocido y con Jerry, no vio ninguna pistola apuntándolo.

—¿Qué pasa aquí? —gritó—. ¿Dónde está?

—Acabo de decírselo —contestó el hombre—. Está aquí.

—Aquí no hay nadie.

—Mire hacia abajo —indicó el hombre.

George miró la nieve.

—No hace ni dos semanas —dijo el hombre—. Tuvo sarampión. Hice una señal ahí, donde está la piedra.

George la vio; una piedra. No una lápida. Ni siquiera una piedra con alguna marca. Solo una roca, cubierta de nieve.

—Se lo dije, deberían haber venido antes. No pudimos hacer nada con el sarampión. La mantuve oculta. Jamás lo habría superado, una niña como ella. Era débil.

George se quedó mirando la roca que señalaba la tumba de su hija.

—¿Fue a buscar al médico? —preguntó con voz ronca.

—No podíamos ir a buscarlo para esa niña —respondió el hombre con indiferencia—. Una vez que supimos quién era.

«Una vez que supimos quién era». George inspiró el aire helado sin alterarse. No sintió frío.

—Traiga una pala —dijo.

George mandó al hombre a la casa y montó guardia mientras Jerry cavaba. La primera capa fue rápida: solo nieve. Alice no estaba enterrada a mucha profundidad, tan solo a poco más de un palmo, y ni siquiera en un ataúd. Habían envuelto el cuerpo en tela de saco.

—Dios mío —murmuró Jerry mirando el bulto—. Yo nunca...

—Deja la pala en el suelo y apártate de ella.

Jerry retrocedió con torpeza y dejó caer la pala. Levantó las manos, entregado.

—No voy a dispararte, Jerry —dijo George, guardando el revólver en la cintura.

Jerry estaba a punto de derrumbarse, respiraba con dificultad, resollando, suplicando por igual a Dios y a George. No vio a este recoger la pala y se quedó paralizado con el primer golpe, que lo hizo caer de rodillas. Se sucedieron con rapidez, una ráfaga mezclada con gemidos y estertores. La nieve se cubrió de salpicaduras de sangre.

Cuando terminó, George dejó la pala en el suelo entre jadeos. No observó ningún movimiento en la casa. Estaban a una distancia suficiente para que no se viera ni oyera nada. Probablemente el hombre estaba atento esperando oír disparos, y no hubo ninguno.

Se armó de valor y se acercó a la tumba. Sacó el pequeño bulto de la fosa. Estaba congelado y rígido. Depositó a Alice con cuidado sobre la nieve limpia y después utilizó la pala para ampliar y ahondar la fosa. Metió allí a Jerry, bocabajo.

Llevó a Alice al coche y la colocó con delicadeza en el asiento trasero, tapándola con la manta cuidadosamente, como si el calor pudiera hacerla revivir.

Tras tomarse unos instantes para reflexionar sobre lo que acababa de hacer, sacó su revólver de la cintura, comprobó que estaba cargado y se dirigió a la casa.

16

STEVIE SE SENTÍA COMO SI ESTUVIERA OCULTANDO UNA BOMBA.
Era extraño que fuera de noche, extraño que el grupo volviera a estar reunido en torno a la gran mesa. Con la emoción de la búsqueda, Stevie se había olvidado momentáneamente de todo lo demás: la nieve, David, los archivos que estaban leyendo.

Pix, que no era consciente de toda la actividad que se desarrollaba a su alrededor, había sacado pan y distintos ingredientes para hacer sándwiches, además de ensaladas y otras cosas que habían quedado en el comedor. Había botellas de refrescos, todavía parcialmente cubiertas de nieve. Stevie alcanzó uno de los refrescos de arce que le parecían tan repugnantes. En aquel momento, no le importaba el sabor de nada. Necesitaba aparentar normalidad, comer y regresar a su cuarto y al diario que la esperaba encima de la cama. Había un cuenco de ensalada de atún. Se sirvió dos rebanadas del pan que tenía más cerca, colocó un montón de atún entre ellas y las aplastó. Hizo un corte largo para dividirlo en dos y se sentó en una silla, en un extremo de la mesa.

David estaba sentado en el extremo opuesto, con una de sus tabletas viejas a su lado, bocabajo.

—Yo no como ensalada de atún —dijo al tiempo que se servía un trozo de pan—. Es demasiado misteriosa. La gente esconde cosas dentro para meterlas de contrabando. Es comida de contrabandistas.

—A mí me gusta —reconoció Hunter—. En casa la preparamos con pepinillos picados y sazonador Old Bay.

—Está bien saberlo —comentó David—. Nate, y tú ¿qué opinas de la ensalada de atún?

Nate estaba intentando leer y comer macarrones con queso con tranquilidad.

—Yo no como pescado —respondió—. El pescado me pone muy nervioso.

—Tomo nota. ¿Y tú, Janelle?

Vi no hacía más que dirigir miradas furtivas a Janelle. Esta mantenía una actitud correcta, pero firme. Se preparó un plato de pollo asado frío y ensalada y se sentó junto a Stevie. Vi hundió la mirada en las profundidades de su taza de té.

—Tengo mejores cosas en que pensar —repuso—. ¿Qué tal tu día?

—Lento —contestó David—. Pero bueno, eso ya lo sabes.

—Pues no, en realidad no lo sé.

David no apartaba la vista de Stevie. Su expresión era indescifrable. No era hostil. Era casi... ¿de lástima? ¿Como si se sintiera mal por ella?

Aquello era inaceptable. Podía mirarla con una sonrisita de suficiencia. O hacer como si no existiera. Pero la lástima no sentaba bien al rostro anguloso de David. Stevie irguió la cabeza y le sostuvo la miraba mientras comía su sándwich de ensalada de atún. Y cuando se le cayeron unas migas de atún en las piernas, las tiró al suelo de un manotazo, negándose a reconocer que había ocurrido de verdad.

Se excusó en cuanto terminó lo que tenía en el plato. Janelle se fue con ella. De nuevo en el dormitorio, Stevie se arrodilló ante su cama, como si estuviera rezando o inclinándose ante un hallazgo arqueológico. Janelle se sentó en la cama y observó mientras Stevie volvía a abrir el libro. La cubierta crujió igual que antes. Despedía un ligero olor a moho y las páginas tenían un color amarillo lechoso, pero, por lo demás, el diario se encontraba en buen estado. Estaba escrito en letra cursiva ornamental, perfectamente uniforme, pequeña y trazada con elegancia. La tinta se había corrido en algunas líneas.

—Empecemos por las fotos. —Stevie eligió la foto de la chica con el vestido de punto ajustado, una mano en la cadera y un cigarro entre los dientes—. Esta es Francis. Tiene que ser su diario. Vivía aquí.

Francis Josephine Crane y Edward Pierce Davenport eran alumnos de la primera promoción de Ellingham (1935-1936), la que había tenido que volver a casa en abril cuando secuestraron a Iris y Alice. Francis vivía en Minerva, aquel había sido su cuarto. Su familia era dueña de Harinas Crane (al parecer, su slogan era «¡La favorita de América! ¡Nunca se cocina tan bien como con harinas Crane!»). Era una familia inmensamente rica, amigos de los Ellingham en Nueva York; poseían mansiones colindantes en la Quinta Avenida. Francis solo tenía dieciséis años cuando llegó a Ellingham, pero su vida ya había sido una sucesión de viajes, profesores particulares, veranos en Newport, inviernos en Miami, viajes por Europa, bailes y fiestas, todo lo que los ricos se podían permitir durante la Gran Depresión mientras el país pasaba hambre. Su vida después de Ellingham era un misterio. Había celebrado su fiesta de puesta de largo en el Ritz a los dieciocho años, pero desde entonces apenas se sabía nada.

Edward, o Eddie, provenía de un entorno similar. Era un niño rico con una larga lista a su espalda de profesores particulares y colegios que no lo habían soportado. Eddie quería ser poeta. Su destino era conocido. Después de Ellingham, fue a la universidad, luego abandonó los estudios y se fue a París para dedicarse a la poesía. El día que los nazis tomaron la ciudad, se emborrachó con champán y saltó desde la azotea de un edificio a un vehículo nazi, un salto que le costó la vida.

En aquellas fotos volvían a estar vivos y apasionados. Stevie pasó las páginas con cuidado, primero para examinar los recortes. Muchos eran de periódicos: noticias sobre John Dillinger, Ma Barker, Pretty Boy Floyd. Todos atracadores de bancos. Bandidos. También había otras cosas. Páginas arrancadas de libros de ciencias. Fórmulas.

—¿Esto te dice algo? —preguntó Stevie a Janelle.

—Únicamente que la mayoría son explosivos —respondió su amiga.

En el margen de una de las páginas había una anotación: «Huellas dactilares: H_2SO_4 NaOH».

—¿Qué es esto? —preguntó Stevie.

—Ácido sulfúrico e hidróxido de sodio. Ácidos comunes. Pero no sé qué significa eso de las huellas dactilares.

—Creo que se refiere a borrar las huellas dactilares —dijo

Stevie—. Los gánsteres y atracadores lo hacían. Se las borraban con ácido.

Las siguientes páginas estaban llenas de mapas hechos a mano, minuciosa y detalladamente dibujados a lápiz, que evocaban épocas anteriores a Google, en que había que buscar planos físicos para programar las rutas. Quienquiera que hubiera dibujado aquello era un virtuoso, con mano firme y precisa. Había más páginas, tanto escritas a mano como arrancadas de otras fuentes, sobre armas y munición.

—Esto da un poco de miedo —reconoció Janelle—. Parece como de alguien que estuviera planeando un tiroteo en un instituto.

—No creo que sea eso —repuso Stevie—. Más bien creo que se trate de un manual propio. Esto va de cómo hacerse gánster o atracador. No había internet, así que ella escribió su propia guía.

Una cinta dividía el libro en dos. Stevie lo abrió por aquella línea divisoria. A partir de ahí había menos recortes y más texto manuscrito. Eran entradas de diario. Stevie echó una ojeada rápida a las primeras.

12/9/35

Se suponía que aquí todo iba a ser diferente, pero me da la impresión de que hay más o menos las mismas chorradas que en casa. Tengo que ver a Gertrude van Coevorden todos los días, y a veces creo que si dice una estupidez más tendré que prenderle fuego al pelo. Es increíblemente esnob. Es muy mezquina con Dottie, quien me parece la única persona con cerebro de todas las que hay por aquí. Es una lástima que sea tan terriblemente pobre.

20/9/35

Un destello entre las sombras. Se llama Eddie y es un chico muy interesante. Si se trata del mismo Eddie en el que estoy pensando, tiene un pasado muy jugoso. Dicen que dejó embarazada a una chica que tuvo que irse de Boston para dar a luz en secreto. Parece capaz de ello. Tengo la firme intención de averiguar algo más.

21/9/35

Pregunté a Eddie lo del bebé. Sonrió y me dijo que si quería saber algo más, estaría dispuesto a enseñármelo. Le dije que si volvía a decirme una cosa así, le apagaría un cigarrillo en el ojo. Hemos quedado en vernos esta misma noche en cuanto oscurezca.

22/9/35

Eddie me dio unas cuantas lecciones. Después de todo, este sitio no va a estar tan mal.

25/9/35

Día de práctica intensiva con mi nuevo profesor. Ay, papá. Ay, mamá. Si supierais... Benditos seáis los dos y vuestra lealtad hacia vuestros amigos. Gracias por mandarme a Ellingham.

—Tu recompensa, chica —dijo Janelle.

Stevie siguió pasando páginas y ojeando las entradas. Más adelante, había varios poemas.

NUESTRO TESORO

Lo único que me importa empieza a las nueve.

Danza de mil doscientos escalones por la línea norte

hacia la orilla izquierda trescientas veces.

A+E

La línea de una bandera

sobre la punta de los dedos.

Aquello desconcertó aún más a Stevie. E parecía referirse a Eddie, pero ¿quién era A?

Y entonces llegó a la página que a punto estuvo de hacer que se le parase el corazón. Allí, negro sobre blanco, estaba el borrador de la carta firmada por Atentamente Perverso. Stevie los imaginó pensando en cómo redactarla.

Adivina, adivinanza, es la hora de jugar

¿Soga o pistola, qué debemos usar?

~~Las cerillas queman, las tijeras rasgan~~

~~Los cuchillos rebanan, las cerillas queman~~

~~Los cuchillos cortan~~

Los cuchillos tienen filo

y brillan como estrellas

~~Las bombas son~~

~~El veneno es amargo~~

El veneno es más lento

Se extendía a lo largo de tres páginas hasta llegar a la versión final.

Stevie tuvo que dar varios paseos por el cuarto.

—¿Sabes qué es esto? —preguntó.

—Una prueba —respondió Janelle.

—Una prueba más. De algo. Como poco, de que Atentamente Perverso es...

Entonces se fue la luz.

17

—Dato curioso —dijo Stevie, en un intento por animar el ambiente en aquel espacio vasto y tétrico—. ¿Ves esta chimenea? Enrique VIII tenía una igual en Hampton Court. Albert Ellingham encargó que le hicieran una réplica exacta.

—Dato curioso —replicó Nate—. Enrique VIII mató a dos de sus seis esposas. ¿Quién puede querer la chimenea de un asesino?

—No sé, pero es el nombre del concurso que veo ahora.

Nate y Stevie fueron los primeros en llegar a la Casa Grande, a donde debían trasladarse los residentes de Minerva después de que se cortara la electricidad; la Casa Grande disponía de su propio generador. La distancia desde Minerva hasta el edificio principal era tan solo de unos cientos de metros, pero las condiciones del exterior eran demasiado peligrosas para recorrerlos a pie. Mark Parsons los llevó en la moto de nieve, que había dejado aparcada en el pórtico en previsión ante la tormenta. En la cabina solo había sitio para dos personas, además de Mark. Hubo bastante confusión mientras decidían quién iría con quién y en qué orden. Janelle y Vi se acercaron remoloneando y sin mucha decisión.

Hunter parecía tremendamente incómodo con todo lo ocurrido en aquel universo caótico en que acababa de aterrizar. David tenía una expresión sombría e impenetrable.

—Yo voy con Stevie —decidió Nate entre tanto desatino.

En los pocos segundos que estuvo fuera, el viento casi derribó a Stevie. Fue la nieve, que le llegaba hasta las rodillas, lo que la ayudó a mantenerse en pie. La moto de nieve serpenteó entre los senderos, sus luces eran lo único que parecía existir en el mundo, aparte de los remolinos de nieve. Mark no parecía demasiado entusiasmado por haber tenido que salir de un edificio calentito para transportar a un puñado de alumnos idiotas en medio de una ventisca, pero no hizo ningún comentario. Probablemente había presenciado todo tipo de comportamientos de alumnos idiotas a lo largo de los años.

Charles y la doctora Quinn estaban esperándolos. Charles iba vestido de manera más informal de la que acostumbraba, con un grueso polar y pantalones de chándal. La doctora Quinn se mostraba a la altura de la situación con un jersey de cachemira de un tono gris rosado, una falda de lana con bastante vuelo, leotardos negros de cachemira y botas altas negras. Ni un millón de ventiscas iba a robarle un ápice de su regia elegancia. Charles tenía una expresión que decía: «No estoy furioso, pero sí decepcionado». La expresión de la doctora Quinn advertía: «Charles es pasivo-agresivo. Yo, no. Yo soy agresiva. Ya sé lo que es matar».

—Hablaremos con vosotros cuando lleguen los demás —dijo Charles—. De momento, sentaos junto al fuego.

Nate y Stevie se sentaron uno junto al otro, dándose calor. Los fuegos estuvieron muy bien al principio de la tormenta, pero su encanto fue disminuyendo. Siempre estás demasiado cerca o no lo bastante cerca. Por un lado te asas, mientras que por el otro te congelas. Había que moverse un montón, acercarse, retirarse, sudar, temblar.

En el interior, el enorme vestíbulo estaba sumido en una penumbra parduzca. Había varias luces encendidas, pero era evidente que querían ahorrar energía. La Casa Grande, construida para resistir las ventiscas de Vermont, crujía cuando el viento la azotaba. El aire frío se colaba por las chimeneas, por debajo de la gran puerta. Describía círculos y remolinos en el majestuoso vestíbulo, se deslizaba arriba y abajo por la majestuosa escalinata y susurraba en la galería superior.

Mientras esperaba, Stevie se fijó en cómo la Casa Grande cambiaba su personalidad dependiendo de la iluminación. La primera vez que entró allí, un día soleado del final del verano, estaba fresco y amplio como un museo, su opulencia atenuada por el brillo del sol. La noche de la Fiesta Silenciosa centelleaba, con la luz danzando en los cristales de las arañas y los pomos de las puertas. Esta era otra personalidad distinta, estoica, llena de sombras y recovecos. Un lugar donde huir de la ventisca. Nunca dejaba de asombrarla que aquel palacio de mármol, arte y cristal fuera en realidad construido para tres personas. Tres personas con su personal de servicio, sus invitados..., pero tres personas. En lo más crudo de la Gran Depresión, cuando había gente durmiendo en los parques tapada con cartones. El dinero consiente que haya personas que puedan vivir como reyes mientras otras se mueren de hambre.

—A veces, no sé por qué estoy aquí —se oyó decir—. ¿Qué estoy haciendo? Nadie puede ayudar a los Ellingham.

Ya no están entre nosotros. Nadie va a ser capaz de encontrar a Alice.

—Quizá sí —dijo Nate—. Aún podría seguir viva, ¿no? Y continuamente aparecen personas..., cosas... Como en una base de datos de ADN o algo así.

—Pero encontrarla no ayudaría en nada —insistió Stevie—. Fue secuestrada en 1936. Nada de lo que estoy haciendo puede ayudar a nadie.

Nate le dirigió una mirada cansada.

—Creo que estás resolviendo tus incógnitas —dijo—. Todos tenemos incógnitas. Por ejemplo, yo sé que soy capaz de escribir porque en una ocasión escribí algo. Pero creo que no voy a ser capaz de volver a escribir porque tengo miedo. Tengo miedo de que lo que escriba no sea tan bueno como lo que tengo en mente. Porque no sé cómo lo hago, solo que lo hago. Y porque soy perezoso. Todos tenemos dudas. Pero tú has hecho algo asombroso. Has resuelto una gran parte del caso. Cuéntaselo a alguien.

Stevie se mordió una uña durante unos instantes.

—¿Y si estoy equivocada?

—Pues estás equivocada. Están muertos. No podrían estar más muertos. Y tú tienes... material. Tienes pistas. Enseña tu trabajo a alguien.

—Pero entonces, se acabó —dijo Stevie.

—Bueno, ¿acaso no es lo que querías?

Stevie no encontró respuesta. Por suerte, llegaron Vi y Janelle e interrumpieron la conversación. Las dos iban abrigadas de forma parecida: Vi llevaba ropa de Janelle, porque, por supuesto, Vi no había tenido ocasión de volver a su casa después de desayunar. Aunque existiera cierta frialdad entre ellas, Janelle no le iba a negar un jersey, bufandas y un gorro. Los siguientes fueron Hunter y David. Pix fue la última.

Ya con todos en la Casa Grande, Podéis Llamarme Charles y la doctora Quinn comenzaron con la bronca: lo decepcionados que estaban, y sí, Charles entendía (la doctora Quinn guardó silencio al respecto) lo duro que resultaba tener que abandonar la academia. Pero se habían puesto en peligro a sí mismos y a otras personas, como Mark, que no debería haber tenido que salir en la moto de nieve aquella noche. Estaba rojo y tiritando por todos los viajes que había tenido que hacer.

—Arriba hace demasiado frío —dijo Mark—. Debemos conservar el calor. Si duermen en la sala de estar, puedo mantenerla a una temperatura decente.

—Bien —accedió Charles—. Lo ayudaré a traer mantas y almohadas del piso de arriba.

—Podemos ayudar todos —intervino Pix.

—No. Los demás quedaos aquí. No quiero arriesgarme a que alguien se caiga en la oscuridad.

Así que se quedaron todos sentados junto a la chimenea, intimidados y en silencio. Todos menos David, quien sacó una tableta y siguió leyendo como si nada. Mark y Charles tiraron las mantas y almohadas desde la galería para ahorrarse viajes por la escalera. Todo ello fue trasladado a la sala indicada, que estaba más fría de lo que tendría derecho a estar cualquier sala.

—No tenemos camas plegables —dijo Charles—. Hay alfombrillas revestidas de goma que utilizamos para el salón de baile. Os protegerán del frío del suelo y lo notaréis menos duro. Pero tendréis que dormir en el suelo. Uno o dos podréis usar el sofá y los sillones. Tendréis que quedaros en esta sala o en el vestíbulo. Nada de subir a la planta superior. Y, por supuesto, nada de salir. Lo siento, pero es lo que tenemos que hacer. Hay comida y bebida en la cocina de los profesores.

Salieron de la sala para dejar que se instalasen. Los apliques de la pared estaban a media luz, bañando la estancia en una claridad tenue, justo la suficiente para poder moverse entre los delicados muebles franceses.

—Que cada uno busque un sitio —dijo Pix—. Poneos cómodos. Vamos a estar aquí bastante tiempo.

Cada uno buscó lo necesario entre el montón de ropa de cama. Había mantas suficientes para que cada uno se agenciara dos, pero dos no iban a ser bastantes, sobre todo si tenían que dormir en el suelo.

—Qué guayyy —exclamó Nate en voz baja, alcanzando una almohada—. Es como una de esas expediciones al Everest. Ya sabes, esas con un diez por ciento de muertes en las que la mitad de los puntos de referencia son cuerpos congelados.

—Hay wifi —observó Vi—. Algo es algo.

—¿En serio? —preguntó Nate.

David se llevó una manta y se instaló encima de dos sillones, se tapó y siguió leyendo. No fue tan cretino como para ocupar el sofá. Y al mismo tiempo, en cierto modo, elegir la opción ligeramente menos cretina lo hacía parecer aún más cretino. Una vez más, Janelle y Vi cruzaron las miradas, luego las apartaron y después cada una construyó su nido en un rincón diferente, junto a las mesas bajas de adorno cubiertas de folletos de Ellingham.

—¿Qué les pasa a esas dos? —preguntó Pix a Stevie en voz baja.

—Nada —respondió Stevie—. No lo sé.

Stevie optó por instalarse en el suelo, detrás del sofá. Había una alfombra, y el sofá haría de cortavientos. Nate se acurrucó en un rincón. A Hunter le dejaron el sofá, pues le vendría muy mal dormir en el suelo duro y frío.

En cuanto colocaron todas las mantas, la sala quedó rápidamente dividida en dos campamentos: los que tenían tabletas y los que no. Vi, Hunter y David estaban sentados muy cerca y leían, compartiendo información de vez en cuando. Al otro lado de la sala, Stevie, Janelle y Nate se sentaban juntos, pero separados, cada uno abstraído en su mundo. Janelle se había puesto los auriculares y escuchaba algo a un volumen tan alto que el sonido se filtraba. Estaba leyendo un libro con un montón de diagramas mecánicos. Todo en su actitud indicaba que estaba intentando aislarse de lo que hiciera Vi. Nate fluctuaba entre su libro y su ordenador. Stevie incluso creyó verlo abrir un archivo que le pareció su libro. Vio la palabra «capítulo» al comienzo de una página mientras su amigo las desplazaba hacia abajo. Como Nate solo escribía cuando se veía obligado a ello, era un buen indicador de cómo se estaba tomando aquella situación.

Stevie se quedó sumida en un mar de desconcierto y un pánico leve e impreciso. Si pudiera, no haría otra cosa que contemplar a David. Seguía notando en las yemas de los dedos el tacto de su pelo, los músculos de sus hombros. Sus labios recordaron todos los besos. Y la calidez de estar junto a alguien como él.

Casi era mejor que hubiera estado al otro lado del océano y no a diez o quince metros de ella, detrás de una mesa con las patas doradas y un sofá rosa.

En cuanto a reflexionar sobre el asunto que tenía entre manos... Bueno, no tenía privacidad, y Stevie necesitaba privacidad para pensar. Necesitaba dar paseítos, pegar notas en las paredes y hablar sola entre dientes.

Quizá no había pasado nada raro. Quizá Hayes, Ellie y Fenton habían muerto exactamente de la forma que creía todo el mundo. Los accidentes existen, sobre todo si te arriesgas. Sus compañeros y ella eran la prueba viviente de que así era. Se la habían jugado con el tiempo, habían infringido las normas y ahora estaban atrapados todos juntos.

Necesitaba moverse. El cuarto de baño. Allí podría ir.

Stevie se puso en pie, alcanzó su mochila y salió al vestíbulo. Los lavabos estaban detrás de la escalera, pasados el salón de baile y el despacho de Albert Ellingham. Las dos suntuosas puertas estaban cerradas. Mató el tiempo cepillándose los dientes, lavándose la cara y mirándose al espejo; tenía el pelo demasiado largo. Las raíces oscuras asomaban entre el tinte rubio. Tenía la piel agrietada por el frío y los labios muy secos. Se apoyó en el lavabo, el mismo al que en otro tiempo habían acudido las celebridades a vomitar y a retocarse el maquillaje.

Quizá todo había terminado. Había resuelto el caso —en su mente—, pero las pruebas no tenían fuerza. Podía ir a su casa y ponerlo todo por escrito. Quizá colgarlo en internet, ver si tenía tirón. Mostrar su trabajo.

Y todo habría terminado. Luego, ¿qué?

Soltó un largo suspiro, recogió sus cosas y salió.

David la estaba esperando sentado en uno de los sillones de cuero del vestíbulo.

—¿Te acuerdas de aquel favor que te hice? —le preguntó—. He recibido respuesta, por si te interesa verla.

Le mostró su teléfono.

PARA: jimmalloy@electedwardking.com
Hoy, 9:18 a. m.
DE: jquinn@ellingham.edu
CC: cscott@ellingham.edu

Estimado señor Malloy:
No veo motivos para que ese documento sea de la incumbencia del senador.
Un saludo,
Dra. J. Quinn

—Ha zanjado el asunto —dijo David—. Es algo peliagudo.

—¡Pero...! —exclamó Stevie con el rostro sofocado—. Ha dicho «ese documento». Lo que significa que hay un documento. Hay un documento.

—Eso parece.

—Lo que significa que tenemos que verlo. Podemos responder. O sea, Jim puede responder. Jim debería responder.

—Jim tiene mucho que hacer —repuso David—. Jim no está aquí para cumplir tus órdenes.

—David. —Stevie describió una vuelta completa ante él—. Por favor. Escucha. Lo sé. Estás cabreado conmigo. Pero esto es importante.

—¿Por qué?

—Porque si hay un codicilo, significa que hay un móvil. Significa que hay dinero. Necesito verlo.

—No, quiero decir, ¿por qué es importante para mí? —puntualizó—. Ya sé que me dijiste que no todo giraba a mi alrededor, pero...

—¿En serio?

—¿Y si encuentro algo? ¿Y si te dijera que lo haría por ti si me dejas en paz?

—¿Qué?

—Haré lo que me pides. Responderé al mensaje. Te ayudaré a conseguir esa información. Pero nosotros, punto final. No volveremos a hablarnos.

—¿Qué clase de retorcida petición es esa? —preguntó Stevie con un nudo en la garganta.

—No es retorcida. Es muy directa. Mi padre te concedió algo que tú querías para que volvieras a la academia y me vigilaras. Así que yo te ofrezco algo parecido. Quiero que decidas qué es más importante para ti. Yo, o lo que puedo hacer por ti.

Daba la impresión de que la Casa Grande se estaba inclinando hacia un lado.

—Te está costando mucho decidirte —comentó David.

—No me parece justo.

—¿Justo?

—Eso lo dices tú, que ahora mismo tienes a otras personas revisando las cosas de tu padre. Cosas que tú robaste, dicho sea de paso.

—Para evitar que acapare más poder.

—Y yo estoy intentando averiguar lo que ocurrió con Hayes, con Ellie, con Fenton.

—¿Es eso lo que estás haciendo?

—Sí —le espetó Stevie—. Eso es.

—Porque más bien parece que quieras más carnaza para tu trabajito.

Fue la palabra «trabajito» lo que la decidió. Una especie de rabia blanca subió hasta sus ojos.

—Quiero esa información —dijo.

David esbozó esa sonrisa tan suya, larga e indolente, la sonrisa que decía «Ya te dije que así es como funciona el mundo».

—Perfecto —repuso alegremente—. Vamos a escribir un mensaje como es debido.

El mensaje brotó con sorprendente rapidez. David murmuraba entre dientes mientras lo escribía. Quizá había ocurrido lo mismo cuando Francis y Eddie compusieron la carta de Atentamente Perverso, mano a mano:

El senador considera asunto de su incumbencia cualquier cosa que afecte a su hijo. Por eso, el senador donó un sistema de seguridad privado para colaborar con ustedes tras los problemas que han tenido recientemente. No será necesario que les recuerde que dos alumnos murieron en la academia y que el hijo del senador se escapó cuando se hallaban bajo

su supervisión. Al senador le gustaría conocer cualquier problema potencial que pueda surgir a causa de su negligencia;
esto incluye cualquier publicidad relativa a los problemas
documentados en su academia. Consideramos que era una
forma cortés de solicitar información, pero si desean que
emprendamos acciones legales, así lo haremos.

Atentamente,

J. Malloy

—Ya está —dijo—. Sabía que todos los años que he pasado entre tanto sinvergüenza compensarían de alguna manera.
Ahí tienes tu mensaje. Y ahora, hemos terminado.

Pulsó ENVIAR, luego le volvió la espalda y regresó a la
sala donde habían montado el campamento.

13 de abril, 1937

Montgomery, el mayordomo, presidía el aparador del desayuno con su habitual eficiencia taciturna. La casa seguía sirviendo un desayuno variado y abundante, con grandes cantidades del famoso sirope de arce de Vermont que se mantenía a la temperatura adecuada gracias a una lámpara de calentamiento. Había comida más que suficiente para alimentar a veinte personas, pero las cuatro que estaban sentadas a la mesa apenas probaron bocado. Flora Robinson bebía a sorbitos un café servido en una taza decorada con el delicado dibujo de rosas que Iris había elegido. Robert Mackenzie repasaba el correo matutino. George Marsh se ocultaba tras un periódico. Leonard Holmes Nair asestaba cuchilladas a su medio pomelo, ninguna de ellas mortal.

—¿Creéis que vendrá esta mañana? —preguntó Leonard al resto del grupo.

—Yo creo que sí —respondió Flora—. Debemos actuar con la mayor normalidad posible.

Leo tuvo la discreción suficiente para no reírse de sus palabras.

Había transcurrido exactamente un año desde el secuestro.

Un año de búsqueda, de espera y de sufrimiento..., un año de negación, violencia y cierta resignación. Existía el acuerdo tácito de que la palabra «aniversario» no sería mencionada.

La puerta de la sala del desayuno se abrió de repente y Albert Ellingham hizo su aparición, vestido con un traje gris claro y con un aspecto sorprendentemente descansado.

—Buenos días —saludó a todos—. Siento llegar tarde. Estaba hablando por teléfono. He pensado que podríamos...

Miró el desayuno con desconfianza, como si hubiera olvidado para qué servía la comida.

—... he pensado que hoy podríamos ir todos de excursión.

—¿De excursión? —preguntó Flora—. ¿Adónde?

—A Burlington. Y salir en barco. Pasaremos la noche en Burlington. He ordenado que preparen la casa. ¿Podéis estar listos dentro de una hora?

Solo había una respuesta posible.

Cuando salieron de la casa para montar en el coche que los estaba esperando, Leo vio cuatro camiones subiendo estruendosamente la avenida de entrada; dos cargados con hombres y dos cargados de tierra y rocas.

—¿Qué van a hacer, Albert? —preguntó Flora.

—Una pequeña obra —contestó el hombre—. El túnel bajo el lago es... innecesario. Ya no hay lago. Es mejor que lo rellenen.

El túnel. El que había traicionado a Albert al permitir la entrada del enemigo. Ahora iba a ser ahogado, cubierto de tierra. La visión de la tierra y las rocas pareció actuar como detonante en la mente de George Marsh, que dejó su maleta en el suelo.

—¿Sabe una cosa? —dijo—, casi es mejor que me quede aquí para echar un vistazo a la obra.

—El capataz puede resolver cualquier imprevisto —repuso Albert.

—Quizá sea mejor que me quede —insistió George Marsh—. Por si intentan entrar periodistas o curiosos.

—Si así lo cree —accedió Albert.

Leo observó más detenidamente a George Marsh y la expresión extraña y fascinada con que el hombre miraba las carretillas que se dirigían al jardín trasero. Había algo allí, en el rostro de George, que no fue capaz de identificar. Algo que lo intrigó.

Leo había estado vigilando a George Marsh desde que Flora le confesó la verdad y le dijo que Marsh era el padre biológico de Alice; el valiente, el gran George Marsh que había salvado a Albert Ellingham de una bomba, el que seguía a la familia a todas partes, proporcionándoles seguridad y protección.

Por supuesto, no había protegido a Iris y Alice aquel aciago día, pero no había sido culpa suya. A Iris le gustaba salir sola. No se le podía culpar por no haberlas rescatado aquella noche; había acudido a reunirse con los secuestradores, pero había recibido una paliza. No era un cerebro brillante, un Hércules Poirot que resolviera crímenes mientras daba golpecitos a un huevo duro con una cucharilla en el desayuno. Era un amigo, un hombre fuerte, una persona idónea para estar al lado de Albert Ellingham. Y era verdad, estaba en el

FBI, pero no parecía trabajar para ellos. Albert se había asegurado de que lo hicieran agente, y hubo algún comentario impreciso sobre sus acciones de búsqueda de los contrabandistas de droga que venían de Canadá, pero nunca parecía reparar en los que se reunían con Leo con frecuencia, los que suministraban a Iris los polvos y pociones de su elección.

O quizá sí, pero miraba hacia otro lado.

En aquel momento, George estaba mintiendo sobre la razón por la que prefería quedarse. Que la gente mintiera no tenía ningún interés particular. Lo que importa no es la mentira en sí, es el motivo por el cual se miente. Algunos, como Leo, mentían por diversión. Se podían pasar veladas excelentes en torno a una buena mentira. Pero la mayoría de la gente lo hacía por ocultar algo. Si fuera algo tan simple como una aventura amorosa..., bueno, a nadie le habría importado. Pero fuese lo que fuese era algo secreto, no solo privado.

George Marsh, Leo observó con claridad, guardaba un secreto.

—Está bien, entonces —dijo Albert, acompañando a Leo, Flora y Robert al coche que los esperaba.

George Marsh se quedó junto a la puerta y observó su partida. En cuanto estuvo seguro de que el grupo había recorrido una distancia razonable, montó en su propio coche y salió de la finca.

Regresó al cabo de varias horas, casi al anochecer. Aparcó en la pista de tierra, a bastante distancia de la parte trasera de la casa. Entró y repasó quién quedaba en la casa. Los operarios se habían ido, así como los miembros de servicio externos. Montgomery y los demás criados se habían retirado a sus dependencias. Despachó con los hombres del equipo de seguridad y los envió a patrullar los límites de la finca. Hecho esto, se cambió de ropa; se puso unos pantalones de trabajo y una simple camiseta interior. Después recogió su linterna, salió por la puerta trasera y fue a buscar una pala. Se deslizó por el suelo embarrado hacia el interior del hoyo pantanoso antes ocupado por el lago; luego, se dirigió al montículo del centro, donde la cúpula de cristal reflejaba la incipiente luz de la luna.

Ahora no resultaba agradable volver a la cúpula. Olía a polvo y abandono y había huellas de las pisadas de los obreros por todas partes. Ya no había mantas ni cojines. Se sentó en el banco de un lateral, el mismo donde se había sentado cuando se encontró con Dottie Epstein cara a cara. La muchacha había intentado esconderse tapándose con una manta, pero el miedo y la curiosidad pudieron con ella...

—No tengas miedo. Puedes salir.

Dottie miró las cosas que había dejado en el suelo: la soga, los prismáticos, las esposas.

—Son para el juego —le había dicho.

—¿Qué tipo de juego?

—Es un poco complicado. Pero va a ser muy divertido. Tengo que esconderme. ¿Tú también estabas escondiéndote aquí?

En aquel momento de la conversación, había empezado a sudar copiosamente, pues sintió que todo su plan se estaba viniendo abajo. ¿Cómo había sido capaz de aparentar tanta calma?

—Para leer —había respondido la chiquilla.

Tenía un libro en las manos. Se aferraba a él como si fuese un escudo.

—¿Sherlock Holmes? Me encanta Sherlock Holmes. ¿Qué novela estás leyendo?

—*Estudio en escarlata.*

—Es buena. Adelante, sigue leyendo. No quiero interrumpirte.

En aquel momento aún no había tomado ninguna decisión. Su mente empezó a trabajar a toda velocidad. ¿Qué hacer con ella? Dottie lo había mirado, y lo vio en sus ojos: lo supo. De alguna manera, ella lo supo.

—Tengo que devolver esto a la biblioteca —dijo—. No le diré a nadie que usted está aquí. Odio cuando la gente se chiva de algo que he hecho. Tengo que irme.

—Sabes que no puedo dejarte marchar —había dicho él—. Ojalá pudiera.

Las palabras salieron de su boca, pero no tenía ni idea de lo que significaban.

—Sí puede. Sé guardar un secreto. Por favor.

Se había abrazado al libro.

—Lo siento mucho —dijo él.

George Marsh escondió la cabeza entre las manos por un instante. No era capaz de visualizar el resto, el momento en que Dottie soltó el libro y dio aquel salto heroico y mortífero hacia el boquete. El ruido que hizo al golpear el suelo bajo sus pies. Bajar la escalera casi a tientas..., toda aquella sangre... Los gemidos de la chiquilla intentando arrastrarse...

Parpadeó, se puso en pie e intentó desterrar aquellas imágenes de su mente. Descolgó la linterna atada a una cuerda, después dejó caer la pala y bajó. Se habían llevado los licores de las estanterías. El reducido espacio estaba frío, desierto. Empujó la puerta y entró en el túnel. Los operarios habían empezado a rellenarlo por la parte central, así que allí pensaba dirigirse. Se internó en la oscuridad total, el pequeño haz de luz apenas lograba hendir las tinieblas.

Fue como descender al inframundo. A los infiernos. Al lugar de no retorno.

El olor a tierra se hacía cada vez más penetrante y enseguida se encontró pisándola. Se detuvo, dejó la linterna en el suelo y probó el suelo con la pala. Después empezó a cavar, retirando la tierra hacia ambos lados, abriendo una fosa.

Cuando alcanzó el tamaño que le pareció oportuno, recogió la linterna y volvió sobre sus pasos, de regreso al mundo de los vivos. Salió de la cúpula, de nuevo hacia el hoyo hundido, hasta llegar a su coche. Abrió la puerta trasera.

Dentro había un pequeño baúl. También lo abrió.

En Vermont había neveros artificiales, llenos de nieve, hielo y paja. Allí era donde había tenido a Alice. No estaba congelada del todo, pero sí rígida.

—Vamos —le dijo en tono suave—. Voy a llevarte a casa. Todo va a salir bien.

Cerró el baúl y lo sacó del coche. George transportó su triste carga volviendo por donde había venido, moviéndose con mucho cuidado para no dejarla caer al bajar el terraplén resbaladizo de lo que en otro tiempo había sido un lago. Bajó el baúl atado a una soga, procurando depositarlo en el suelo con la mayor delicadeza. Después lo llevó al túnel y a la fosa que había excavado. Comenzó a cubrirlo de tierra con las manos. Cuando apenas fue visible, siguió llenando el hueco con la pala hasta que varios palmos de tierra se interpusieron entre Alice y el mundo.

Era casi medianoche cuando emergió de nuevo, con la cara pegajosa de sudor frío. Se dirigió a la casa en silencio, eligiendo una ruta que no era visible desde la ventana de Montgomery.

En cuanto entró, algo se movió detrás de un árbol en un extremo del jardín trasero, se oyó el sonido de una cerilla al encenderse y resplandeció el extremo de un cigarrillo. Leonard Holmes Nair salió de detrás del árbol y observó a George hasta perderlo de vista.

—¿Qué has estado haciendo? —murmuró cuando se cerró la puerta.

Después atravesó el jardín en silencio, siguiendo a la inversa el mismo camino que George acababa de recorrer.

18

Era por la mañana, aunque cualquiera lo diría...

La nieve había borrado el horizonte. No existía noción de dónde terminaba el cielo y empezaba la tierra. Se intuía algún que otro árbol, pero en perspectiva aparecían más bajos debido al espesor de la nieve y sus ramas largas y desnudas lucían guantes blancos. Solo la cúpula parecía en su sitio, en lo alto del pequeño montículo. Estaban rellenando el jardín hundido. El mundo se estaba borrando y reiniciando.

La sala de estar, donde habían montado el campamento, lograba ser fría y sofocante a la vez. Stevie se despertó entumecida y todavía cansada y miró a su alrededor desde el lugar donde había pasado la noche. La alfombrilla de goma y las mantas no habían contribuido demasiado a aislarla del frío y la dureza del suelo. Tenía una visión limitada por debajo del sofá y veía el brazo de Janelle extendido en dirección a Vi, aunque esta se encontraba a varios metros, dormida en posición de sentada y con la tableta aún en la mano. Nate estaba acurrucado en sus mantas, con las que se había tapado la cabeza. Alguien emitía un ronquido suave y apacible.

Stevie se limpió un hilillo de baba y se irguió sin hacer

ruido. Hasta David dormía, repantingado en el sillón, con las piernas colgando a un lado y una tableta a mano. Hunter, de quien provenía el ronquido suave, estaba tumbado bocarriba en el sofá con el gorro de lana tapándole los ojos a modo de antifaz. Había algo curioso e íntimo en el modo en que la luz suave bañaba a sus amigos dormidos; era casi como si Ellingham también hubiera concebido una sala donde la luz entrara suavemente para iluminar a los juerguistas que estuvieran durmiendo la mona después de una fiesta.

Se dirigió de puntillas al gran recibidor, donde Podéis Llamarme Charles estaba sentado junto a la chimenea con su ordenador y un montón de carpetas. Encontrarse de repente con Podéis Llamarme Charles era un poco excesivo a las seis de la mañana (según le informó su teléfono), pero ya no tenía modo de evitarlo.

—No sé tú —dijo haciéndole un gesto para que se acercara—, pero yo no he dormido mucho. He aprovechado para poner un poco de trabajo al día. Ahora estoy leyendo solicitudes para el curso que viene.

Solicitudes. Llegarían más alumnos para aprovechar la misma oportunidad que había tenido Stevie; habían escrito a Ellingham hablando de sus pasiones con la esperanza de que alguien vislumbrara un destello interesante y los admitieran. Se le hacía extraño pensar que llegaría gente después de ella.

—Espero que para entonces sigamos teniendo academia —confesó el hombre.

—¿Cree que podría cerrar para siempre? —preguntó Stevie.

Charles suspiró y cerró el ordenador.

—Un gato solo tiene siete vidas —dijo—. Haremos todo
lo que esté en nuestras manos. Quizá salgamos adelante para
seguir luchando. Hay que tener esperanza.

Bebió un sorbo de café y se quedó con la mirada clavada
en el fuego unos instantes.

—Deja que te haga una pregunta —dijo el hombre—. El
caso Vermont. ¿Crees que lo entiendes algo mejor desde que
estás aquí?

Stevie podía haber contestado «Sí, lo he resuelto; así que
sí, un poquito mejor». Pero no era el momento, y Charles no
iba a ser el canal oficial para comunicárselo al mundo.

—Creo que sí —respondió sin dar detalles—. ¿Por qué?

—Porque por eso te admitimos.

—¿De verdad creían que podía resolverlo? —quiso saber
Stevie.

—Lo que yo creía y sigo creyendo —repuso el hombre—
es que vi a alguien con un interés apasionado. De hecho, pensé que quizá te aburrirías aquí metida, así que anoche fui al
ático a buscar una cosa para ti.

Señaló la mesita auxiliar que tenía al lado, donde se apilaban cuatro grandes tomos verdes. Stevie los reconoció al
instante, con las letras doradas en el lomo que indicaban los
años y fechas.

—Los registros de organización doméstica —reconoció.

—Pensé que quizá te gustaría echarles un vistazo —dijo el
director—. Solo si quieres.

Stevie ya los había leído. Los llevaba al día Montgomery,
el mayordomo. Contenían listados de entradas y salidas de la
casa, de las comidas que se servían, las fiestas que se celebra-
ban, los invitados que asistían.

—Gracias —dijo Stevie al recogerlos.

En la galería superior, la doctora Quinn salió de uno de los despachos. Llevaba un jersey de cachemir y unas elegantes mallas de yoga con unas flores en los costados que hacían juego con el jersey. Ellingham seguía fiel a su esencia.

—¿Puedo sentarme a leer en el salón de baile? —preguntó Stevie.

—No veo por qué no —contestó Charles—. Allí hace frío.

—No me importa.

El hombre se levantó y le abrió el salón.

El salón de baile de los Ellingham era una magnífica galería de espejos, y, como tal, muy fría y vacía. Se sentó en el medio del suelo de madera, rodeada de otras mil Stevies. Dejó en el suelo los libros de registro y abrió la mochila para sacar el diario rojo. Acarició las páginas, sorprendentemente suaves a pesar del paso del tiempo. Papel caro en un libro de calidad, caligrafía formal y exquisita, con alguna salpicadura de tinta en las páginas. Francis Josephine Crane, heredera del imperio harinero, tenía mucho que decir sobre la academia y la gente que vivía allí. Para empezar, no demasiadas cosas positivas sobre el benefactor de la academia.

13/11/35

Albert, lord Albert, este hombre se debe de creer un dios. Al fin y al cabo, se ha hecho construir su propio Olimpo y lo ha decorado con deidades griegas. Y podrá decir lo que le dé la gana sobre su gran experimento, pero lo que quiere es crear un grupo de pequeños Alberts, o de lo que él se cree que es. Por suerte, tiene amigos ricos que le entregarán a sus hijos (a mis padres les faltó tiempo para decir que sí) para su propósito. ¿Y los pobres? Bueno, ¿quién no confiaría su hijo o su hija al gran Albert Ellingham? Toda esa verborrea sobre el juego es especialmente cansina. Su mujer me parece más normal. La he visto por ahí, saliendo a toda velocidad con el coche (uno muy bonito, rojo cereza; me encantaría tener uno igual). Creo que esquía y bebe, y que es amiga de Leonard Holmes Nair, que viene de visita y a pintar.

16/11/35

Hoy el gran Albert Ellingham, ese capullo mojigato, me ha llevado a ver el campus. Tuve que fingir quedarme impresionada con todo lo que ha hecho para lograr que me enseñara algo interesante. Se rio de mí. Habrá que hacer algo al respecto.

También contaba cosas sorprendentes sobre Iris.

1/12/35

Asombroso descubrimiento. Hoy Eddie y yo nos colamos en el jardín trasero, donde los Ellingham tienen un lago privado. Iris y su amigo estaban sentados fuera a pesar del frío, envueltos en pieles y riéndose. Vimos cómo Iris sacaba del bolso una pequeña polvera, recogía algo de su interior con un pequeño objeto de plata como si fuera una cucharilla ¡y lo inhalaba con ganas, fuera lo que fuera! Después, su amigo hizo lo mismo. ¡Nuestra querida Madame Ellingham es aficionada a la cocaína! Eddie estaba encantado y dijo que deberíamos acercarnos y pedirles un poco; le encantan esos polvillos. Yo nunca la he probado, pero dice que te hace ver galaxias. Sea como sea, no nos acercamos, pero es un buen detalle para tomar nota. Nunca sabes cuándo te puede venir bien utilizarlo.

Después, había varias insinuaciones sobre lo mucho que le gustaban a Iris las fiestas a lo grande, pero nada más sobre la cocaína. También había observaciones sobre las compañeras y la gobernanta de la casa de Francis.

3/12/35

Gertie van Coevorden hizo un comentario mordaz sobre el tiempo que paso con Eddie. Dijo: «Pero ¿a qué os dedicáis todo ese tiempo?». Le respondí que hacemos lo mismo que su padre hace con la criada. No lo entendió. Pues sí que es verdad que es cortita.

6/12/35

La única persona que vale algo aparte de Eddie y de mí es Dottie Epstein, y más que nada porque es una fisgona.

8/12/35

Nelson es una pelmaza. Da vueltas por la casa con la única falda y jersey buenos que tiene, diciéndonos cuándo tenemos que irnos a la cama, cuándo tenemos que estudiar… Dice Eddie que en las casas de los chicos no hay tantas normas. Nelson tiene un secreto. No sé cuál es, pero ya lo descubriré.

16/1/36

Gertie van Coevorden bebe tanta ginebra que si le prendieran fuego se pasaría una semana ardiendo.

Cuando las entradas se fueron sucediendo y pasando a tratar más sobre coches, armas para forzar cajas fuertes y rutas hacia el Oeste, aparecieron unas sobre Eddie escritas en un tono muy distinto del de arrobamiento del principio del diario.

5/2/36

Me pregunto si Eddie tendrá la fortaleza suficiente para hacer lo que pretendemos hacer. Sé que yo sí la tengo. A él le gusta hablar de poesía, las estrellas oscuras y vivir una vida loca al margen de la moralidad, pero ¿se da cuenta de lo que significa? ¿Y si al final resulta ser como los demás? No podría soportarlo.

9/2/36

Los chicos siempre me han parecido muy inseguros. No creo que pudieran arreglárselas solos la mayor parte del tiempo. Creí que Eddie era distinto. Lo que es es un borracho y un depravado. Hasta cierto punto son virtudes, pero creí que había algo más. ¿Y si no lo hay?

18/2/36

Es un auténtico malcriado. Yo también, pero eso no me ha corrompido como a él. El dinero lo ha minado. ¿Qué habrá dentro de mí que le gusta tanto la podredumbre?

Y luego estaba esta entrada, a la que Stevie siempre terminaba volviendo una y otra vez:

NUESTRO TESORO

Lo único que me importa empieza a las nueve.

Danza de mil doscientos escalones por la línea norte

hacia la orilla izquierda trescientas veces.

A+E

La línea de una bandera

sobre la punta de los dedos.

Stevie dejó el diario en su regazo.

Estaba harta de la gente que no decía lo que de verdad quería decir. Esto, por supuesto, iba a suponer una parte importante de su trabajo como detective. La gente le mentiría o respondería con evasivas. Era algo a lo que tendría que acostumbrarse.

Pero David... era imposible que de verdad quisiera decir lo que había dicho la noche anterior, lo de no volver a hablarse. Era uno de sus juegos. Una broma.

¿Por qué había tenido que volver David?

A media mañana, ya estaba cansada de mirar el diario y los libros de registros. Solo había una cantidad determinada de energía que podía gastar en listas de rutas y de menús de 1935. Se puso en pie y se reunió con sus amigos.

La puerta de la sala de estar estaba ligeramente entreabierta y se oía un ligero murmullo. Cuando entró, Janelle y Nate estaban observando los tejemanejes de la estancia como si fueran espectadores de un evento deportivo de importancia.

—¿Qué hacéis? —preguntó Stevie.

Nadie respondió desde el otro lado de la sala, ni siquiera levantaron la vista. Stevie se volvió hacia Janelle y Nate. Esta le hizo gestos para que se acercara.

—Ahí pasa algo —susurró Janelle en voz baja—. Hace más o menos una hora se alteraron mucho.

David estaba comparando las pantallas de dos tabletas. Stevie se acercó, se sentó en el brazo del sofá y las miró.

—¿Algo interesante? —preguntó.

Vi la hizo callar, algo que no solía hacer nunca.

—Entonces, todos estos pagos de aquí... —dijo David a Hunter.

—... coinciden con los de aquí. Y las fechas.

—Además del historial de correos electrónicos del tercero —añadió Vi—. Lo han estado haciendo todos los que donaron dinero. Este tipo, el investigador privado, siempre aparece en los del asterisco.

Stevie intentó hacer encajar toda aquella información. Pagos. Investigadores privados.

—¿Estáis hablando de chantaje? —preguntó.

Tres rostros se giraron hacia ella.

—Algo así —respondió Hunter con una sonrisa.

—¿A quién están chantajeando? —continuó Stevie. Fuera lo que fuera, siempre le interesaba cualquier comentario sobre chantajes o investigadores privados. Su pregunta iba dirigida principalmente a Vi y a Hunter, intentando no establecer contacto visual con David tras lo ocurrido la pasada noche.

—Lo que parece que ocurre —dijo Vi— es que cada vez que esta persona, que hemos descubierto que es un investigador privado, aparece en los archivos que tienen que ver con estas personas que donan cantidades importantes a la campaña de King, de pronto esos contribuyentes donan mucho más dinero, y además con regularidad. Crearon organizaciones para recaudar aún más dinero.

—¿Qué hace el investigador privado? —quiso saber Stevie.

—Algo con los documentos financieros —respondió David sin levantar la vista—. Entrega cientos de esas hojas de cálculo. No somos capaces de averiguar exactamente lo que significan porque no tenemos suficiente información, pero desde luego parece que tiene que ver con actividades que esta gente quiere mantener ocultas. Quizá fraude fiscal o algo parecido. Sea como sea, mi padre dispone de información sobre ellos y su campaña recibe toneladas de dinero. Eso es chantaje.

—¿Y esta gente? —dijo Vi casi sin aliento—. Son lo peor que os podéis imaginar. Este tío de aquí —señaló una línea de la hoja de cálculo— es casi el único responsable de haber ocultado un importante vertido de petróleo.

—Un muy importante vertido de petróleo —corroboró Hunter.

—Así es como lo hizo —dijo David, casi para sí mismo—. Nunca tuvo dinero suficiente para empezar su campaña electoral a la presidencia, y de repente comienza a entrar a espuertas en cuanto consigue este material. Y no hay manera posible de que pueda haberlo obtenido de manera legal. Consigue información sobre actividades probablemente delictivas y la utiliza para impulsar su campaña. Actividades delictivas para impulsar actividades delictivas.

—Es un tesoro oculto —aseguró Vi—. Si mandas este material por Dropbox a cualquier medio de comunicación, podrías reventar todo esto. Si filtramos este material, podríamos hacer caer a algunas de las peores personas que andan por ahí.

—O podríais destruirlo —dijo Janelle. Se había acercado con Nate a escuchar la conversación. Janelle se sentó delicadamente en el sofá. Se la veía muy seria, incluso con el pijama de cabezas de gatitos.

—¿Destruirlo? —preguntó Vi.

—Si el objetivo es derribar a Edward King —dijo Janelle—, haced desaparecer lo que está utilizando para conseguir dinero. Cuando lo hayáis destruido, ya no tendrá influencia sobre estas personas.

—Y nos quedaremos sin nada contra él —dijo Vi—. Ni contra ellos.

—Pero habréis logrado vuestro objetivo —insistió Janelle—. Si ese material ha sido obtenido ilegalmente, destruidlo. Terminad con ese delito. No sigáis por ese camino. Si queréis hacer una buena obra, hacedla como es debido.

—Pero toda esta gente... —protestó Vi.

—Si el material fue robado, destruidlo —repitió Janelle.

—Qué difícil es esto —comentó Hunter—. No sé qué hacer, la verdad.

David se apoyó en la pared y se quedó mirando las tabletas con atención.

—Sinceramente —dijo—, si esto le para los pies a mi padre, me da igual cómo hacerlo. Vi, tú decides.

Dejó toda la responsabilidad a Vi, quien contempló las tabletas y la mochila llena de memorias USB.

—Ahí hay muchas cosas —observó.

—Y todas esas personas caerán —aseguró Janelle—. Pero hay maneras y maneras de hacerlo.

Vi miró a Janelle. Stevie notó algo entre ellas, algo que casi se palpaba en el aire. Vi se levantó y reunió todas las tabletas. Las dejó en la chimenea apagada, luego alcanzó el atizador y empezó a destrozarlas. Mientras lo hacía, Janelle se sentó más erguida con los ojos llenos de lágrimas.

—Yo me ocupo de hacerlo desaparecer —dijo David, recogiendo las memorias USB y los restos de las tabletas.

Todos se apartaron para dejar espacio a Janelle y Vi cuando esta se sentó junto a Janelle y se dieron la mano.

Cuando David salió de la sala, a Stevie le pareció notar que él también la había mirado. Por lo menos, alguien la estaba mirando. Lo sintió.

19

QUEDARSE AISLADO EN UN REFUGIO DE MONTAÑA DURANTE UNA TORMENTA DE nieve suena divertido y romántico, sobre todo si hablamos de un lugar como la Academia Ellingham, hecha enteramente de vistas panorámicas y recovecos. Había comida y leña de sobra. Era lo bastante grande para dar cabida a todos. Al menos, debería haber sido una experiencia agradable.

Pero la nieve provoca un extraño efecto en las mentes. Todo parecía más opresivo y asfixiante. El tiempo empezó a perder su significado. Ahora que la tarea para la que se había quedado la mayor parte del grupo había concluido, reinaba una confusión difusa sobre lo que ocurriría a continuación. Por lo menos, Janelle y Vi habían hecho las paces y se sentaban tan juntas que Stevie estaba segura de que en cualquier momento terminarían por solaparse. Hunter estaba durmiendo una siesta. Nate intentaba hundirse en el sofá para que lo dejaran tranquilo.

¿Y David? Bueno, él estaba sentado en su sillón jugando en el ordenador, mirando a Stevie de vez en cuando.

Stevie se levantó, recogió su mochila y salió de la sala.

Se suponía que no podían ir a la planta superior, pero

nadie había prohibido que se sentaran en la escalera, así que ahí fue donde se sentó, sola y a la vista del público: en la majestuosa escalinata. *¿Dónde buscas a alguien que en realidad nunca está cerca? Siempre en una escalinata, pero...*

—Probablemente podamos salir dentro de unas veinticuatro horas —oyó decir a Mark Parsons.

Estaba en el corredor de la galería con la doctora Quinn y Podéis Llamarme Charles. Hacían planes. Todos se marcharían de aquel lugar rumbo a un futuro incierto.

Stevie se sentó en el rellano, envuelta en una manta, y observó detenidamente el retrato de la familia Ellingham. Sería su ancla. Tenía tan poco sentido como todo lo que lo rodeaba. El torbellino de colores, la luna distorsionada, el cielo oscuro, la cúpula que emergía al fondo. Se le aceleró el pulso y el mundo empezó a mecerse, así que se sumergió en el cuadro. Allí estaba, junto a los Ellingham, en su mundo caleidoscópico. La familia maldita.

El cuadro. Aquella foto de Leonard Holmes Nair pintándolo en el césped...

Alcanzó su mochila y sacó el diario. Parpadeó para ahuyentar las motitas negras que se le aparecían y lo abrió en busca de las fotografías que había dentro, revisando aquellas en las que Eddie y Alice estaban posando entre los árboles, y allí...

Allí estaba. La foto de Leonard Holmes Nair en el césped. Miró la foto y el cuadro varias veces. Después se puso en pie y se acercó al lienzo. Observó específicamente el cielo, su forma en torno a los Ellingham. La posición de la luna.

Era el mismo cuadro. Las figuras eran las mismas. La luna del lienzo estaba en la misma posición que el sol de la fotografía. El lugar que ocupaba la Casa Grande en el cuadro de la foto había sido convertido en el fondo de la cúpula, en el interior de un halo de luz.

El mismo cuadro. Distinto escenario. ¿Por qué lo había modificado? En el cuadro, la luna estaba en lo alto, y sus rayos bañaban la cúpula para luego posarse en uno de los lados, más o menos donde estaba el túnel. Y ese charco de luz que formaban...

Allí había algo, algo que no lograba concretar.

Se apartó del lienzo y volvió a abrir el diario, ojeando aquellas entradas que ya le resultaban familiares. Francis enamorada. Francis melancólica. Francis aburrida. Francis haciendo croquis de la munición y los explosivos. Echó un vistazo a los poemas, pero siempre volvía a aquel que destacaba entre todos los demás.

NUESTRO TESORO

Lo único que me importa empieza a las nueve.
Danza de mil doscientos escalones por la línea norte
hacia la orilla izquierda trescientas veces.
A+E
La línea de una bandera
sobre la punta de los dedos.

¿Iba sobre los lugares donde había estado? ¿Bailando en las fiestas? ¿La Línea Norte del metro de Londres? ¿La orilla izquierda de París?

Algo la corroía por dentro. Sabía lo que era. Lo había visto. Pero no era capaz de situarlo.

Se frotó los ojos y miró de nuevo el cuadro, la cúpula a la luz de la luna.

La cúpula.

No era un poema. Eran instrucciones. Y supo exactamente a qué se refería Francis.

Nadie le prestó atención cuando regresó a la sala con aire despreocupado y se llevó uno de los folletos que había encima de la mesa junto a la puerta. Se retiró de nuevo a los escalones en busca de intimidad y se sentó en el suelo; abrió el diario por la página del poema y el folleto por el mapa de Ellingham, el plano idealizado dibujado por el artista que ilustraba cuentos infantiles.

«Lo único que me importa empieza a las nueve». Nueve era el número con el que la Casa Minerva estaba señalada en el mapa; la casa donde vivía Francis.

«Danza de mil doscientos escalones por la línea norte». Esto estaba bastante claro. Mil doscientos pasos en dirección norte. Stevie no podía salir y recorrer mil doscientos pasos, pero las instrucciones apuntaban hacia dónde dirigirse. «Hacia la orilla izquierda trescientas veces...» era un tercio de la distancia de la primera instrucción. Si uno hacía un plano mental más o menos aproximado, llegaba a...

La parte superior del mapa, las iniciales A y E de Academia Ellingham, en el círculo que decía FUNDADA EN 1935.

«La línea de una bandera». Había una bandera en lo alto de la cúpula, y en aquel cuadro señalaba directamente a la A y la E.

Había algo allí, algo que Francis llamaba «tesoro». Lo cual significaba que Stevie iba a ir a buscarlo.

Existía el pequeño detalle de la tormenta de nieve y de que no les permitieran salir. La segunda parte no le importaba mucho. Cuando ya te has metido en varios líos, meterse en uno más tampoco era para tanto. David había dicho que el sistema de seguridad funcionaba con wifi. Aunque el wifi funcionara en la Casa Grande, no ocurría así en el resto del campus, así que nadie tenía por qué enterarse de que hubiera salido. Lo que sí necesitaba era rescatar el anorak y las botas del cuarto de seguridad, porque estaban empapados. Lo único que tenía que hacer era entrar, recuperarlos y salir sin hacer ruido. Respirar un poco de aire. No había nada malo en dar un pequeño paseo.

Stevie se colgó la mochila de los hombros y bajó la escalera con toda naturalidad. Primero, fue al baño y dejó la mochila en el suelo. Las ventanas eran lo suficientemente grandes para poder salir por una de ellas, encima daban al extremo más alejado del paseo de piedra que recorría la parte trasera y los laterales de la casa. Salió del baño. No vio por ninguna parte a Charles ni a la doctora Quinn, pero lo más probable era que estuvieran en uno de los despachos de la primera planta. Mark Parsons había estado entrando y saliendo y seguro estaría en la entrada principal con la moto de nieve. Pix, sin embargo, estaba sentada leyendo junto a la chimenea en el gran vestíbulo. Tenía que encontrar la forma de salir pasando ante ella.

Las mejores maneras, según había averiguado en sus investigaciones, eran las más simples. Solo necesitó un minuto.

Stevie se acercó a Pix.

—Eh... —empezó—. Creo que Janelle y Vi... Creo que Janelle y Vi quieren hablar contigo.

—¿De qué? —preguntó la mujer.

—No estoy segura. Antes preguntaste por ellas... —Buen detalle, porque era verdad. Siempre era conveniente meter la verdad por el medio—. Creo que...

Dejó la frase en el aire y se encogió de hombros. Pix hizo un gesto de conformidad, se levantó y fue a la sala de estar. Stevie no titubeó. Ese era otro elemento importante: una vez que pones el plan en marcha, no pares. No mires atrás. Buscó su anorak y sus botas y se dirigió al baño con paso tranquilo. Nunca eches a correr.

El resto fue fácil. Anorak puesto. Botas puestas. Se impulsó para subir al lavabo y salió por la ventana sin dificultad.

Las dificultades empezaron al hundirse en casi un metro de nieve. Pensó en volver a entrar por la ventana inmediatamente, pero la suerte estaba echada. Ahora o nunca.

Así que se puso en marcha. Primero, a Minerva.

El trayecto, que debía realizar atravesando el jardín trasero y sin que pudieran verla desde la casa, le costó casi media hora en lugar de los cinco minutos que habría tardado en circunstancias normales. La nieve era una materia pesada y adherente que se aferraba a sus botas y piernas. El aire frío le secó la tráquea y hacía que cada bocanada de aire quemara, así que se cubrió la cara con la bufanda. Cuando llegó, se detuvo unos minutos para entrar en calor y desentumecerse. Añadió una capa de ropa y metió las manos bajo el grifo de agua caliente.

De vuelta a la nieve.

Mil doscientos pasos en dirección norte. Stevie sacó el teléfono y esperó a que la brújula marcara el rumbo. Empezó a andar, contando los pasos.

Recorrer mil doscientos pasos habría sido tarea fácil en otras condiciones. Mil doscientos pasos con aquella nieve eran como quince kilómetros. Después de los primeros doscientos ya estaba casi sin aliento, y al completar cuatrocientos, empapada en sudor frío. Tuvo que circundar la tienda de estudio y calcular a cuántos pasos en línea recta equivalía, y al rodear el caserón del arte tuvo que realizar más cálculos.

Exhausta y casi cegada por la nieve, se detuvo en el lugar donde probablemente terminaban los mil doscientos pasos. La travesía estaba empezando a parecerle una insensatez y se acentuó el deseo de regresar a la Casa Grande, pero total, para llegar hasta ella debía recorrer más o menos lo mismo que le tocaba ahora. Trescientos pasos.

Allí, entre los árboles nevados, donde nadie iba nunca, en un lugar en el que jamás se había fijado, había una estatua. No era nada excepcional en la Academia Ellingham, la finca estaba plagada de estatuas, como si alguien se hubiera venido muy arriba en una tienda de decoración de jardines. Las estatuas eran como las farolas o las papeleras, formaban parte del paisaje. Esta era de un hombre griego o romano, luciendo su toga con la cabeza cubierta de nieve. Encaramado en su pedestal, con cara de aburrimiento.

—Muy bien —murmuró Stevie—. Sobre la punta de los dedos.

¿Sobre la punta de los dedos? ¿Cómo demonios iba a andar sobre la punta de los dedos con toda aquella nieve? Se puso de puntillas y miró las rodillas de la estatua.

Aquello no era.

Se volvió hacia la casa y la academia, todavía de puntillas.

La vista no cambió.

Quizá hiciera falta algo más. Dio un par de saltos. Golpeó con el pie la base de la estatua, levantando una nube de nieve.

—Vamos —susurró entre dientes mientras se volvía a mirar el cielo y su luz tenue—. Aquí tiene que haber algo. Sobre la punta de los dedos. Sobre la punta de los dedos...

Al decirlo en voz alta, lo vio claro. Francis había hecho algo muy propio de Albert Ellingham. Decir algo más de lo que la expresión dejaba ver. Punta. Dedos.

Retiró la nieve de la base de la estatua, dejando al descubierto sus pies desnudos. Como era de esperar, el pulgar del pie izquierdo estaba ligeramente levantado, como si la figura estuviera a punto de dar un paso. Stevie se inclinó para observarlo y distinguió una grieta casi imperceptible, una hendidura hecha en la piedra. Se quitó el guante sin hacer caso del dolor que le causaba el frío y agarró el pulgar, tiró de él, lo empujó, volvió a tirar hasta que cedió por fin. Se movió un poco hacia atrás, como si tuviera una bisagra.

No le dio tiempo a expresar su emoción. Y es que se la tragó la tierra.

13 de abril, 1937

AQUELLA NOCHE CAÍA UNA LLUVIA FINA SOBRE LA CASA GRANDE DE Ellingham. Leonard Holmes se encontraba en el patio de losas entre la niebla. Tenía las manos y los pies cubiertos de tierra; los bajos de los pantalones probablemente nunca se recuperarían. Intentaba que la lluvia limpiara y arrastrara todo lo que había visto en el interior del túnel.

Leo llevaba todo el día en la casa; no había llegado a salir de la finca. Sin pensarlo, cuando el coche ya había recorrido la mitad del trayecto hacia la verja, dijo:

—Si no os importa parar, no me encuentro muy bien. Creo que voy a pasar la tarde en la cama, si no tenéis inconveniente. El paseo hasta la casa me vendrá bien, creo.

Se bajó del coche y regresó a la casa.

Una peculiaridad muy conveniente de la casa de Albert era que, si no querías ser visto, lo conseguías. El mero hecho de que tuviera aquel tamaño lo hacía posible, pero los distintos recovecos y pasadizos lo hacían fácil. Vio a George Marsh enviar a los guardias de seguridad en todas direcciones, vio a Montgomery limpiar mientras escuchaba la radio. George se había pasado el día deambulando por la casa, durmiendo una siesta y sin hacer nada hasta el anochecer, cuando realizó su extraña salida al jardín. Leo no se atrevió a seguirlo hasta la cúpula, pero lo vio volver cubierto de tierra, ir al coche y sacar un bulto. Este no regresó con él. Así que, cuando George Marsh entró en la casa, Leo se dirigió al sótano de la cúpula para ver qué había guardado allí.

Ahora había vuelto a ras de tierra, conmocionado y con el estómago revuelto. Ante aquella impresión, todo lo demás perdía importancia e incluso parecía cobrar sentido. Acababa de ver a George Marsh enterrar el cuerpo de la pequeña Alice. Leo había visto cadáveres antes, en sus tiempos de estudiante de arte hacía ilustraciones anatómicas por dinero. Había visto fragmentos de cuerpos humanos en bandejas y palanganas, también había asistido a autopsias. Después de la guerra, había tenido la mala suerte de presenciar dos suicidios. Esto, sin embargo, era algo totalmente distinto, insólito y espeluznante. No tenía sentido, y requería ser comprendido.

Por eso Leo seguía en el patio, empapado y temblando bajo la luna menguante, planeando su próxima maniobra. ¿Qué hacer cuando te encuentras en un lugar remoto con alguien de quien sospechas que ha cometido un asesinato? Había guardias de seguridad, pero lejos. Montgomery estaba en la casa, aunque dormido, y no era lo bastante fuerte para hacer frente a alguien como George Marsh.

Lo más sensato sería entrar a escondidas en el despacho de Albert y llamar a la policía. Cien hombres acudirían en menos de una hora. Hasta entonces, podía permanecer escondido.

Sería la forma de proceder más lógica. Llamar a la policía. Hacerlo ya. Ocultarse de la vista de todos y esperar.

Sin embargo, Leonard Holmes Nair no era un hombre conocido por hacer lo más lógico y sensato. No era temerario, pero a menudo elegía la otra vía, la menos transitada. Pasara lo que pasara con George Marsh, allí había una historia, una que quizá nunca llegaría a conocer si la policía tomaba la casa y se lo llevaba. Era obvio que la historia debía de ser bastante complicada, ya que si George había matado a Alice, ¿por qué la había traído? Las preguntas seguirían en su mente el resto de su vida, una perspectiva que lo inquietaba bastante.

Aunque claro, hacer frente a un hombre acostumbrado a enfrentamientos físicos y que probablemente estuviera algo nervioso tampoco parecía una opción recomendable.

¿Qué hacer, entonces?

Leo miró la luna en busca de ayuda, pero siguió suspendida en el cielo y no le dijo nada. El frío le traspasaba la ropa. Por lo menos, el olor comenzaba a despegarse de su nariz. Jamás volvería a sentir de la misma manera la fragancia de la tierra recién removida. Había descendido al inframundo y había vuelto cambiado.

Abrió la puerta del despacho de Albert y encendió una lamparita con pantalla verde que había en el escritorio, junto a la puerta. Estaba casi seguro de que Albert guardaba un revólver en un cajón. Probó a abrir todos, pero estaban cerrados con llave. Registró el escritorio en busca de una llave, revolviendo entre los papeles, formularios para telegramas, botes de lápices y plumas, miró debajo del teléfono. Hizo lo mismo con la mesa de Mackenzie, mucho más ordenada y situada al otro lado del despacho. Pasó una hora en vano registrando el despacho centímetro a centímetro antes de hacer una pausa para apoyarse en la fría chimenea. El reloj francés marcaba las horas de la madrugada.

El reloj. Aquella pieza de mármol verde, del que se decía que había pertenecido a María Antonieta. Leo lo levantó. Pesaba mucho, diez kilos o más. Lo llevó hasta uno de los sillones y lo depositó allí, bocabajo. Lo palpó en busca del pestillo que Albert le había mostrado tantos años antes aquel día de nieve en Suiza. Sus largos dedos recorrieron la base del reloj hasta dar con la pequeña muesca, apenas perceptible. Apretó y notó que algo cedía: el pequeño cajón de la base. Volvió a colocar el reloj bocarriba y lo abrió, descubriendo un surtido de llaves sueltas.

—Albert, maniático —murmuró Leo, sacándolas.

Varios intentos revelaron qué llave abría cada cajón, y tras rebuscar un poco, apareció un revólver pequeño, aunque de aspecto potente, y su munición. Leo nunca había cargado un arma, pero, a grandes rasgos, el procedimiento no le pareció complicado.

Cinco minutos después, salía al gran atrio interior de la casa; el sonido de sus pasos reverberó sobre el mármol, el cristal y los kilómetros de madera pulida de aquella catedral de opulencia y dolor. Consideró más prudente no acercarse a Marsh sin hacer ruido, sorprender desprevenido a una persona que acababa de enterrar un cadáver en un túnel a medianoche no era lo más aconsejable. Mejor hacerlo a voces.

—¡Hola! —exclamó—. ¡Soy yo, Leo! ¿Está ahí, George?

Este apareció en el rellano en cuestión de segundos, vestido con un pantalón de pijama.

—¿Leo? ¿Qué está haciendo aquí? ¿Cuánto tiempo lleva ahí?

Su tono de voz no transmitía nada, pero sus preguntas, sí.

—Decidí volver —aclaró Leo—. Dios, esto es deprimente. Baje a tomar una copa.

George titubeó un instante, aferrado a la barandilla, y después dijo:

—De acuerdo, sí. Una copa. —Recorrió la balaustrada, mirándolo mientras se acercaba a la escalera—. ¿Ha vuelto alguien más? No lo oí llegar.

—No —respondió Leo, intentando aparentar naturalidad—. Me encontraba fatal y volví pronto. Llevo todo el día acostado. Me desperté y pensé que andaría usted por aquí.

Era una historia extraña y una curiosa manera de anunciar que llevaba horas en la casa, pero tendría que servir. El revólver pareció aumentar de peso en su bolsillo. ¿Se notaría? Quizá. Mejor hundirlo un poco más.

—Venga al despacho de Albert —pidió Leo, dirigiéndose hacia allí apresuradamente—. Es donde está el buen género.

Se acomodó de inmediato en el sillón que había junto a una de las camareras con licores y ocultó el arma a su espalda, asegurándose de que el cañón apuntaba hacia abajo. Con suerte, no se dispararía a sí mismo. Las pistolas no hacen eso, ¿verdad?

—Qué curioso que no lo haya oído —comentó George—. ¿Cuándo volvió?

—Oh... —Leo hizo un gesto despreocupado con la mano—. En realidad, no me fui. Me di la vuelta en el camino de entrada. No podía soportar la idea de pasar un día entero en el barco. Todo es muy...

Se estremeció para indicar el estado emocional general.

—Sí —corroboró George, parecía algo más relajado. Se acercó y se sirvió un poco de *whisky* de la licorera—. Lo ha sido. No me vendría mal un trago.

—Ha hecho bien quedándose —dijo Leo, a la vez que bebía un sorbo con cautela—. Qué pesadilla todo.

La pistola le impedía apoyarse en el respaldo, así que Leo se inclinó un poco hacia delante como si el peso del día descansara sobre sus hombros como un mono de feria. Los dos hombres bebieron en silencio unos minutos, escuchado el golpeteo de la lluvia sobre las puertas correderas y el silbido del viento en la chimenea.

Era ahora o nunca. Podía terminar la copa y acostarse, o seguir adelante.

—George... —empezó.

—¿Sí?

—Yo..., bueno, me gustaría hacerle una pregunta.

La expresión de George Marsh apenas cambió. Un par de parpadeos. Un movimiento de mandíbula casi imperceptible.

—¿Qué pregunta?

Leo hizo removerse el líquido de su copa con una mano, manteniendo la otra pegada a la pierna por si era necesario deslizarla hacia atrás.

—Vi lo que hizo. Pensé que quizá podría explicármelo.

No hubo respuesta inmediata, solo el tictac del reloj y el repiqueteo de la lluvia.

—¿Vio? —dijo por fin George.

—En el túnel, bajo la cúpula.

—Ah.

El «ah» no resolvía nada, pensó Leo, pero al menos había empezado la conversación. George dejó escapar un largo suspiro y se inclinó hacia delante. Leo sintió una oleada de pánico feroz y estuvo a punto de deslizar la mano a su espalda en busca del arma, pero George se limitó a dejar la copa encima de la mesa para apoyar los codos sobre las rodillas y ocultar la cara entre las manos unos instantes.

—La encontré —dijo.

—Eso está claro —repuso Leo—. Pero ¿dónde? ¿Cómo?

George levantó la vista.

—Estuve haciendo indagaciones por Nueva York —explicó—. Trabajando sobre nuevas pistas. Hace unas semanas encontré una muy prometedora, un par de matones comentaron por ahí que habían sido ellos los del secuestro de las Ellingham. Fui y yo mismo escuché algo. Al final encontré a uno de los tipos, le eché el guante al salir de un restaurante de Little Italy. No tardé mucho en hacerlo hablar. Me dio una ubicación. Fui. Y encontré el cuerpo.

—¿Y por qué no dijo nada? —preguntó Leo.

—Porque la idea es lo que mantiene vivo a Albert —respondió George, algo más animado—. No tiene a Alice, pero si sigue con esa idea de Alice, de alguien a quien buscar y comprar juguetes... ¿Qué haría sin ella?

—Pasar página y seguir con su vida —dijo Leo.

—O ponerle fin. Esa niña es todo para él. —La voz de George estuvo a punto de quebrarse al pronunciar esas palabras—. Aquella noche le fallé. Fallé a Iris y fallé a Alice. Pero luego la encontré. La traje aquí porque debía estar en su casa, no en el lugar donde la encontré, un prado perdido. En casa. Debería ser enterrada con cariño. Cerca de su padre.

—¿Cerca de su padre?

—De Albert —repuso George. Pero el leve temblor de su voz confirmó a Leo lo que necesitaba saber.

—Así que Flora habló con usted —dijo.

George se derrumbó, su barbilla llegó a tocarle el pecho.

—¿Durante cuánto más tiempo va a seguir siendo un secreto? —preguntó Leo—. ¿Para siempre? ¿Hasta que se gaste toda su fortuna intentando encontrarla?

—No lo sé —contestó George—. Solo sé que por ahora es lo mejor.

—Hasta que en un momento dado usted diga: «¡No se va a creer lo que ha ocurrido! Encontré a su hija y la enterré ahí detrás. ¡Feliz cumpleaños!».

—No —le espetó George—. Para siempre, entonces. Probablemente para siempre. Mientras ella siga viva en su mente, esa parte de él también seguirá viva.

—¿Y la gente que lo hizo?

—Me he ocupado de ellos. —Esta vez, el tono de voz de George no admitía comentarios.

—Entonces —dijo Leo, tamborileando en el brazo del sillón con las yemas de los dedos—, el caso está cerrado.

—Sí.

—Con Alice enterrada detrás de la casa.

—Sí.

—Algo que solo usted y yo sabemos.

—Sí.

—Entonces, lo que usted quiere es que sellemos un pacto de silencio sobre el asunto.

—Sí. Tiene que ser un secreto.

—Obviamente —repuso Leo.

—Me refiero a que quede únicamente entre nosotros. Nadie más. Ni Flora ni nadie.

—De nuevo, resulta obvio. No quiero que pese sobre su conciencia.

—Entonces —dijo George—, ¿estamos de acuerdo?

Leo cambió de postura con cuidado, el revólver seguía presionándole la columna. Por una parte, estaba claro lo que tenía que hacer: contárselo a alguien. Contárselo a todos. Llamar a la policía inmediatamente.

Y al mismo tiempo...

Había visto a gente abandonar toda esperanza, perder el brillo de los ojos. Albert Ellingham podía comprar casi todo lo que se le antojara, pero no la esperanza. La esperanza no se compra. La esperanza es un regalo.

—Supongo —dijo tras una pausa— que ya no se puede hacer nada por Iris y Alice. Así que debemos cuidar de los vivos.

—Exactamente. Debemos cuidar de los vivos. La verdad es que me alegra que lo sepa. —George se frotó la frente—. Ha sido muy duro.

—Ya se sabe, las cargas compartidas...

Los dos hombres continuaron bebiendo sus *whiskies* mientras la lluvia continuaba cayendo. Más tarde, cuando se retiraron para acostarse, Leo se llevó el arma a su dormitorio. No supo explicarse la razón.

20

Caer por un agujero es fácil. Todo el mundo debería probarlo. Solo hay que dejar que el suelo ceda y permitir que la gravedad cumpla su función.

Había una buena noticia sobre aquel agujero. No tenía una profundidad exagerada, solo unos dos metros, y no había escalones, solo una rampa de tierra. Stevie bajó rodando, cosa que por lo visto es muy conveniente si uno se cae. Se detuvo unos seis metros después y se concedió unos instantes de espera hasta que el mundo dejara de dar vueltas. Su mochila había absorbido gran parte del impacto y había evitado que se golpease la cabeza contra el suelo, que, insistimos, era de tierra. Tierra dura y congelada, pero tierra, al fin y al cabo. Se tocó la cara y la cabeza en busca de sangre, pero no había, lo cual era algo positivo.

Aun así, caer por un hueco de dos metros de forma tan inesperada no es lo ideal.

Se levantó poco a poco y se inclinó para recuperar el aliento. Estaba dolorida, pero no parecía tener nada roto. Rebuscó a tientas para sacar la linterna de la mochila y volver a subir la rampa. Sobre su cabeza, la trampilla abierta en el suelo dejaba ver un rectángulo de cielo enmarcado en nieve. En aquel mismo instante fue consciente de que no iba a ser capaz de llegar al boquete, pero de todos modos dio varios saltos y a punto estuvo de rodar de nuevo por la rampa en el proceso. Comprobó el estado del teléfono; vio que no había sufrido daños y que, por supuesto, no tenía señal. Si no había señal a ras de tierra, desde luego no podía haberla en un hoyo gigante excavado en el suelo.

—No. Te. Dejes. Llevar. Por. El. Pánico —se dijo en voz alta, el eco repitió sus palabras.

A diferencia de los demás escondrijos de Ellingham, este no era un túnel, sino más bien una caverna; un espacio subterráneo amplio y abierto, con paredes de roca viva de las que sobresalían distintas formaciones pétreas. Sí, estaba oscura. Sí, estaba fría. Sí, estaba sola en una cavidad bajo tierra. Pero últimamente había vivido cosas peores. Un agujero espacioso con una trampilla abierta era mejor que un agujero estrecho con la trampilla cerrada.

Había que arreglárselas lo mejor posible con lo que sobrevenía.

Una cosa buena de las linternas que suministraba la academia era que tenían potencia suficiente para hacer señales a un avión que volara a doce mil metros de altura. Stevie hizo un barrido de la cueva y vio que se prolongaba un buen trecho, quizá veinte metros o más, y después describía un giro a la izquierda. Dio unos pasos vacilantes y observó el suelo que la rodeaba. Había varias cosas: palas rotas, una botella de *whisky* de tiempos pretéritos, una cuchara, un cabo de vela, varias planchas de madera, botellas de cerveza y un saco de tornillos. Había trozos de periódico arrugados, se encontraban en un estado delicado y algo repugnante, pero logró alisar uno lo suficiente para ver la fecha: 3 de junio de 1935.

Su estupefacción al caer a la cueva dio paso a la estupefacción sobre el lugar donde había aterrizado. Era una cueva natural muy poco natural, llena de estalagmitas y estalactitas que parecían hechas por la mano del hombre. Su distribución era curiosamente medida y ordenada. Stevie avanzó con cautela, sin dejar de iluminar arriba y abajo para asegurarse de que el suelo y el techo eran seguros. La luz arrancó un destello a algo que había en el suelo y se agachó para examinarlo. Casquillos de bala, un montón. La pared de aquel tramo estaba acribillada a balazos. Alguien había hecho prácticas de tiro allí abajo. El viejo paquete de cigarrillos que encontró por las inmediaciones le indicó que la actividad no era reciente.

Recorrió la caverna hasta el final. Allí, donde terminaba, había una curva y una abertura, quizá el doble de grande que una puerta normal. Hendió la oscuridad con la linterna, se detuvo y sopesó el riesgo de traspasarla.

—Sería una temeridad entrar ahí —dijo en voz alta.

Pero, por supuesto, entró.

Al franquear el umbral, se internó en una fantasía extravagante.

La mayor parte del espacio estaba ocupado por una zanja poco profunda, quizá de poco más de un metro en su parte más honda. En el lado más alejado de la zanja había un bote en forma de cisne, pintado de color oro. Estaba caído de costado, con la cabeza dentro de la zanja. Cuanto más iluminaba a su alrededor, más detalles veía a medio terminar: baldosas azules, cables que no conectaban nada, vides de madera pintadas de un vivo color verde. La pared del fondo estaba cubierta con pinturas al fresco de mujeres —diosas vestidas con túnicas vaporosas— que miraban desde unas nubes de color oro rosado. Había accedido al sueño de un hombre del pasado de ideas excéntricas, un sueño hecho realidad en piedra.

Aquello era, casi con toda seguridad, el tesoro. Allí era donde habían ido Francis y Eddie. Encontró pruebas de su paso por allí casi inmediatamente: un montón de velas dispuestas en círculo, en distintas fases de consunción. Encontró más cigarrillos, un gran botón rojo desprendido de alguna prenda, varias botellas de vino y ginebra y más casquillos.

A un lado de la gruta había varios sacos de cemento y unas cajas muy deterioradas. Las examinó para comprobar si serían capaces de soportar su peso, pero estaban rotas.

Stevie se sentó en el centro del círculo de velas e intentó asimilar todo aquello. Durante unos instantes, se alejó del mundo del presente. Estaba en 1936. Allí era donde la pareja acudía en busca de intimidad. El botón se había caído de un vestido o un abrigo de Francis, probablemente. Aquel era el tesoro: otro escondrijo subterráneo. Otro viaje a ninguna parte. Era fantástico, pero no revelaba nada.

Luz. La vio rebotar contra las paredes con el rabillo del ojo. Había alguien más con ella. Sin dudarlo un momento, se escondió tras uno de los salientes rocosos con el corazón latiendo con fuerza. Alguien la había seguido. Alguien venía tras ella sin hacer ruido. Alcanzó una pala del suelo. No era un arma mortífera, pero era mejor que nada. La sujetó como si fuera un bate, con las manos tensas.

La luz ya estaba cerca. La otra persona había entrado en la gruta. Se afianzó en su posición. Estaba preparada...

—¡Hola! ¡Hola! ¡Stevie!

Era la voz de David.

—¿Qué demonios...? —exclamó el chico casi sin aliento—. ¿Ibas a golpearme?

—¿Qué haces aquí? —preguntó Stevie sin soltar la pala.

—¿A ti qué te parece? Te vi acercarte a una estatua, bailotear a su alrededor, darle una patada, y después desapareciste bajo tierra. ¿Qué demonios crees que iba a hacer? ¿Quieres soltar eso, por favor?

Stevie miró la pala como si antes tuviera que consultárselo. La dejó en el suelo con cuidado.

—¿Por qué me seguiste sin decirme nada? —preguntó.

—No lo hice. Te llamé desde arriba. Al no contestar, salté detrás de ti para comprobar si te habías hecho daño.

—Pues yo no oí nada.

—¿Crees que estoy mintiendo? ¿Encima tengo que pedirte perdón por entrar detrás de ti en este agujero? Hay que joderse.

Stevie no supo qué pensar, excepto que el sonido habría provocado eco en una gruta subterránea. Pero tampoco era algo sobre lo que mentiría nadie. Fue recuperando el ritmo normal de respiración. Salió de detrás de la formación rocosa.

—Creí que querías que no volviéramos a hablar —dijo.

—Desapareciste de la casa.

—¿Y saliste corriendo detrás de mí?

—No hizo falta correr —respondió David—. Está nevando.

Había huellas de un par de pies. Incluso yo, con mis pocas dotes detectivescas, soy capaz de sacar conclusiones.

—Vale —dijo Stevie.

—¿Vale?

—¿Qué quieres que diga?

David sacudió la cabeza.

—Nada —contestó—. Nada.

Stevie acababa de suspender un examen que no sabía que iba a hacer, de una asignatura de la que no tenía conocimiento. Estaba allí sentada en la gruta, absorta en sus cosas, y ahora esto. Y ya no tenía posibilidad de aprobar.

David recorrió la gruta con la linterna.

—He visto chorradas extravagantes en este lugar, pero quizá esta se lleve la palma —comentó—. ¿Cómo la encontraste?

—Encontré un diario —respondió Stevie— de una alumna que estuvo aquí en los años treinta. Contenía unas indicaciones. Las seguí. Lo último que había que hacer era tirar del dedo de la estatua, y eso hice. Entonces me caí en el agujero. Creo que nadie lo había encontrado antes porque la gente no suele andar por ahí tirando de los dedos de las estatuas.

—Una prueba más de lo perezosa que es nuestra generación —dijo David—. Así que saliste en medio de una tormenta para tirar del dedo de una estatua.

Bajó a la zanja para observar mejor el cisne volcado y los frescos.

—Así que tenemos cosillas del Rey Loco por aquí, ¿eh?

—¿Qué?

—Cuando tenía diez años, fui a Alemania con mi padre

—explicó David—. Esto, si no me equivoco, es una réplica de algo que vi en uno de los castillos de Luis II. Gruta subterránea, gran pintura clásica en la pared, bote en forma de cisne. Todo coincide. ¿Por qué no tener tu propia gruta subterránea con un bote en forma de cisne? ¿Qué pasa, que somos pobres o qué?

Mientras David exploraba la gruta, la mente de Stevie no paraba de dar vueltas. La había seguido a través de la nieve hacia algún lugar a donde no sabía que iba. No podía ser el plan de David cuando ni ella misma estaba segura del plan.

—Vamos a tener que trepar para salir de aquí —reconoció David—. Vamos.

—Sí, pero antes —dijo Stevie—, quiero saber una cosa.

—¿Qué pasa ahora?

—Conocí a unos amigos tuyos en Burlington. En la colonia de artistas.

Obviamente, no era lo que él esperaba oír. Ladeó un poco la cabeza, sorprendido.

—Ah, la colonia de artistas. Un sitio divertido. ¿Conociste a Paul? ¿Sigue hablando por boca de sus marionetas?

—Creo que está atravesando una especie de fase silenciosa —contestó Stevie.

—Mejor eso que las marionetas.

—Bath (Bathsheba) me contó que Ellie le había hablado del mensaje que apareció en la pared de mi cuarto aquella noche, antes de la muerte de Hayes...

—Te lo dije y te lo repito: no proyecté ningún mensaje aterrador en tu pared.

—Bueno, el caso es que Ellie lo sabía y creía que era real,

y parece ser que sabía quién lo había hecho. Si tú no lo hiciste ni Ellie tampoco, ¿quién fue?

—No tengo ni idea. Pero se está haciendo tarde. Si vamos a salir de aquí, tenemos que irnos ya. Venga.

En el exterior debía de haber oscurecido considerablemente, porque al dirigirse a la entrada no había ningún retazo de luz donde estaba la portezuela, tampoco se veía ningún fragmento del mortecino cielo níveo. Cuando se acercaron más, la lenta y atenazadora comprensión de lo ocurrido penetró en el torrente sanguíneo de Stevie. No le hizo falta verlo para estar segura.

La trampilla se había cerrado sobre sus cabezas.

21

—UFFFF —murmuró David.

Un resumen de la situación tan bueno como cualquier otro.

—Oh —dijo Stevie.

De nuevo, una síntesis perfecta.

Lo de quedarse sepultado era un auténtico problema en la Academia Ellingham. Eso era innegable. Stevie sintió palpitar una vena cerca del oído y tuvo la sensación inequívoca de que un ataque de pánico estaba a punto de derrumbarla. Barrería el mundo que la rodeaba, la haría caer de rodillas y ese sería su final.

Esperó. La vena siguió palpitando como loca, como música molesta procedente de un coche algo alejado. Pero no hubo ataque de pánico. Stevie iluminó la trampilla y después a David, que también estaba algo pálido.

—No contaba con que ocurriría algo así —dijo—. La portezuela se abre hacia dentro.

—Pero ha ocurrido —repuso Stevie—. ¿Cómo ocurrió?

—El viento sopla con bastante fuerza ahí fuera —propuso David mientras enfocaba el haz de luz hacia la portezuela lisa de metal—. ¿Succión, supongo?

—O está diseñada para que se cierre —sugirió Stevie—. Guarida secreta, puerta secreta.

—No hay manilla por este lado —observó David, cuya voz dejaba traslucir una punzada de preocupación—. ¿Por qué no hay manilla de este lado? ¿Quién hace una trampilla sin que haya manera de abrirla desde dentro? ¿Quién hace semejante cosa? Tenemos un problema. Pero un problema serio.

Iluminó a su alrededor con la linterna y echó una ojeada a los escombros. Recogió el mango roto de una pala e intentó golpear la portezuela. Estaba demasiado alta. Tiró el mango al suelo.

—Tranquilízate —dijo Stevie, y se arrepintió al instante. Decirle a alguien que se tranquilizara era lo peor que se podía hacer.

David no parecía haberse dado cuenta, estaba demasiado ocupado poniéndose nervioso.

—Tenemos que hacer algo un poco más proactivo —dijo él—. No podemos esperar a que esto se arregle solo. Va a bajar la temperatura. Tenemos que conseguir abrirla y salir pitando.

—El bote —dijo Stevie, sujetándolo del brazo—. Podemos traerlo y subirnos encima. Somos dos. Dos mejor que uno. Y si podemos llegar hasta la trampilla, ya se nos ocurrirá algo para abrirla.

—Supongo que sí —aceptó David con la voz algo entrecortada—. Sí. Vale.

Resultó que ser la que estaba más tranquila relajó el pánico de Stevie. Cuanto más nervioso parecía David, con más calma hablaba ella. Notó que avanzaba con paso seguro y firme cuando abrió el camino de regreso a la gruta.

Primero, intentaron volver a colocar el bote en posición vertical, cosa que tuvieron que hacer entre los dos. El cisne pesaba mucho —pero mucho— y parecía estar hecho de metal y hormigón. No son precisamente los materiales que se consideran más adecuados para construir barcos, lo cual indicaba que quizá no había sido hecho con esa finalidad. Quizá solo pretendía ser un elemento decorativo en la caprichosa gruta subterránea del amor de Ellingham. En cualquier caso, no iban a ser capaces de transportarlo.

—Odio esta situación —profirió David—. Odio estar aquí abajo.

Stevie inspeccionó la zona. ¿Cómo era posible que hubiera tanta porquería, y toda inservible? Las formaciones rocosas no podían arrancarse de las paredes, precisamente. Los tres sacos de cemento se habían petrificado. Lo único que quedaba era una pequeña pila de ladrillos, apartados a un lado.

—¡Ladrillos! —exclamó Stevie alegremente, como si los ladrillos fueran algo divertidísimo que se pudieran llevar a las fiestas.

David iluminó el exiguo montón de ladrillos.

—No son suficientes —concluyó.

—Pero algo es algo. Unos cuantos ladrillos son mejores que ningún ladrillo. Y somos dos. Quizá uno pueda subirse a los ladrillos e impulsar al otro.

—Ya..., puede ser. Supongo. Sí.

Lo malo de los ladrillos es que no son fáciles de transportar. Uno en cada mano es prácticamente el límite. Y en la gruta no había nada que pudiera utilizarse como carretilla.

—Pues haremos varios viajes —dijo Stevie, intentando no

perder su arranque de entusiasmo—. Podemos vaciar las mochilas para llevar más.

Con diez ladrillos en su mochila y más o menos el mismo número en la de David, emprendieron el camino de vuelta hacia la entrada de la caverna; David utilizaba la mano libre para sujetar la linterna.

—Vamos a especular un poco —propuso Stevie, en un intento de mantener el buen ánimo—. Imaginemos que estuvieran planeando algo contra Hayes. Imaginemos que has pensado que, como soy la detective del grupo y puedo sacar conclusiones y deducir que no ha sido un accidente (que es lo que ocurrió en realidad), puedes idear algo que me haga parecer algo trastornada. Que por las noches veo mensajes amenazadores en mi pared.

—¿Aún seguimos con eso? —se exasperó David—. ¿Tú te das cuenta de dónde estamos?

—Escucha lo que voy a decirte. Mis conclusiones parecerían menos sensatas, ¿no?

—¿Por qué tenemos que hablar de esto?

—Por hacer algo —repuso Stevie, cuya voz denotaba el esfuerzo de llevar los ladrillos con aquel frío.

—Bueno, pues hablemos de otra cosa. No hay ninguna necesidad de repasar todos tus apuntes sobre el caso cada vez que estamos solos. Hay vida más allá del crimen.

—De acuerdo.

—Tenemos que salir de aquí.

—En ello estamos —dijo Stevie.

—¿No estás harta de este sitio? —le espetó David—.

¿Quién coño hace una cosa así? ¿A quién se le ocurre construir todos estos túneles y grutas artificiales?

Sus palabras reverberaron y rebotaron contra las paredes de la caverna.

Stevie notó que su cuerpo empezaba a entumecerse y a temblar de frío. Tenía que mantener la calma. Tenía que estar bien para que David estuviese bien. Y ella iba a estar bien porque David estaba allí.

—¿Sabes? —dijo—, Disneyland está construido en una ladera porque también tiene una enorme red de túneles.

Ni palabra.

—Los construyeron para mantener a cada personaje en el lugar que le corresponde. Nadie quiere ver un monstruo del espacio en Frontierland.

—¿Monstruo del espacio? —repitió David—. ¿Tú has estado en Disneyland?

—No —respondió Stevie.

—¿En serio?

—Demasiado caro. Pero paso ratos planeando mi perfecta boda Disney, con el monstruo del espacio y un... Mickey..., o algo...

Depositaron los veinte ladrillos al pie de la rampa.

—Deja de hablar —dijo David—. No ayuda nada.

En el segundo viaje, se llevaron otra capa de la deprimentemente pequeña pila de ladrillos. No serían suficientes para hacer nada, pero abrió la mochila para cargarla como una niña obediente. Le dolían los brazos del frío.

—Oh, Dios —exclamó David.

Stevie levantó la vista. David miraba fijamente la pila de

ladrillos. Bueno..., la pila de ladrillos, no. Algo que se encontraba en el charco de luz que arrojaba su linterna. Bajo la capa superior de los ladrillos había varias cajas de madera con el rótulo COMPAÑÍA DE EXPLOSIVOS LIBERTY, PITTSBURGH, PA. EXPLOSIVOS DE ALTA POTENCIA. PELIGRO.

—Hos-tia —murmuró David.

David retiró unos cuantos ladrillos más de los que rodeaban las cajas. Había tres en total. Rebuscando más, apareció un largo rollo de alambre.

—¿Crees que todo esto es de verdad? —preguntó.

—Por supuesto que creo que es de verdad —repuso Stevie—. Este es el tesoro.

—¿El tesoro?

—Francis (la chica que escribió el diario) debió de robar dinamita y almacenarla aquí.

—¿Había una alumna aquí que robaba y almacenaba dinamita? ¿Y la gente se queja por unas cuantas ardillas en la biblioteca?

Se quedaron mirando la pila unos instantes. Era obvio lo que venía a continuación, aunque Stevie no quería sacar el tema.

—Voy a decir una cosa que no te va a gustar —la advirtió David.

Stevie guardó silencio.

—A ver, hay un montón de dinamita —continuó el chico—. No necesitamos tanta. Probablemente solo nos haría falta un cartucho. Mira. Alambre, detonadores de mecha. Todo excepto el émbolo para hacerla estallar. Creo que lo

único que necesitamos es una descarga eléctrica. Probablemente tenga algo en la mochila...

—No podemos hacer estallar dinamita —objetó Stevie.

—Claro que sí. ¿Nunca has visto dibujos animados?

—Nos mataríamos.

—No. Probablemente, no. ¿Uno o dos cartuchos? Eso no
es nada.

—Es dinamita —indicó—. Dinamita vieja. Va a volar todo
por los aires.

—La dinamita —dijo David mirándola— es un explosivo
de alta potencia. Provoca una onda expansiva. Imagínate una
esfera..., una esfera expandiéndose. Esa es la onda expansiva.
Al expandirse la esfera, el área de la superficie aumenta con
el cuadrado del radio, por tanto, la presión disminuye con el
cuadrado del radio. Además, tenemos una pared, lo que significa que la onda expansiva tiene que doblar una esquina,
que puede hacer por difracción, pero perderá energía en el
proceso. Con esto te estoy explicando que no será para tanto.

Stevie estaba demasiado estupefacta para hablar.

—Janelle no es la única que sabe física —dijo David—.
Tengo aquí alguna cosa que podría funcionar. De hecho, la
linterna...

Abrió su linterna.

—Nueve voltios —dijo—. Podría servir. Así que lo único
que haría falta sería acoplarla al cable.

—Dinamita —recordó Stevie—. La usaban para volar cosas. Para allanar la montaña.

—Sí, pero para eso necesitas una buena cantidad. Un

cartucho no va a provocar una avalancha ni nada parecido. Al menos, no creo.

—¿No crees?

—¡No! —exclamó David—. No. Probablemente, no. No. No estamos en una ladera. No hay nada que pueda derrumbarse.

—Excepto el resto de la montaña sobre nosotros.

—Un cartucho —insistió—. Un cartucho pequeñito. Un cartuchito diminuto. Creo que puedo conseguirlo. ¿Confías en mí?

Lo cierto era que no había alternativa. Cada vez estaba más oscuro y frío, y nadie sabía que estaban bajo tierra.

Y, en el fondo, confiaba en él.

—¿Cómo lo hacemos?

El cómo no estaba del todo claro y Stevie se angustiaba al pensar hasta qué punto el plan parecía salido de una historieta de dibujos animados. Primero, desenrollaron el alambre.

—Eso será... ¿cuánto, seis metros? —calculó David—. Quiero decir, no basta con colocar la dinamita en la trampilla y volver aquí, donde estaríamos seguros. Yo tendré que estar más cerca.

—Tendremos que estar más cerca —puntualizó Stevie.

—No tiene sentido que...

—Tendremos —zanjó Stevie—. No pienso morirme sola en este maldito agujero. Tendremos.

El segundo problema era que no podían subir la dinamita hasta la trampilla. La única opción era colocarla debajo y confiar en que la fuerza de la deflagración fuera suficiente. Lo cual significaba... más dinamita.

Decidieron utilizar dos cartuchos.

—Eso probablemente causará algún daño, ¿no? —dijo David mientras la instalaban.

—O que se nos venga el techo encima.

—O eso.

David se encargó de acoplar los detonadores. Stevie no quiso presenciar ese proceso, en parte por el terror que sentía, y, además, porque sospechaba que David se lo estaba inventando sobre la marcha. Después, se agacharon detrás de uno de los salientes. Ello suponía tener que estar más cerca del lugar de la explosión, pero también les proporcionaba cobijo. Stevie y David se acurrucaron debajo de una de las mantas isotérmicas que con tan buen criterio Janelle había metido en su mochila y se había empeñado en que llevaran.

—¿Estás segura de que no quieres ir al fondo de la gruta? —preguntó David.

—Antes de hacerlo —dijo ella a modo de respuesta—, hay algo que quiero que sepas.

—Vaya por Dios.

—Lo he resuelto.

—¿Qué?

—Lo he resuelto —dijo como sin darle importancia—. El caso Vermont.

—Has resuelto el crimen del siglo.

—Sí.

—¿Y quién lo cometió?

—George Marsh. El policía, el del FBI.

—Y... ¿ya está? ¿Lo sabes, sin más?

—No lo sé «sin más». He trabajado en el caso. He investigado. He pasado horas sentada en el maldito ático leyendo menús e inventarios.

—Lo has... resuelto.

—Eso es.

—¿Y quién lo sabe?

—Nate —respondió Stevie.

—Nate.

—Sí. Nate lo sabe.

David tardó un instante en decir:

—Claro. Cómo no.

—Así que ahora dime tú por qué no me dejaste una tableta —dijo Stevie.

David se acercó a ella.

—Ya te abordó una vez —contestó—. No quería que pudiera volver a acercarse a ti. ¿Satisfecha?

—Todo lo satisfecha que se puede estar en un agujero a punto de estallar con dinamita vieja y poco fiable.

—Y hay otra cosa —dijo David—. Cuando saliste, iba a enseñarte esto.

Sacó su teléfono y abrió un mensaje.

—Podéis Llamarme Charles ha contestado a Jim Imaginario —dijo.

Stevie leyó el mensaje.

PARA: jimmalloy@electedwardking.com

Hoy, 3:47 p. m.

DE: cscott@ellingham.edu

CC: jquinn@ellingham.edu

Señor Malloy:

Comprendemos la preocupación del senador y por supuesto le agradecemos su contribución a nuestro sistema interno de seguridad. Adjunto una copia del codicilo del testamento de Albert Ellingham. Confiamos en que el senador mantenga este asunto rigurosamente privado.

Además del resto de los bienes, se guardará en fideicomiso la cantidad de diez millones de dólares para mi hija, Alice Madeline Ellingham. Si mi hija ya no se encontrara entre los vivos, cualquier persona, personas u organización que encuentre sus restos mortales —siempre y cuando se demuestre que no guardan relación alguna con su desaparición— recibirá dicha cantidad. Si no es hallada antes de su nonagésimo cumpleaños, la suma pasará a ser utilizada por la Academia Ellingham del modo que la junta directiva estime más oportuno. Se estipula asimismo que ningún miembro del claustro ni del personal de administración de la Academia Ellingham pueda reclamar esa suma como propia.

—Existe —dijo Stevie—. El codicilo existe.

—Eso parece.

—Existe —repitió.

—Sí.

Apoyó la cabeza en la fría pared de roca y se echó a reír. La risa se tornó enseguida en un torrente de carcajadas, imparable y vibrante, hasta el punto de atragantarse. David también rio, probablemente por contagio.

—Pues ya tienes lo que querías —dijo—. ¿Te ha revelado algo que quisieras saber?

—No —respondió, recobrándose de la histeria a duras penas. Se secó los ojos.

Se acomodaron como una sola persona. Ella lo abrazó por la cintura y él hizo lo propio. La manta isotérmica crujió.

—He decidido no ignorarte —dijo Stevie—. Me da igual si te prometí hacerlo.

—No importa. Ya estoy jodido.

Abrió otro mensaje, esta vez un mensaje de texto.

Hoy, 2:24 p. m.
Veo que ahora trabaja para mí un tal Jim Malloy. Lo único que se me ocurre es que seas tú. También entiendo que has regresado a Ellingham. Quiero que seas consciente de que sé que has accedido a mi caja fuerte y a nuestro servidor privado. Si crees que no voy a presentar cargos contra ti, estás muy equivocado. Como cargo público, tengo que dar ejemplo, mi hijo no recibirá un tratamiento especial. Piensa muy bien lo próximo que vayas a hacer. ¿Cómo quieres que sea tu vida a partir de ahora?

—Ua ua uaaa —exclamó David imitando a un trombón triste—. Mi vida, tal como la conocí en otro tiempo, está acabada. Sobre todo, después de haber enviado esto.

Abrió un mensaje más.

Hoy, 2:26 p. m.
El material que usabas para tus chantajes ha sido destruido. Quiero que mi vida sea mejor que la tuya, y ahora voy a conseguirlo. Jódete.

—No tardaste mucho —observó Stevie.

—No —dijo él—. No había nada que pensar. Pero me va a hacer la vida muy muy difícil.

—¿Y no como ahora?

—Ya sé a qué te refieres.

Permanecieron sentados unos instantes con la espalda apoyada en la roca, David sujetaba el alambre.

—¿En serio nunca has estado en Disneyland? —preguntó.

—No.

—Tenemos que poner remedio.

—Puedes llevarme cuando salgamos de aquí —dijo Stevie—. ¿Preparado?

—Claro. ¿Por qué no? ¿Procedemos?

—Supongo que sí.

David tomó los dos extremos del cable y después, con mucho cuidado, los colocó sobre los polos de la batería.

Por un instante, no ocurrió nada. Stevie levantó la vista hacia las rocas y se preguntó si se estaría moviendo a través del tiempo a cámara lenta. Quizá ya estaba muerta. Quizá aquel había sido su fin. Al final, Ellingham la engulliría, igual que se había tragado a Hayes y a Ellie.

Después, un ruido extraño, furioso y silbante.

Después una explosión, una explosión tan fuerte que sintió que le ardían los oídos. Una nube de polvo blanco pasó ante ellos dejando tras de sí un olor acre. Cuando volvió a abrir los ojos, Stevie vio que estaba aplastada contra David, y este contra ella. No era capaz de oír por el pitido de los oídos y tosía sin control.

Pero estaban vivos. Cubiertos de polvo. Quizá con alguna lesión auditiva. Pero vivos.

Se levantaron y se asomaron por detrás de la roca con cautela. Había un montón de escombros debajo de la trampilla y una minúscula rendija de luz. Avanzaron unos pasos. Se había formado un hoyo alrededor del lugar de la explosión y las paredes estaban llenas de agujeros. Sobre sus cabezas, la trampilla estaba doblada hacia fuera; no abierta del todo, pero tampoco cerrada del todo.

—Ha sido alucinante —dijo Stevie.

—Sí que lo ha sido. ¡Sí que lo ha sido!

Se giró hacia ella, la abrazó con fuerza entusiasmado y empezó a dar saltos. Ella también se puso a saltar, porque era difícil no saltar y porque había un buen motivo para hacerlo. Aún no eran libres, pero tampoco estaban encerrados. Y nevaba y hacía frío y estaban en un agujero bajo tierra.

—¡Seguimos sin poder salir! —exclamó David—. ¡Seguimos aquí atrapados! ¡Lo hemos volado y seguimos atrapados! ¡Podríamos morir por congelación!

Los saltos se hicieron cada vez más débiles y Stevie se fue sosegando. David hizo lo mismo. Ambos se detuvieron para recobrar el aliento durante unos instantes. Stevie lo observó mejor ahora que entraba un poco de luz por el resquicio.

—Y ahora ¿qué? —dijo David.

Algo chirrió sobre ellos. Un par de manos aferró los lados de la portezuela y tiró hacia atrás.

Luego apareció una cara.

—¿Germaine? —se asombró Stevie.

22

—Hola —saludó Germaine—. ¿Habéis volado esto? Me pareció ver que algo estallaba.

Germaine Batt iba abrigada con ropa de invierno de pies a cabeza: pantalón, anorak y gafas de esquí, un gorro enorme, además de unos bastones para caminar sobre la nieve. Se colocó las gafas sobre la frente y dejó ver las marcas rojas que le habían hecho alrededor de los ojos. No parecía demasiado impresionada por ninguna potencial explosión que pudiera haber presenciado.

—No me puedo creer que te esté mirando ni lo mucho que te quiero —exclamó David.

—¿Qué?

—Nada —gritó él.

—¿Tenéis una cuerda? —les preguntó a voces.

—No —respondió David—. No teníamos pensado caernos en este agujero.

—Vale. Esperad un momento. Ahora vuelvo.

—No vamos a ir a ninguna parte, pero ¿podrías dejar la trampilla abierta? Estamos algo paranoicos con eso de quedarse uno atrapado bajo tierra.

Germaine se quitó la mochila y la colocó a modo de cuña.

—Germaine —murmuró David, volviéndose sorprendido hacia Stevie.

—Germaine —repitió ella.

Caía nieve por la abertura, pero se sentaron justo debajo de todos modos, negándose a renunciar a aquel cuadradito de cielo. Se acurrucaron bajo la manta isotérmica. Ahora el frío empezaba a hacer mella. Stevie tenía manos y pies entumecidos. Notaba que empezaba a arderle la piel y se estaba cansando de tanto esfuerzo por mantenerse caliente.

—¿Y si no vuelve? —preguntó David.

—Volverá —lo tranquilizó Stevie, apretándose más contra él—. Es Germaine. Ni el fuego ni la nieve pueden detenerla.

Germaine regresó.

Regresó con unas sábanas de las que cubrían el suelo donde habían estallado las bolas de *paintball* de la máquina de Janelle. Les hizo varios nudos y después ató una a otra. Rodeó la estatua con uno de los extremos. Luego, dejó caer la cuerda de tela por el hueco. David dio un tirón para probarla e hizo un gesto de aprobación.

—¿Quieres subir tú primero? —preguntó a Stevie—. Estaré pendiente de ti.

Era la primera vez que Stevie trepaba por una cosa así. Tenía las manos rígidas del frío y le resbalaron los pies en los nudos varias veces. Pero su determinación por salir de allí dio fuerzas a sus brazos para seguir impulsándose hacia arriba. Las pocas veces que perdió pie, sintió a David sujetándola desde abajo. Germaine tiró de ella para ayudarla a volver a la nieve del exterior. Salió reptando como si surgiera de su propia tumba. Después de estar en la oscura gruta subterránea, la blancura resplandeciente estuvo a punto de cegarla. El frío era puro y adormecedor. Después trepó David, y Germaine y Stevie tiraron de él cuando alcanzó la trampilla. Emprendieron el arduo camino de regreso a la Casa Grande. Ya no los inquietaba que les echaran una bronca al llegar. Habían superado ese tipo de preocupaciones. Pix los recibió con un cansado gesto de resignación cuando por fin llegaron, empapados y cubiertos de nieve, a la puerta principal del edificio.

—Ya estáis de vuelta —dijo—. Y habéis traído... ¿a Germaine?

—Hola —saludó Germaine.

Pix sacudió la cabeza.

—Pasad y entrad en calor —ordenó al tiempo que señalaba la chimenea—. Yo me rindo.

El frío tiene una característica curiosa: a veces, no te ataca hasta que empiezas a entrar en calor. En cuanto Stevie se vio delante de la chimenea, la invadió una tiritona prácticamente incontrolable. Le ardían las manos y los pies.

—¿C-c-cómo es que tú también estás aquí? —preguntó Stevie entre un fuerte castañeteo de dientes.

—N-n-no aparecisteis para subir al autobús —respondió Germaine—. M-m-me imaginé que algo ocurría. V-v-volví en el mismo autobús cuando regresó para recoger a la tanda siguiente. Le dije al conductor que me había olvidado una cosa. Y m-m-me quedé. Fue facilísimo. Escribí a mis padres y les dije que me quedaba.

—¿P-p-puedes hacer eso? —preguntó Stevie.

—Mis padres c-c-confían en mí.

Stevie y David la miraron perplejos.

—¿Y q-q-qué se siente? —preguntó David.

Germaine se encogió de hombros.

El resto del grupo salió a ver a los recién llegados y se sorprendieron de ver que Germaine Batt se había incorporado al grupo. Tenían un montón de preguntas, pero ninguno de los tres estaba aún en condiciones de responderlas. Estaban manchados de tierra, todavía tosiendo. El pitido de los oídos se había atenuado, aunque no había desaparecido por completo.

Y entonces, llegó.

La ansiedad no pide permiso. La ansiedad no llega cuando la esperas. Es muy maleducada. Se presenta sin que la hayas invitado en los momentos más inusitados, detiene cualquier actividad y se convierte en el centro de atención. Absorbe el aire de tus pulmones y distorsiona el mundo. Stevie comenzó a ver cómo los bordes de las siluetas se tornaban borrosos. El pitido se hizo más estridente. Le flaquearon las rodillas.

—¿Stevie? —dijo una voz. No supo a quién pertenecía.

Se alejó del grupo dando tumbos. La Casa Grande se estaba convirtiendo en una esperpéntica parodia de sí misma. La chimenea era como unas terribles fauces de fuego. Las caras de sus amigos eran grotescas. Todo se precipitaba. Estaba sumida en una corriente que no era capaz de controlar.

—¿Dónde tienes la medicación? —preguntó Janelle, arrodillándose a su lado.

Tenía la medicación en un agujero bajo tierra, porque la había sacado de la mochila para acarrear ladrillos. En esa ocasión, iba a tener que arreglárselas sin ayuda.

Fijó la vista en la escalinata que se erguía majestuosa ante ella. La ansiedad, le había dicho su psicólogo muchas veces, nunca mataba a nadie. Parecía que llegaba la muerte, pero era un delirio. Un delirio terrible que se apoderaba de tu cuerpo e intentaba convertirte en su marioneta. Te decía que nada tenía importancia porque todo estaba compuesto de miedo.

—Joder —farfulló, apenas capaz de articular palabra.

Por algún motivo que no supo determinar, se dirigió a los escalones.

—Eh, espera —dijo Janelle, a la vez que la sujetaba por el brazo—. Quizá deberías sentarte.

—Escalones —dijo. La palabra brotó de sus labios como una extraña burbuja.

—Escalones —repitió Janelle—. Está bien. De acuerdo. Nate, agárrala del brazo. Te ayudaremos.

«¿Dónde buscas a alguien que en realidad nunca está cerca...?». Flanqueada por sus dos amigos, empezó a subir la escalinata.

Los Ellingham la esperaban en el rellano. Siempre en una escalinata, pero nunca en la escalera. Allí era donde estaban. Necesitaba encontrar algo y aferrarse a ello, algo que pudiera comprender. Cualquier soga podría servir. Los Ellingham. Por eso estaba allí. Albert. Iris. Alice. Repitió los nombres en su interior una y otra vez. Leonard Holmes Nair los había inmortalizado ahí, en aquel cuadro extravagante, el que había modificado para incluir la cúpula, el charco de luz de luna que se extendía sobre ellos...

¿Dónde buscas a alguien que podría estar en cualquier sitio?

La pregunta surgió de pronto en un rincón de su mente y la distrajo unos instantes.

«Está aquí», había dicho Fenton por teléfono. «Está aquí». Si George Marsh había cometido el crimen, ¿no podría haberla traído? ¿Y si la había enterrado movido por la culpa? ¿Y si Alice estaba en el túnel y...?

Miró de nuevo el lienzo, obligando a sus ojos a enfocar. El charco de luz, el rayo de luna, se extendía hasta el lugar donde habría estado el túnel. Y la forma de la luz... recordaba vagamente a la silueta de...

—Escucha —dijo David, se había unido al grupo y estaba sentado ante ella—. Tranquilízate. Solo es pánico.

—Cállate —le espetó Stevie.

No era capaz de expresar con palabras lo que pasaba por su mente, ese enorme problema de verbalización que se estaba formando en alguna parte de su cerebro. Alice había sido enterrada allí. Alice estaba allí. Estaba allí. Alice había sido encontrada.

Punto por punto, todo empezó a alinearse siguiendo un orden perfecto. De repente, todo cobró sentido. Todo. Los datos, que habían caído del cielo como copos de nieve para evaporarse en su memoria, se desplegaron de súbito ante ella, decididos, y cada uno ocupó el puesto que le correspondía. El túnel. La excavación. Hayes en el túnel... Fenton...

—Todo tiene sentido —le dijo a David. Se dio cuenta de que el chico abría unos ojos como platos.

—¿Estás bien? —preguntó.

—¡Tu teléfono! —exclamó Stevie—. Dámelo.

—¿Por qué?

—Por favor.

Debió de hablar en tono apremiante. Pese a su perpleji-
dad, David lo sacó del bolsillo y se lo entregó. Stevie buscó
hasta encontrar lo que necesitaba.

Allí estaba, la única nota discordante.

Por supuesto, el hecho de que todo hubiera terminado de
aquel modo no había sido un accidente. Había trabajado en el
caso, llevaba años leyendo sobre él. Había logrado ingresar en
Ellingham. Se había convertido en detective y elegido aquel
camino. Había llegado a aquel momento a base de trabajo, de
caerse por agujeros y de correr en la oscuridad. Había llegado
el momento de reunir a los sospechosos, como hacían al final
de todas las novelas de misterio.

—Trae a todo el mundo —le dijo—. A todos los que están
en el edificio.

—¿Por qué? —preguntó David—. ¿Qué pasa? ¿Estás bien?

Levantó la vista y lo miró, sin rastro de pánico, su visión
clara, el mundo volviendo a ocupar su posición.

—Ha llegado el momento de resolver unos asesinatos
—respondió.

10 de noviembre, 1938

ANARQUISTAS BAJO SOSPECHA EN LA EXPLOSIÓN QUE ACABÓ CON LA VIDA DE ALBERT ELLINGHAM

New York Times

La policía y el FBI investigan a un grupo anarquista local sobre las muertes de Albert Ellingham y George Marsh. «Creemos que puede tratarse de un acto de represalia por la muerte de Anton Vorachek —dijo el agente Patrick O'Hallahan, del FBI—. Estamos siguiendo distintas pistas. No nos detendremos hasta que atrapemos al culpable o los culpables, recuerden mis palabras.»

Vorachek, el hombre condenado por el secuestro y asesinato de Iris Ellingham y por la desaparición de Alice Ellingham, fue asesinado de un disparo al salir del juzgado tras conocer su sentencia. La persona que empuñaba el arma nunca fue encontrada.

Albert Ellingham había sido objeto de numerosas amenazas. De hecho, conoció al detective George Marsh del Departamento de Policía de Nueva York después de que Marsh descubriera y frustrara un atentado con bomba contra él. Como agradecimiento, Albert Ellingham lo contrató para su seguridad personal. Cuando Marsh se unió al FBI, Ellingham pidió a su director, J. Edgar Hoover, que lo destinaran al área de Vermont en las inmediaciones de la academia y el hogar de los Ellingham. Pese a todas las precauciones, Iris y Alice Ellingham fueron secuestradas...

Leonard Holmes Nair apartó el periódico a un lado, pero había otro debajo.

ALBERT ELLINGHAM, ENTERRADO EN SU REFUGIO DE LA MONTAÑA

Boston Herald

Hoy se celebró una ceremonia privada para despedir a Albert Ellingham en su finca de las cercanías de Burlington, Vermont. El señor Ellingham resultó muerto el 30 de octubre cuando una bomba estalló en su velero. Un agente del FBI, George Marsh, murió a causa de la misma explosión. Se cree que ambos fueron víctimas de un atentado anarquista. El funeral...

Leo se levantó, llevó su taza de café a la ventana de la sala donde desayunaban y observó el caleidoscopio de color que se divisaba desde ella.

El funeral había sido una farsa.

Se habían hallado restos, suficientes para comprobar sus huellas dactilares, la condición de las manos y los dedos a los que pertenecían las huellas reveló a las autoridades que las víctimas ya no estaban vivas.

—No encontramos mucho —le dijo a Leo el único investigador—. Tres manos, una pierna, un pie, fragmentos de piel...

La policía apenas fue capaz de sacar conclusiones sobre lo ocurrido, salvo el hecho de que los explosivos probablemente se encontraban en la popa del barco. Albert y George habían salido a navegar y no regresaron. Casi con toda certeza habían muerto, pero no tenían más datos.

Iris tenía familia, pero Albert no; al menos, que él hubiera reconocido. Y aunque tenía un montón de empleados e incontables conocidos, las únicas personas a las que verdaderamente consideraba amigos eran Leo y Flora, también Robert Mackenzie, su secretario y confidente a la vez. Los restos todavía se encontraban en la morgue de la policía, así que los tres se encontraban en la Casa Grande de Ellingham, llevando a cabo la macabra simulación de que se estaba celebrando algún tipo de ceremonia en su memoria.

Buena parte de lo que quedaba por hacer consistía en papeleo y embalaje. Como ya habían hecho con Iris, debían clasificar a Albert Ellingham en pilas y cajas. Una vida tan ilustre reducida a aquello. Leo pensó en levantarse y trabajar un poco en el retrato de la familia. Era lo único que se esperaba de él. Y lo correcto era terminarlo. Estaba en la sala de estar, protegido por una sábana. Había abierto la puerta de la sala varias veces y lo había visto allí, como un fantasma, inmóvil bajo un rayo de sol en el centro de la estancia. Fue incapaz de enfrentarse al retrato, a la luz cálida, a los ecos de la casa. La Casa Grande de Ellingham había sido erigida para celebrar fiestas, para sus familias, para los amigos, una casa concebida como centro de la academia construida a su alrededor, ahora vacía. Aquel terrible silencio era difícil de soportar, así que Leo decidió pasar la mañana en el despacho de Albert Ellingham, una de las pocas dependencias que sí habían sido proyectadas para ser tranquilas e insonorizadas.

Aunque el despacho tenía dos alturas, con una balconada de libros y estanterías que ocupaban las paredes de la parte superior, lograba ser acogedor, con sus alfombras y sillones de piel, además de la chimenea. Con las cortinas corridas, la estancia estaba en completo silencio. Sobre la repisa de la chimenea seguía el gran reloj de mármol verde que Albert había comprado en Suiza cuando estaban esperando el nacimiento de Alice. Había pertenecido a María Antonieta, según decían. Había sobrevivido a una revolución. La realidad, probablemente, sería mucho más prosaica.

—Buenos días —saludó Robert Mackenzie al entrar en el despacho. Mackenzie era un joven educado, serio e increíblemente eficiente, pero Leo no se lo reprochaba—. Aún queda mucho por clasificar —continuó—. Voy a embalar el escritorio y a mandar que lleven su contenido al ático. Espero que no le moleste que trabaje aquí.

Leo estaba bastante acostumbrado a ver gente trabajar mientras él estaba sentado sin hacer nada. Hizo un cortés gesto de aprobación. Mackenzie comenzó a revisar el escritorio de Albert, examinando sobres y papeles con membretes, tinteros, plumas, notas. Era relajante contemplarlo.

—Disculpe —dijo Robert al tiempo que le mostraba una pequeña caja en la que se leía MAGNETÓFONO DE

ALAMBRE WEBSTER-CHICAGO—. Quiero saber qué hay aquí. Parece que el señor Ellingham lo estuvo escuchando esa misma mañana y necesito saber qué contiene para archivarlo.

—Por supuesto —dijo Leo.

Mackenzie se acercó a una máquina colocada junto a la pared. Abrió la pesada tapa y colocó el rollo en una bobina. Un instante después, la voz de Albert Ellingham retumbó desde aquel rincón de la sala, provocando que a Leo le diera un vuelco el corazón.

«Dolores, siéntate ahí.»

Respondió la voz dulce y aguda de una niña. Tenía un marcado acento neoyorquino.

«¿Aquí?»

«Justo ahí. E inclínate un poco sobre el micrófono. Bien. Ahora lo único que tienes que hacer es hablar con normalidad. Quiero hacerte unas preguntas sobre tu experiencia en Ellingham. Estoy preparando unas grabaciones...»

Mackenzie paró la máquina y acalló las voces. Se oyó un suave zumbido cuando rebobinó el rollo, después volvió a guardarlo en su caja.

—Dolores —dijo—. Debió de escuchar esta grabación de su voz. Se sentía fatal por lo que le ocurrió a esta chiquilla. Por lo visto, era excepcional.

Leo no supo qué decir, así que el despacho quedó en silencio, a excepción del tictac del reloj de mármol de la chimenea. Mackenzie se aclaró la garganta y metió el estuche con el rollo de alambre en una caja de embalar.

—Parece que también estaba echando un vistazo al libro

que Dolores estaba leyendo —añadió Mackenzie. Pasó el dedo por el ejemplar de *Las aventuras de Sherlock Holmes* que había quedado sobre el escritorio—. Lo llevaba consigo cuando murió. Supongo que debería devolverlo a la biblioteca. Es lo que él habría deseado. Cada libro en su sitio...

Dejó la frase sin terminar y se quedó inmóvil, con el dedo sobre la portada del libro y la mirada perdida, sin fijarla en nada en particular. De nuevo, el tictac del reloj acaparó la conversación. Leo cambió de postura en el sillón, incómodo. Quizá había llegado el momento de ir a buscar una taza de té.

—Hay algo que me ha estado atormentando —continuó Mackenzie—. Necesito hablar de ello. Pero también necesito su confianza. No puede salir de este despacho.

Leo se recostó en el sillón y miró a su alrededor instintivamente, pero, por supuesto, estaban solos.

—Algo extraño ocurrió aquella mañana, antes de que saliera en el barco. No sé qué pudo ser. Escribió un acertijo, lo cual parece buena señal. Después me hizo prometerle que iba a pasarlo bien. Decía cosas como...

Mackenzie se interrumpió.

—¿Como...? —lo animó Leo.

—Como si supiera que no iba a volver —respondió Mackenzie, como si la idea se le hubiera ocurrido por primera vez—. Y luego estaba el codicilo.

Buscó en el escritorio unos instantes y sacó un largo documento legal. Se acercó a Leo y se lo entregó.

—Lea solo la parte de arriba —le indicó.

—«Además del resto de los bienes —leyó Leo en voz alta—, se guardará en fideicomiso la cantidad de diez millones de dólares para mi hija, Alice Madeline Ellingham. Si mi hija ya no se encontrara entre los vivos, cualquier persona, personas u organización que encuentre sus restos mortales, siempre y cuando se demuestre que no guardan relación alguna con su desaparición, recibirá dicha cantidad. Si no es hallada antes de su nonagésimo cumpleaños, la suma pasará a ser utilizada por la Academia Ellingham del modo que la junta directiva estime más oportuno.»

—Tenía la mente lúcida —dijo Mackenzie—, pero el corazón destrozado..., eso fue lo que lo empujó a hacer una cosa así. No tengo ni idea de dónde está Alice, pero si sigue viva en algún lugar...

—... esto no va a ayudar —terminó Leo, que compartía su opinión. Dejó el papel, se acercó a la ventana y descorrió la cortina, dejando a la vista el gran hoyo de detrás de la casa donde antes estaba el lago. Estaba cenagoso, como en carne viva, y la cúpula parecía una llaga que hubiera quedado al descubierto.

Podía aprovechar la ocasión para contárselo a Mackenzie, contarle que Alice estaba allí, enterrada en el túnel. El terrible secreto dejaría de serlo. Pero ¿de qué iba a servir? Sería exhumada. Provocaría una enorme conmoción. Su cuerpo sería fotografiado, toqueteado, rasgado. Ya había sufrido bastante. Leo nunca había reconocido un ápice de instinto paternal en sí mismo, pero ahora lo sentía. Alice estaba en su casa.

—No puedo destruirlo —continuó Mackenzie— por mucho que quiera. Es un documento legal. Pero tampoco puedo hacerlo público. Sería un caos. Haría que encontrar a Alice fuera más difícil, no más fácil. No sé qué hacer con él.

—Démelo —dijo Leo, se retiró de la ventana y tendió la mano.

—Tampoco puedo dejar que lo destruya usted.

—No voy a hacerlo.

Tras un momento de duda, Mackenzie le entregó de nuevo el documento. Leo se acercó a la chimenea, al reloj de mármol verde. Le dio la vuelta con cuidado, como había visto hacer a Albert. Tardó un instante en encontrar el botón que sobresalía del cajón de la base. Dobló el papel varias veces sobre la repisa hasta convertirlo en un pequeño cuadrado, después lo metió en el cajón y lo cerró.

—Queda a buen recaudo con las pertenencias de Albert Ellingham —sentenció.

Mackenzie hizo un gesto de aprobación.

—Gracias —dijo—. Creo que voy a subir estas cosas.

Cuando el hombre se fue, Leo sintió que el cuerpo le vibraba con energía nerviosa. Salió del despacho, cruzó a zancadas el amplio vestíbulo y entró en la sala de estar. Se dirigió derecho al caballete y retiró la sábana de un tirón. Allí estaba su trabajo: Iris, captada una tarde fría no muy lejana, apoltronada e implorando más cocaína; Albert y Alice habían sido capturados en distintos momentos; ahora, todos juntos formaban parte de su creación, con la casa como telón de fondo.

Sacó el caballete y el lienzo al patio enlosado de la parte trasera, orientado hacia el lago vacío y la cúpula. Orientado hacia la propia Alice. Trabajó con pinceladas anchas y rápidas hasta cubrir la Casa Grande. En su lugar, pintó la cúpula y la luna, que ascendía en el firmamento al tiempo que terminaba el día. Acuchilló el cielo. Ahora era de todos los colores, como reflejo de su ira y su dolor, del secreto que lo atormentaba. Dibujó la mano de Iris sobre el lugar donde descansaba Alice. Y convirtió el rayo de luna que iluminaba aquel punto en una delicada lápida. Al menos, eso sí podía hacerlo. Aquel sencillo tributo. Trabajó toda la noche, sin parar para comer, llevó el lienzo al interior y continuó pintando junto al fuego.

Al amanecer, había terminado. La familia Ellingham lo miraba desde su interpretación alucinatoria, los tres juntos, envueltos en misterio, pero juntos.

23

Tenía que ser en el despacho de Albert Ellingham; el lugar donde todo empezó aquella noche de abril de 1936, cuando un hombre desesperado sacó el dinero que contenía la caja fuerte de la pared. Aquella estancia, con su balconada de libros como testigos mudos del drama que se estaba desarrollando a sus pies, había presenciado muchas cosas: todo lo que la riqueza había construido y todo lo que la riqueza había destruido.

Había un número limitado de asientos. La doctora Quinn y Hunter se sentaron en los sillones junto a la chimenea, en la cual no ardía ningún fuego. Podéis Llamarme Charles se apoyó sobre uno de los dos escritorios con su pose característica de «¡El trabajo es divertido!». Janelle, Nate y Vi estaban sentados en el suelo, evitando la alfombra trofeo de caza, que Vi contemplaba horrorizada. Germaine se sentó en uno de los escalones que conducían a la balconada del nivel superior con un cuaderno en la mano. David deambulaba delante de las ventanas. Mark Parsons y Pix estaban apoyados en la pared, junto a la puerta.

Stevie ocupó el centro del despacho, porque es ahí donde se coloca un detective.

Las expresiones fluctuaban entre la confusión y el fastidio, el ligero desconcierto y el vivo interés. Cualesquiera que fuesen sus sentimientos hacia Stevie, estaba realizando un importante e insólito trabajo en aquel despacho, donde ya había realizado otro importante e insólito trabajo que se había convertido en el detonante de la muerte de Ellie.

Stevie logró contener las ganas casi irrefrenables de decir «Seguro que se están preguntando por qué los he reunido aquí». Pero luego se percató de que le gente decía eso porque cuando reunía a varias personas en una sala, probablemente se preguntaban por qué las había reunido allí. Así que estuvo dudando entre posibles frases hasta que se oyó decir:

—Bien... El motivo... Bueno...

No. Empieza de nuevo. Empieza del modo que pretendas continuar.

—Aquí han muerto varias personas —dijo—. Y no en accidentes.

—Muy bien, Stevie —intervino la doctora Quinn—, entonces, ¿qué...?

—Estoy hablando en serio —la interrumpió Stevie. Sus palabras fueron tan firmes que hasta la mismísima doctora Quinn se quedó estupefacta.

Stevie se arrepintió en aquel mismo momento, porque Hércules Poirot y Sherlock Holmes nunca tuvieron que esperarle a nadie que estaban hablando en serio.

Podéis Llamarme Charles, que siempre estimulaba los retos, hizo un gesto de conformidad.

—No tenemos otra cosa que hacer —dijo—. Escuchemos lo que tenga que decirnos.

Stevie respiró hondo, hizo caso omiso de los centelleantes destellos de pánico que bailoteaban en los extremos de sus sinapsis y continuó.

—No murieron en accidentes —repitió—. Fueron asesinados.

Ni una palabra por parte de los congregados. En las novelas de detectives todo parecía muy fácil, como si se pudiera incitar a los sospechosos y suponer que todo el mundo se sentaría en el borde de la silla, esperando ser acusados, para empezar a cumplir con las consabidas fórmulas de negativa hasta que el detective revelaba que no eran culpables. Esas eran las reglas. La realidad era que tus amigos te miraban con una expresión de esperanza que rayaba en el bochorno, mientras que tus profesores y el resto del personal de la academia cuestionaban todas las decisiones que habían tomado en sus vidas y los habían llevado a aquella situación. Pero incluso Hércules Poirot había vivido una primera vez y todo el mundo se reía del pequeño detective belga y su meticulosidad hasta que los golpeaba con el martillo de su razonamiento deductivo, así que...

—¿Stevie? —dijo Nate.

Stevie se había quedado con la boca abierta. La cerró de golpe y se acercó a la chimenea con decisión.

—Hayes Major —dijo—. Desde el instante en que lo conocí, lo único de lo que hablaba era de Hollywood. Quería terminar la academia e ir a Hollywood cuanto antes. Cuando todo empezó, cuando Hayes murió, cuando Ellie se escapó..., creí que todo tenía que ver con el programa, con *El final de todo*. Tenía sentido. ¿Por qué otro motivo iba a morir Hayes?

Tenía mucho sentido. Hayes era una persona que se apropiaba de lo que no le pertenecía. Una persona que buscaba la solución fácil. Una persona que utilizaba a otras para que le hicieran el trabajo. Utilizó a Gretchen, su exnovia, para que le hiciera los trabajos de clase. Nos utilizó a nosotros para hacer el grueso del trabajo del vídeo. Utilizó a otra persona para escribir el guion de su programa.

Las palabras de Stevie iban poniéndose en orden a la misma velocidad que las pronunciaba:

—Solo una persona tenía un móvil para matar a Hayes a causa de su programa —continuó Stevie—. Y esa persona era Ellie. Pero a Ellie no le importaba el dinero. Le había pagado (quinientos dólares), y empleó ese dinero para comprar su saxofón. Tampoco le importaba lo que ocurriera con el programa, porque estaba ocupada con sus propias creaciones artísticas.

—Ellie se escapó —terció Vi.

—Porque estaba asustada —repuso Stevie—. Huyó porque yo la había acusado de algo. Pero ella sabía que ocurría algo más. Ni siquiera sé si llegó a ser consciente de todo su alcance, o solo que Hayes se había metido en una situación que se le estaba yendo de las manos. Siempre existió el rumor de que el testamento de Albert Ellingham contenía un codicilo, según el cual se legaba una importante cantidad de dinero a quien encontrase a Alice. La mayor parte de la gente no creía en su existencia, pero era una hipótesis muy extendida, una especie de teoría conspiranoica producto de la fantasía. Sin embargo, la doctora Fenton sí creía en ella. Estaba segura de que era real. Había entrevistado a Robert Mackenzie, el secretario de Albert Ellingham, antes de su muerte. Mackenzie le dijo que existía. Y existe.

Sacó su teléfono y leyó el texto del codicilo:

—«Además del resto de los bienes, se guardará en fideicomiso la cantidad de diez millones de dólares para mi hija, Alice Madeline Ellingham. Si mi hija ya no se encontrara entre los vivos, cualquier persona, personas u organización que encuentre sus restos mortales, siempre y cuando se demuestre que no guardan relación alguna con su desaparición, recibirá dicha cantidad. Si no es hallada antes de su nonagésimo cumpleaños, la suma pasará a ser utilizada por la Academia Ellingham del modo que la junta directiva estime más oportuno. Se estipula asimismo que ningún miembro del claustro ni del personal de administración de la Academia Ellingham pueda reclamar esa suma como propia.»

Stevie miró a Charles.

—Se lo pregunté —le dijo—. Le pregunté si existía. Y usted me mintió y me dijo que no.

Charles se encogió de hombros, abrigados con un jersey de cachemir.

—Por supuesto que te dije que no existía —accedió el hombre—. Eso es lo que decimos a todo el que nos pregunta. Ni siquiera nosotros sabíamos que existía ese codicilo hasta hace unos años. ¿Recuerdas el reloj que tengo en mi despacho? ¿El de mármol verde? Lo mandamos a limpiar y reparar y durante el proceso descubrieron un pequeño cajón en la base. Estaba doblado y guardado allí. Está claro que alguien quiso mantenerlo oculto para evitar que la academia sufriera una invasión de cazadores de recompensas. Y nosotros pensamos lo mismo.

—Es cierto —corroboró la doctora Quinn desde el otro lado del despacho—. Tendríamos algún programa de telerrealidad intentando entrar para grabar algún programa tipo «Encuentra a Alice y llévate una fortuna».

—Así que ¿la academia se queda con el dinero? —preguntó Stevie.

—Por eso acometimos las obras en el caserón del arte —respondió la mujer.

—Entonces, ¿crees que alguien estaba intentando encontrar a Alice para quedarse con el dinero? —preguntó el director.

—Tiene todo el sentido del mundo —continuó Stevie—. Estamos hablando de una fortuna que... ¿cuánto sería hoy en día?

—Actualmente equivale a casi setenta millones —contestó la doctora Quinn—. Nos financiará durante muchos años.

—Una suma de setenta millones de dólares es una buena razón para cometer un asesinato —dijo Stevie—. Pero hay restricciones. No puede cobrarla ningún miembro del claustro. Solo alguien ajeno a la academia, o un alumno... Alguien como Hayes. O Ellie. O la doctora Fenton.

Hunter levantó la vista.

—Los tres murieron de forma distinta, aunque sus muertes compartían un mismo aspecto: parecen accidentes en que se vieron atrapados. Hayes en una sala subterránea. Ellie, en un túnel. La doctora Fenton, en una casa en llamas. Nada personal ni pasional. Todo clínico. Y todo con una explicación. De alguna manera, Hayes, Ellie y la doctora Fenton estaban relacionados para conseguir el dinero. Nada tenía sentido hasta que logré hacer encajar tres piezas: la tarjeta identificativa de Janelle, el mensaje que apareció en mi pared y lo que la doctora Fenton me dijo por teléfono. Comenzaré por esto último. La noche que murió, la doctora Fenton estaba muy rara cuando la llamé. Me dijo que no podía hablar en aquel momento, y luego añadió: «Está aquí». ¿Y si se refería a Alice? ¿A que Alice estaba en Ellingham? Si eso es cierto, todo empieza a cobrar sentido. Tuve que retroceder en el tiempo para encontrar la solución. Tu tía... —se volvió hacia Hunter— tenía problemas con el alcohol —terminó.

—Sí —reconoció Hunter.

—Había perdido el olfato.

—Sí.

—Tenía sus debilidades, pero ¿hasta qué punto crees que le importaba el caso Vermont, sinceramente?

—Para ella lo era todo —repuso el chico—. Todo.

—Todo —repitió Stevie—. La noche de su muerte, se enfrentó para defender el caso. Para defender a Alice. Y por eso murió. Porque se negó a seguir adelante con el plan. Sabía que el dinero existía, y sabía dónde estaba Alice. Acababa de enterarse de este último dato...

En su mente, Stevie veía la escena con toda claridad: Fenton sentada ante su escritorio, escuchando, decidiendo, encendiendo cigarrillos...

—Todo empezó con la construcción del caserón del arte —continuó—. Se iba a recibir el dinero y se iba a ampliar el edificio. Así que tenían que excavar el túnel. Los operarios encontraron a Alice, pero no lo sabían. Desenterraron un baúl. La persona que abrió ese baúl se encontró con un problema. Había abierto algo que sabía que valía unos setenta millones de dólares. Setenta millones, delante de sus narices, esperando que alguien se los llevara. Solo que esa persona no podía quedarse con ellos.

Se volvió y miró a Podéis Llamarme Charles.

24

¿Qué hacer cuando el gran dedo de la justicia te apunta directamente?

En las novelas, el acusado se ríe, o farfulla furioso, o tira la silla y escapa corriendo. Eso era lo que había hecho Ellie, a pesar de ser inocente. Charles contempló a Stevie con la misma expresión que podría haber puesto al ver una mariposa particularmente bonita y llamativa posada en la punta de su nariz. Casi parecía encantado con aquel giro de los acontecimientos, lo cual era extraño. Provocó que Stevie, nerviosa, comenzara a balancearse sobre los talones.

—Vi el baúl —dijo Stevie—. Usted tuvo buen cuidado en enseñármelo cuando me llevó al ático. Lo había llenado de periódicos viejos.

—Sí, te enseñé un baúl lleno de periódicos viejos —asintió Charles, sonriente—. Sí.

Stevie se acercó a la ventana y observó el jardín hundido, cubierto de nieve. «No te dejes dominar por el pánico. Continúa.»

—Los operarios desenterraron el baúl y se lo trajeron —dijo Stevie, pasando el dedo por el cristal helado—.

Probablemente encontraron todo tipo de cosas, basura que los obreros iban tirando. Usted lo abrió, sin esperar nada, pero, en vez de eso, se encontró con un cadáver. De hacía tiempo, en mal estado. Y comprendió que solo podía tratarse de una persona: Alice Ellingham.

—Era un baúl lleno de periódicos —dijo Charles—, pero como quieras.

—Quizá hasta entonces nunca se había parado a pensar demasiado en el caso Vermont —continuó ella—. Quizá al principio pensó en la academia. El centro estaba a punto de embolsarse todo aquel dinero. Si los operarios encontraran el cuerpo, se lo llevarían ellos, entonces no se podrían hacer las obras de ampliación. Así que quizá al principio lo único que le interesó fue esconder el cuerpo en algún sitio, enterrarlo, dejar que se olvidara el asunto. Saca el cuerpo del baúl y lo llena de periódicos viejos. Después tiene que ocultar el cadáver hasta decidir qué hacer a continuación. Pero... —Stevie empezó a moverse por el despacho, con cuidado de no tropezar con las cabezas de las alfombras— es mucho dinero. Quiero decir, ¿qué haría uno si se le presentara la oportunidad de embolsarse setenta millones de dólares? El codicilo era muy claro: usted no podía cobrarlos. Pero ¿y si tuviera un socio, alguien que pudiera localizar el cuerpo y técnicamente cobrar el dinero? Podrían ponerse de acuerdo y repartírselo. Necesitaba una persona que fuese capaz de encontrar algo enterrado de forma verosímil, una persona a quien pudiera manipular. Y la encontró. La doctora Irene Fenton, obsesionada con el caso Vermont. Lo organizaron todo de manera que fuese ella quien encontrara el cuerpo. Ella cobraría la recompensa y se la repartirían. Hunter, dijiste que tu tía estaba hablando con alguien de Ellingham pero que no sabías con quién.

—Y es cierto —confirmó Hunter—. No quiso hablar del tema.

—Ya volveremos a Fenton más adelante. Primero vamos con Hayes. —Stevie se detuvo frente a la chimenea y miró la esfera del reloj—. Hayes estaba enfadado —continuó—. No paraba de quejarse de que no podía ir a California, de que no lo dejarían ir y venir y no se le reconocería ningún mérito. Pero de repente, Hayes era todo sonrisas. Usted dijo que podía disponer de un calendario flexible e ir a California si completaba un trabajo sobre los secuestros de las Ellingham. ¿Qué le hizo cambiar de opinión?

—Que me estaba volviendo loco con el asunto —respondió Charles—. No hacía más que venir a mi despacho a quejarse.

Stevie se giró para mirarlo a los ojos.

—Lo que significa que debió de ver u oír algo que no debía. Fuera lo que fuera, usted llegó a un trato con él: podía hacer un trabajo y después ir a Hollywood. Pero no era suficiente. ¿Hayes lo amenazó? ¿Investigó algo más? Algo tuvo que ocurrir, porque usted decidió que Hayes debía morir. Así que le dio acceso al túnel.

—Algo que nunca me perdonaré.

—Así es como sucedió todo —dijo Stevie—. El día anterior a la muerte de Hayes, usted dio el primer paso necesario. Sabía que el pase de Janelle abría el edificio de mantenimiento. Cuando estábamos en yoga, vino al caserón del arte y se lo llevó de su mochila. Nadie daría importancia al hecho de ver al director por allí. Nadie iba a pensar que iba a robar un pase. Se aseguró de que Hayes tocara la tarjeta en algún momento del día. Quizá lo llamó a su despacho, le entregó algo, lo que fuese. Tenía que conseguir que sus huellas quedaran marcadas. Aquella noche, usted utilizó la tarjeta para acceder al hielo seco, lo llevó a la sala del final del túnel y cerró la puerta. El hielo seco se sublimó en el transcurso de la noche y llenó el espacio de suficiente dióxido de carbono para acabar con cualquiera que entrara allí en menos de un minuto. La trampa estaba lista y asegurada. Solo necesitaba un cebo.

De nuevo, la mente de Stevie viajó hasta aquella noche y el momento en que, cuando todos los que colaboraban en el vídeo se iban a cenar, Hayes se dio la vuelta y se dirigió al jardín hundido él solo.

—Aquel día, cuando terminamos de grabar en el jardín —continuó—, Hayes dijo que tenía que hacer una cosa. No dijo qué. Lo que tenía que hacer era reunirse con usted. Entró en el túnel y ya no volvió a salir. Usted hizo que pareciera que Hayes había muerto víctima de su propia imprudencia. Todos menos yo dieron por hecho que había sido un accidente. Pero usted también había pensado en ello.

—Gracias por pensar que hice todo tan bien. Si quieres verte implicado en un asesinato, no te apetece ser torpe.

Por primera vez, la sonrisa del director parecía forzada y tensa.

—Usted (con buen criterio) supuso que yo mostraría interés en el caso. No podía ser de otra manera. Yo era la detective. Me interesa el crimen. Así que cometió el primer gran error. La noche anterior a que todo esto ocurriera, usted se situó junto a mi ventana sin ser visto y proyectó una imagen en la pared de mi cuarto, una versión de la carta de Atentamente Perverso. Cuando llegó la policía, si yo empezaba a divagar y a hablar de mensajes en la pared, parecería que estaba inventándome cosas para llamar la atención, como si estuviera medio loca. El caso Hayes se cerró, y usted pudo pasar página y ponerse a pensar dónde esconder el cuerpo. Pero después se presentó otro problema la noche de la Fiesta Silenciosa, la noche que me enfrenté a Ellie sobre *El final de todo*. Aquella noche vinimos todos a este despacho. Ellie estaba sentada justo ahí... —Señaló el sillón bajo de cuero que ahora ocupaba Hunter—. ¿Sabía usted que Hayes no había escrito el guion de su programa? —preguntó a Charles—. ¿Se sorprendió cuando Ellie se echó a llorar y a decir cosas como...?

Por un instante, no fue capaz de recordar las palabras exactas.

—«¿Por qué me fijé en él?» —tercio David—. Eso fue lo que dijo. «Hayes y sus ideas absurdas. Por eso murió, por sus ideas absurdas.»

—Debió de quedarse helado al darse cuenta de que Hayes no trabajaba en solitario —continuó Stevie—, que podía haberle contado a Ellie algo de lo que vio u oyó, y ahora Ellie estaba a punto de empezar a hablar. Tenía que pensar rápido. Así que mandó parar todo y dijo que tenía que hablar con el abogado de la academia. Parecía lo más correcto y responsable. Cuando todos salíamos del despacho, ¿le comentó usted algo en voz baja? ¿Que había una salida por la pared? Quizá le dijo que debería escaparse y esperar en algún lugar del sótano, y que usted acudiría en su ayuda. Estaba aterrorizada y huyó sin pensárselo dos veces. Bajó al sótano y se metió en el pasadizo. Lo único que usted tuvo que hacer fue atrancar la puerta. Una vez más. Impersonal. Limpio. Ellie ni siquiera se daría cuenta de lo que había pasado.

—Stevie —dijo el hombre—, lees demasiadas novelas de misterio.

La sonrisa de Charles había cambiado de posición. Intentaba mantenerla en su sitio, pero era como si estuviera sujeta con un par de clavos a las comisuras de la boca y uno de ellos se hubiera desprendido.

—Así que ahora hay dos alumnos muertos —prosiguió Stevie—, y ¡bingo!, yo me voy de Ellingham. Mis padres me sacan de la academia. Pero no importa lo limpias y asépticas que uno quiere que sean las cosas, la vida sigue. La gente entra en escena cuando no se la espera. Se dejan cosas por ahí. Cada contacto deja un rastro. En este caso, entró Edward King. Estaba disgustado porque David se comportaba como un gilipollas y quería que yo lo calmara. A Edward King le da igual que sea usted quien está al frente de la academia. Es aún más gilipollas.

—Correcto —aceptó David.

—Llega con su sistema de seguridad cutre, me sube a un avión de vuelta a la academia y me deposita directamente en su regazo. Así que ahora tiene que volvérselas a ver conmigo. Bien. Usted sigue adelante con el plan de convertirme en auxiliar de investigación de la doctora Fenton. Cuando estuve trabajando con ella, había cosas muy específicas que quería que investigara, quería que encontrara un túnel debajo de Minerva. Y lo hice. Allí fue donde encontré a Ellie. Tenía que ser parte del plan... —Llegó a aquella conclusión mientras hablaba. Hizo un gesto con la mano como si estuviera componiendo la escena en el aire—. Creo que usted se dio cuenta de que sería mejor que el cuerpo de Ellie apareciera. La academia necesitaba dar la impresión de ser un lugar poco seguro. Era más fácil cerrarla. No quería continuar teniendo alumnos que le estorbaran. Podría esconder el cadáver con más facilidad, y nadie tropezaría con él por accidente. Pero la academia se recuperó. Nada le estaba saliendo bien, sobre todo desde que encontré una cosa que suscitó el interés de la doctora Fenton. Le enseñé esto.

Stevie apoyó su mochila en una silla y sacó la lata.

—¿Encontraste té? —preguntó Charles.

—Esto demuestra quién redactó la carta de Atentamente Perverso...

—Stevie, ¿cuántas historias más...?

—Es todo la misma historia —lo interrumpió Stevie, sorprendiéndose a sí misma con el tono de seguridad de su voz—. Por dinero en el pasado, y por dinero ahora. En 1936 secuestraron a Alice y la utilizaron para conseguir dinero. Ahora usted tiene a Alice y estaba intentando hacerse con la fortuna que dejó su padre. Ya casi lo había conseguido. Le habló de Alice a la doctora Fenton, y ella no pudo contenerse por más tiempo. No iba a seguirle el juego. De nuevo, con su modo de proceder habitual, lo preparó todo para que las cosas ocurrieran porque sí. Abrió la espita del gas y se marchó. Pronto habría gas suficiente como para que la cocina estallara en llamas cuando la doctora encendiera un cigarrillo. Ingenioso. Impersonal. Y ni siquiera sería culpa suya, ¿verdad? No es delito tropezar sin querer con un mando de la cocina. Todo aquel que se interpuso entre usted y su plan fue directamente liquidado. ¿Le resultó cada vez más fácil al ver que no lo descubrían? Ya estaba metido hasta el cuello, así que tenía que rematarlo. Y, gracias a Germaine, la última jugada era obvia.

—¿Gracias a mí? —preguntó esta, levantando la vista del cuaderno.

—Cuando invitaron a Hunter a alojarse aquí, Germaine preguntó por qué iba a vivir aquí un chico que no era alumno, y le respondí que era porque la academia se sentía fatal. Ella tenía razón. Las academias no se sienten fatal. Usted seguía necesitando a alguna persona sin relación con la academia para cobrar la recompensa. Esta vez quería asegurarse de que la academia cerrara. Lo único que necesitaba era que ocurriera una cosa más. Y, de nuevo, utilizó algo de Janelle. Cambió los ajustes de la presión del tanque para que disparase. Creo que no le importaba quién pudiera resultar herido, siempre y cuando ocurriera algo. Un buen accidente. Le gustan los accidentes. Además se avecinaba tormenta. Había que evacuar la academia. Pero Hunter podía quedarse.

—Yo no... —empezó Hunter.

—No —corroboró Stevie—. Tenía que esperar hasta que todo estuviera vacío. Intentaría tentarte como hizo con tu tía. Intentaría ganarte a través de tus intereses, probablemente diciéndote que podrías utilizar el dinero para ayudar al medio ambiente...

—Stevie —interrumpió la doctora Quinn—. Es una historia apasionante, pero no se basa en nada. ¿Hay algún dato contrastado?

—Aquí hay uno —respondió Stevie—. Le enviamos el mensaje sobre el codicilo.

—¿El del despacho de Edward King? —preguntó la mujer.

—El de Jim Malloy, al cual usted respondió. Luego Jim le volvió a escribir, un poco más serio, y Charles le envió el codicilo. Pero ahí está la cosa... —Se volvió de nuevo hacia Charles—: Usted llamó a las oficinas de King. Averiguó que no había nadie llamado Jim Malloy. Pero respondió al mensaje de todos modos..., después de haber hecho esa llamada. David, mira el teléfono. ¿A qué hora te escribió tu padre?

Este sacó el teléfono del bolsillo y todos guardaron silencio mientras consultaba los mensajes.

—A las dos y veinticuatro.

—Así que antes de las dos y veinticuatro ya sabía que el tal Jim Malloy no existía. Y el codicilo fue enviado a las...

David hizo otra consulta.

—Tres cuarenta y siete —respondió perplejo.

—Fue usted muy hábil al adivinar quién era Jim Malloy —dijo Stevie—. Quería que yo pudiera ver que había una provisión en el testamento que especificaba que el personal de la academia no podía beneficiarse de la recompensa.

—A grandes rasgos, me parece una interpretación bastante buena —reconoció Charles—. Respondí a un mensaje de alguien que podía trabajar para Edward King. Ahora, Stevie, si ya has terminado, creo que podríamos...

—¿Adónde ha llevado a Alice? —preguntó ella.

—Stevie... —Podéis Llamarme Charles esbozó una media sonrisa. Media. La otra mitad mostraba una expresión muy desagradable—. Admiro sinceramente lo que has hecho. Creo que es un auténtico triunfo de la imaginación. También creo que la claustrofobia te ha afectado un poco, pero no demasiado...

—Insisto —dijo Stevie, luchando por contener el temblor en su voz—. ¿Adónde ha llevado a Alice?

En aquel momento, las puertas del despacho se abrieron y el frío invadió la estancia.

—Creo que tengo la respuesta a esa pregunta —respondió Larry—. Tenías razón, Stevie. Este chisme va como un tiro.

Les mostró el escáner de pared.

25

—Dios mío, Larry —suspiró Stevie—. ¿Ha tenido suficiente tiempo?, porque ya no se me ocurría mucho más que decir.

—Más que suficiente —respondió el hombre.

—Ha sido agotador —dijo ella, apoyándose en la repisa de la chimenea—. En serio. En las novelas hacen que parezca muy fácil, pero hay que seguir hablando y hablando...

—¿Puedo preguntarle qué está haciendo aquí? —dijo Charles a modo de saludo al antiguo jefe de seguridad—. Ya no trabaja para esta academia.

—Lo sé perfectamente —repuso Larry—. Sin embargo, he vuelto de forma temporal al Departamento de Policía de Burlington. He venido en misión oficial para comprobar que todos están bien. Empecé a hacer planes para venir en cuanto me enteré de que la academia iba a cerrar y unos cuantos idiotas habían decidido quedarse y esperar la tormenta. Sabía bien quién sería uno de esos idiotas. Así que aproveché la salida de una quitanieves de emergencia y después subí andando desde la carretera principal. Me costó casi dos días. Después, esta boba me envió un correo contándome lo que pensaba hacer y que me había dejado un escáner de pared y unas instrucciones muy interesantes. Menos mal que me fío de ti.

Stevie inclinó la cabeza para que no se le escapara una sonrisa.

—He revisado la mayoría de los despachos de la primera planta —explicó Larry—. El único que queda es el del doctor Scott.

—Me opongo a una búsqueda policial ilegal en el recinto de Ellingham... —dijo el director.

—Larry —interrumpió la doctora Quinn—, tiene mi autorización para hacer todo lo que tenga que hacer.

Charles se volvió para encararse con Jenny Quinn, que parecía haber crecido un palmo.

—Jenny —objetó—, esto atenta contra...

—Tengo la misma autoridad que tú —repuso ella tranquilamente—. E insisto en que Larry haga lo que considere oportuno.

Sus palabras eran como un muro imposible de salvar.

—Bien —dijo el hombre—. Vaya a revisar mi despacho si quiere. Pero me gustaría estar allí.

—¡Iremos todos! —exclamó David alegremente.

Larry abrió la boca para protestar, pero el chico ya estaba saliendo del despacho. Ya que se había ido, parecía inevitable que todos los presentes lo acompañaran. Larry no estaba en condiciones de impedir nada a nadie.

El grupo subió la amplia y majestuosa escalinata. Stevie se detuvo unos instantes en el rellano para presentar sus respetos a los Ellingham. Recorrieron la balaustrada y franquearon la puerta con los carteles que, con tanta alegría, invitaban a la gente a entrar y presentar un reto.

Larry había vaciado y apartado las estanterías de la pared. Todos los libros y cuadros del doctor Scott se encontraban apilados en el centro del despacho.

—Haga el favor de dejar todo como estaba —dijo Charles a Larry.

—Me encargaré inmediatamente —repuso este—. Que todo el mundo se siente para dejar sitio. ¿Quieres que empiece por algún sitio en particular? —preguntó a Stevie.

Esta negó con la cabeza. Llegados a ese punto, se dejaba llevar por su instinto. Si Charles había abierto el baúl y visto el cadáver de Alice en su interior, tendría que idear qué hacer con él inmediatamente. Lo más probable era que hubiera tenido que esconderlo en el edificio. Había tenido varios meses para cambiarlo de ubicación y Ellingham estaba lleno de rincones donde esconderlo, pero si tenías un cadáver que valía setenta millones de dólares, lo más probable es que quieras asegurarte de que nadie lo encontraba por casualidad. Eso suponía tenerla cerca, en algún lugar que tuvieras controlado.

Larry comenzó por la pared de la ventana, recorriéndola palmo a palmo. Desde allí, se desplazó a la pared que daba al exterior. Después, a la tercera. La atmósfera de la habitación se fue enrareciendo y Stevie procuró no fijarse en si alguien la miraba por el rabillo del ojo con preocupación. Larry encaró la última pared y repasó la zona de la chimenea. Parecía a punto de terminar cuando se detuvo en una esquina, cerca del suelo.

—Aquí hay algo —declaró—. Es pequeño, un cuadrado de unos cuarenta o cincuenta centímetros de lado. —Se puso en pie e inspeccionó la zona más de cerca—. Hay varios cortes en el papel de la pared —añadió.

Golpeó en la pared. Sonó a hueco. Dio varios golpes por la misma sección, trazando el perímetro de un cuadrado de algo más de un metro de lado a un metro del suelo, aproximadamente.

—Podría ser donde estaba la caja fuerte de las joyas —sugirió Stevie—. Este era el vestidor de Alice Ellingham. Tras la muerte de los Ellingham, se extrajo la caja fuerte y se donó al Museo Smithsoniano con todo su contenido. He visto las fotos. Es más o menos de ese tamaño.

Larry sacó del bolsillo una navaja multiusos y la utilizó para recorrer los bordes de la zona con delicadeza.

—Echemos un vistazo al interior de esta pared —dijo—. Necesitaré varias herramientas. Vamos a tener que esperar...

—No va a abrir un boquete en mi pared. No tiene...

Sin decir una palabra, Janelle avanzó hacia la pared, dio unos golpecitos y después, con un movimiento limpio y continuo, echó el brazo hacia atrás como si fuese a disparar con un arco y golpeó la pared con el dorso de la muñeca. Se resquebrajó con estrépito. Abrió y cerró los dedos varias veces y regresó al sofá de dos plazas, donde Vi, orgullosa, le pasó el brazo por los hombros.

—Joder —murmuró David.

—Fuerza es igual a masa por aceleración —explicó Janelle al tiempo que examinaba su esmalte de uñas—. O, más importante, fuerza por tiempo es igual a masa por la diferencia en velocidad sobre ese tiempo. Física simple para partir una tabla. Se necesitan mil cien newtons. Más intención que fuerza.

Charles no pudo hacer más que quedarse boquiabierto. Podía haber imaginado un montón de cosas, pero que Janelle Franklin reventara las paredes de su despacho sin más ayuda que sus manos probablemente no era una de ellas.

—Te quiero —declaró Vi.

La sonrisa de Janelle delataba que no era la primera vez que escuchaba aquellas palabras.

—Tengo que aprender física —murmuró Stevie para sí.

—Muy bien —dijo Larry, pasando por alto este interludio romántico. Empuñó la linterna que llevaba colgada del cinturón y la introdujo por el orificio.

El tictac del reloj ahogó el resto de los sonidos de la estancia. Stevie oía el golpeteo sordo y hueco de su corazón latiendo con fuerza. Fue incapaz de quedarse mirando a Larry mientras examinaba el hueco, así que optó por fijar la vista en el reloj, el que había guardado el codicilo, el que había sobrevivido a revoluciones y guillotinas.

¿Y si estaba equivocada?

La idea hasta le hizo gracia. Estuvo a punto de echarse a reír. Se sintió mareada. El despacho pareció teñirse de blanco y gris y empezar a girar. Charles mantenía la expresión tranquila de quien está contemplando algo que ocurre a distancia, una tormenta o quizá un accidente. Algo que no pudiera evitar. Germaine, observó, estaba intentando grabar en vídeo toda la escena sin que nadie se enterara.

—Necesito guantes —dijo Larry.

Stevie se irguió de pronto como si alguien hubiera tirado de ella desde arriba.

—Guantes —repitió, sacando un puñado de guantes de nitrilo del bolsillo delantero de su mochila.

—¿Por qué llevas guantes de nitrilo? —preguntó Janelle.

—Por lo mismo que tú sabes cómo romper una pared —repuso Stevie.

Janelle sonrió con orgullo.

Larry se puso los guantes y retomó el trabajo con la navaja, perforando a toquecitos el trozo reventado hasta conseguir un hueco lo suficientemente grande para meter la mano. La introdujo un poco más hasta agarrar un fragmento de pared y tiró con fuerza para ampliar la abertura. Volvió a alumbrar el interior con la linterna; a continuación, la apagó y se volvió hacia el grupo, sin moverse de su posición.

—Necesito que salgan todos —dijo.

—Nadie va a echarme de mi propio despacho —protestó Charles. Había palidecido.

—Este no es su despacho —respondió Larry sin inmutarse—. Es el potencial escenario de un crimen. Usted irá a esperar a la Sala Pavo Real, y Mark y la doctora Pixwell lo acompañarán. Doctora Quinn, ¿le importaría bajar con los chicos a la planta baja?

—Claro que no —contestó la mujer.

—No sé qué está pasando aquí —dijo el director, pero su voz había perdido seguridad. Los muñequitos Funko Pop del alféizar parecían burlarse de él. Cuando Pix y Mark se acercaron, los siguió sin pronunciar palabra.

Stevie se puso en pie medio aturdida para seguir a los demás.

—¿Adónde vas? —preguntó Larry.

—Ha dicho que saliéramos todos.

—No me refería a ti, Stevie. Cierra la puerta.

Ella cerró la puerta con manos temblorosas.

—¿Quieres mirar? —preguntó el hombre con voz seria.

—¿Qué..., qué hay ahí dentro?

Tenía la boca seca. Después de todo —de todo lo que había hecho—, se había quedado sin gas. Sin aire. Sabía lo que había allí —quién—, pero impresionaba pronunciarlo en voz alta. La idea imponía demasiado.

—No es atractivo, pero ya has visto muchas cosas.

No tenía alternativa.

La distancia entre Stevie y la pared era de poco más de un metro, pero pareció alargarse hasta alcanzar la longitud de un enorme y disparatado salón de baile. Se acercó al hueco oscuro y aceptó la linterna que le ofrecía Larry, además de su mano reconfortante en el hombro.

Al principio, Stevie creyó ver un gran saco gris, rugoso, raído por el tiempo y las condiciones a las cuales había estado expuesto. Pero cuando la luz iluminó los bordes y sus ojos y su mente se adaptaron a la situación, distinguió la forma de una mano. Una cabeza. Había un zapato.

Era un espacio demasiado reducido, pensó Stevie.

—Tenemos que sacarla —dijo.

—Y lo haremos. Pero antes debemos esperar a la policía científica. No podemos proceder sin ellos.

Stevie asintió como en una nube y se volvió hacia la figura del otro lado de la pared.

—Hola, Alice —musitó—. No tengas miedo. Todo ha terminado.

26

El salón de baile de Ellingham había sido diseñado para acoger a ciento una parejas. Había sido proyectado por Iris Ellingham. Cien parejas formaban un número elegantemente grande, al tiempo que garantizaba la intimidad que todo salón de baile debía favorecer. La pareja extra, decía, era la que contaba, aquella de la que uno formaba parte.

Iris Ellingham era una mujer creativa y especial. Por eso tenía tantos amigos artistas. Por eso tenía tantos amigos leales. Por eso Albert Ellingham quiso casarse con ella y no con cualquier otra mujer. Stevie quiso creer que Iris habría dado la aprobación a la única pareja que ahora ocupaba el salón de baile, la que descansaba en el centro de la pista. Iris habría sonreído a la chica que había encontrado a su Alice.

Tras el hallazgo, se había precintado el despacho del director. El propio Charles estaba en la planta superior con Larry y el resto de los miembros del claustro. Los siete alumnos se habían quedado en la planta baja atendiendo a sus asuntos, pues ya no eran ellos quienes debían estar vigilados por miedo a que cometieran alguna fechoría. Vi y Janelle habían desaparecido en algún rincón. Stevie y David habían tomado el salón de baile, porque ¿por qué no hacerlo si el salón de baile estaba allí?

David recogió sus mantas —tenían cuatro en total— y preparó un nido para los dos en el salón. Allí se tumbaron, en aquella sala maravillosa que se multiplicaba por sí misma, llena de espejos y máscaras, contemplando el techo con sus molduras y su impresionante araña. David le apartó el pelo con delicadeza. Stevie se dio cuenta de que estaba agotada, quizá más que nunca en su vida. Se encontraba en un estado y un mundo indefinidos. Los cristales de la araña multiplicaban la escasa claridad del salón y la salpicaban por el techo como un rocío de estrellas.

—Lo logré —dijo.

—Sí.

—Y tú te burlaste de mí cuando llegué a la academia. Pero lo logré.

—Solo intentaba ser amable.

—Intentabas ser un capullo.

—Te repito que solo intentaba ser amable.

—¿Por qué crees que nos atraemos? —se preguntó Stevie.

—¿Acaso importa?

—No lo sé. No sé cómo funcionan estas cosas.

—Ni yo. Ni nadie.

—Hay gente que parece que sí. Creo que Janelle lo sabe.

—Puede que Janelle lo sepa todo —dijo David—, pero esto no. Y tú me gustas porque... —Se giró hacia Stevie y se incorporó sobre un codo para contemplar su rostro. Le acarició la barbilla con el dedo, provocándole un estremecimiento que ella pugnó por sofocar—... porque viniste a cumplir una misión imposible y lo conseguiste. Y porque eres inteligente. Y muy muy atractiva.

Allí, en aquel suelo que había sido pisado por mil zapatos de baile, bajo la mirada de las máscaras de la pared que habían visto pasar décadas, se besaron una y otra vez, y cada beso reavivó el anterior.

Fuera, la nieve comenzaba a retirarse lentamente, como pidiendo disculpas por la intrusión, marchándose por donde había venido con pasos silenciosos.

Alice...

Stevie la oía jugar. Corría por el salón de baile, con sus zapatitos de charol resbalando sobre el suelo y una pelota botando ante ella.

—¿Deberíamos dejarla jugar aquí con la pelota? —preguntó Iris—. ¿Con los espejos?

—¡Claro que sí! —respondió Albert—. No va a pasar nada. ¡Vamos, Alice! ¡Bótala! Cuando hagas botar la pelota aquí dentro, ¡verás botar cien pelotas!

Alice levantó los bracitos regordetes por encima de la cabeza, sujetando la pelota, después la lanzó con todas sus fuerzas —que no la hicieron llegar muy lejos, pero sí lo suficiente para hacerla feliz—. Se rio, y su voz resonó y reverberó con alegría en el gran salón.

—Me alegro de estar en casa —dijo Iris, apoyando la cabeza en el hombro de su marido—. Llevábamos mucho tiempo fuera.

—Ya estamos todos en casa —repuso Albert—. Y aquí nos quedaremos para siempre.

Al amanecer, se filtró una luz suave por las puertas correderas que proyectó rectángulos alargados sobre la pista de baile. La claridad llegó hasta los ojos de Stevie y los hizo abrirse. Miró a su alrededor unos instantes y comprobó que la realidad que recordaba de la noche anterior correspondía a la que estaba viviendo en ese momento. Sí, había dormido en un salón de baile. Sí, David estaba a su lado, rodeándola con los brazos. Estaban acurrucados bajo un montón de mantas. Stevie examinó el suelo por un momento y vio de cerca las marcas y junturas de la madera. El aire del salón era frío. Bajo las mantas, todo era calentito y perfecto. Allí era donde quería quedarse, para siempre si era posible.

Pero había un asesino del cual ocuparse.

Stevie se liberó centímetro a centímetro del brazo de David, que la cobijaba con un abrazo tierno y protector. Volvió a dejarlo en la misma posición y se separó unos palmos, arrastrándose para recoger su ropa del suelo. Se vistió deprisa y se sorprendió al ver su imagen multiplicada por todo el salón. La chica que vio no le desagradó nada. Era la chica del pelo rubio alborotado, vistiéndose con ropa negra medio desteñida. Justo lo que quería ser.

Abrió la puerta del salón con cuidado y salió al vestíbulo, sin hacer ruido. La Casa Grande seguía tranquila y en silencio. El fuego de la chimenea del asesino ardía mansamente. Larry estaba sentado junto a él, con los brazos cruzados y una taza metálica de café en una mano. Stevie cerró la puerta y cruzó el vestíbulo para reunirse con él.

—Hola —saludó al tiempo que señalaba el piso superior—. ¿Qué pasa ahí arriba?

—Mark, la doctora Pixwell y la doctora Quinn están con él en la Sala Pavo Real. No creo que intente nada, pero si se le ocurre, podrán reducirlo con facilidad entre los tres. Yo me he quedado de guardia aquí abajo.

—¿Ha dicho algo? —preguntó Stevie, se sentó en el sillón de enfrente y acercó las manos al fuego.

—No. Apenas ha hablado. La policía no tardará en llegar. Les dije que esperasen a que amaneciera, que yo podía controlar la situación. Van a mandar a alguien en helicóptero y habrá refuerzos con una quitanieves en la carretera principal para ayudar a evacuar a todo el mundo. Usaremos la moto de nieve y luego ya idearemos cómo podéis bajar la montaña. Personalmente, me inclino por el trineo. Es la mejor ladera para el descenso en trineo de todo el estado, siempre y cuando no os caigáis al río ni os estrelléis contra un árbol.

—Pero él... —dijo Stevie—, ¿qué va a pasar con él? ¿Lo he logrado? ¿Será suficiente para meterlo en la cárcel?

—No nos corresponde a nosotros preocuparnos por eso —respondió Larry—. Se abrirá una investigación. Entrará en escena el fiscal del distrito. Tú te ocuparás de presentar el caso, recuerda. El fiscal trabajará a partir de esos datos.

Larry se dirigía a Stevie como si fuera detective profesional, alguien capaz de trabajar con el fiscal del distrito. Stevie disimuló una sonrisa volviéndose hacia la puerta de la sala de estar. Estaba entreabierta. Vio a Germaine inclinada sobre su ordenador, tecleando a un ritmo frenético. Hunter dormía tumbado en el sofá. Nate se había acomodado en los sillones. Habían resistido juntos la tormenta.

—Ya, pero ¿usted qué opina? —preguntó Stevie.

—Lo que opino es que has expuesto unos argumentos contundentes —contestó el hombre—. Has localizado un cadáver. Y me ocuparé personalmente de que todo lo que digas sea investigado a fondo. Voy a abandonar mi retiro por esto.

—¿En serio?

—Bueno, no todos los días te presentan en bandeja la solución a un caso de un triple asesinato y un cuerpo desaparecido desde que se cometió el crimen del siglo. Ahora que se ha confirmado la muerte de Alice, hay que investigar su caso. Los asesinatos no prescriben.

—Ya he pensado también en eso —dijo Stevie—, pero...

Los dos lo oyeron a la vez. El helicóptero se aproximaba.

—Vamos a buscarlos y acompañarlos hasta aquí —explicó Larry.

Stevie recibió con agrado la caricia del sol invernal en el rostro cuando salió al porche. Tuvo que protegerse los ojos con la mano del reflejo de sus rayos sobre la nieve. El aterrizaje se presentaba demasiado difícil para el helicóptero. Sobrevoló el césped hasta descender lo suficiente; cuatro personas uniformadas saltaron sobre la nieve. Dos parecían policías y los otros dos eran técnicos en emergencias sanitarias, con grandes botiquines rojos. El ruido puso a los demás en movimiento. Vi y Janelle reaparecieron de la mano. Nate, Hunter y Germaine salieron de la sala. David fue el último en aparecer, abriendo la puerta del salón de baile mientras se ponía un jersey. El grupo se arremolinó junto a la puerta mientras policías y sanitarios hablaban con Larry en el camino de entrada.

La gran puerta principal quedó abierta cuando los recién llegados metieron sus cosas al tiempo que una intensa brisa ártica se colaba en el vestíbulo. Habían vuelto al mundo real. Había movimiento. David se acercó a Stevie. Le puso el brazo sobre los hombros con naturalidad, entonces ella se apoyó en él y se acurrucó en el hueco de su brazo.

—Supongo que nos vamos a casa —dijo Nate.

—Siempre nos quedará este fin de semana —repuso David, extendiendo el brazo libre para acoger también a Nate. Este se apresuró a zafarse del abrazo.

Stevie centró su atención en la galería superior, donde parecía que algo estaba pasando. Mark salió de la Sala Pavo Real y bajó la escalinata a toda prisa. Alguien daba golpes a una puerta, pidiendo que lo dejaran entrar.

—¡Charles! —gritaba la doctora Quinn—. ¡Charles, abre la puerta!

—¿Qué pasa? —preguntó Janelle acercándose.

Larry y los policías corrieron a la gran escalinata y subieron los escalones de dos en dos. Se oyó un ruido de algo que se resquebrajaba, seguido por lo que sonaba como un saco pesado al caer por una rampa. Fuera lo que fuera, pasó por detrás de la chimenea del asesino. Larry corrió a la Sala Pavo Real, se acercó a la barandilla y llamó a gritos a los sanitarios, que seguían en la planta baja.

—¡Al sótano! —gritó al tiempo que corría de nuevo hacia la escalinata—. ¡Al sótano, síganme, deprisa! ¡Deprisa!

El grupo de alumnos presenció todo en silencio.

—Me parece que Charles no va a ir a la cárcel —murmuró Stevie.

27

—Qué insensatez ha hecho —exclamó la doctora Quinn—. Qué insensatez.

Por primera vez, la mujer parecía alterada.

Los sanitarios habían bajado al sótano porque allí era donde estaba Charles, tras una pared. Pix había ido a echarles una mano, porque era lo más parecido a un profesional de la sanidad de lo que quedaba de claustro, también porque además tenía experiencia en extraer cosas de lugares difíciles. Todos los demás se congregaron en la sala de estar, que seguía siendo la estancia más caliente del edificio.

—Ese pasadizo estaba sellado —explicó.

—Se pasó la noche entrando y saliendo del cuarto de baño —dijo Mark—. Supuse que estaba nervioso. Debió de arrancar los clavos con una navaja o algo parecido.

—Pero todos sabemos que existe ese pasadizo y por qué estaba sellado. Da a unas escaleras que llevan años en muy mal estado. Las que hay por debajo han desaparecido por completo. ¿Qué creía que podía hacer? ¿Que si lograba bajar el primer tramo conseguiría saltar al sótano? ¿La altura de un piso? ¿Salir por allí?

—Decidió correr el riesgo —dijo Stevie.

Larry, que estaba apoyado en la pared, hizo un gesto a Stevie con la cabeza. Al fin y al cabo, era Larry el que había dicho desde el principio que la gente sufría accidentes cuando se metía por los pasadizos.

Pix volvió del sótano y se quedó en el umbral. En otros tiempos, se habría celebrado una reunión sin la presencia de los alumnos. Pero esa etapa ya estaba superada.

—¿Cómo está? —preguntó la doctora Quinn.

Pix sacudió la cabeza.

—Sufrió una mala caída —respondió sin más.

Stevie no pudo evitar que resonaran en su interior las palabras de Atentamente Perverso: «Una cabeza rota, una mala caída...».

Durante las horas siguientes, aparecieron más personas a medida que fueron llegando más vehículos a la academia. Fue un flujo continuo de uniformes. Fotografiaron, grabaron, guardaron en bolsas y sellaron. Todos los integrantes del grupo fueron interrogados, aunque las entrevistas fueron cortas. Después, aparecieron dos individuos vestidos con trajes oscuros y abrigos largos de invierno. No tenían nada que ver con el resto de los agentes.

—Ah, qué bien —dijo Nate, mirando por la ventana—. Ya están aquí los Hombres de Negro. Llegó el momento del lavado de cerebro.

David también se acercó a mirar.

—Creo que vienen a buscarme a mí —dijo.

En efecto, los dos hombres trajeados se presentaron a la puerta de la sala de estar en menos de un minuto.

—Pertenecemos al equipo del senador King —anunció uno de ellos—. Hemos venido para llevarte a casa, David.

—¿Tan pronto? —preguntó el chico—. Caramba, eso es que me quiere de verdad.

Pero fue un chiste forzado. Stevie se sorprendió a sí misma agarrando la mano de David y apretándola con fuerza.

—¿Son ustedes agentes judiciales o de la policía? —preguntó Vi.

—Trabajamos para el senador —respondió uno de los hombres.

—O sea, que no —repuso Vi—. Lo que significa que no tienen ningún derecho legal a llevárselo.

—Vi tiene razón —intervino Janelle—. Tienes tus derechos, David. No tienes por qué irte con estos dos si no quieres.

David se giró sorprendido. No esperaba contar con el respaldo de Janelle.

—No os preocupéis —dijo él—. Pero gracias. Estos amables señores me concederán un minuto para hablar con mi novia, ¿verdad?

Los dos hombres se retiraron de la puerta y David llevó a Stevie al vestíbulo. Stevie sintió un nerviosismo similar al pánico. Le sujetó el brazo con más fuerza.

—¿Qué hacemos ahora? —preguntó en voz baja.

—Bueno, mi padre no puede encadenarme en el sótano, exactamente. O probablemente. Quiero decir que, como es senador, quizá tenga acceso a alguna celda del interior del Monumento de Washington...

—Te estoy hablando en serio —insistió Stevie, quien luchaba por contener las lágrimas.

—No lo sé. Ahora nos iremos a casa. Y ya lo pensaremos.

—¿Tu padre puede presentar cargos contra ti?

—No sé si robar material con el que hacer chantaje de la que técnicamente es mi casa se considera delito, o al menos un delito que él quisiera denunciar. Me va a hacer la vida muy desagradable y me va a cortar la asignación, pero no pasa nada. Puedo buscar un trabajo. Prefiero no recibir nada de él.

Se inclinó para besarla, sus labios cálidos se posaron sobre los de Stevie y le acarició la nuca con la mano. Fue un momento muy íntimo, presenciado tan solo por un puñado de testigos: Larry, la doctora Quinn, Pix y todos sus amigos. Cuando se apartaron uno del otro, David se despidió del grupo.

Hubo intercambio de abrazos con todos, excepto con Nate, que le estrechó la mano antes de decir:

—Y no... no hagas... nada. Nunca.

—Entendido —repuso David haciendo un saludo militar—. Déjame ir a buscar mi abrigo y la mochila.

Tras recoger el abrigo y la maltrecha mochila, Stevie lo acompañó al exterior, donde lo esperaban las motos de nieve. Se dio cuenta de que estaba llorando. Se frotó los ojos con el dorso de la mano.

—Tengo que irme —dijo David, secándole las lágrimas—. No te preocupes. Seguiremos en contacto, Nancy Drew. No es tan fácil librarse de mí.

Stevie le soltó el brazo a regañadientes.

Mientras se alejaba, se volvió hacia ella una última vez y le regaló esa sonrisa de medio lado tan suya. Después se abrió el abrigo de dos mil dólares. Al principio, Stevie no supo muy bien por qué le mostraba el lujoso forro rojo. Ya lo había visto. Era un forro muy bueno, si es que te interesaban los forros. Pero no era el forro lo que David estaba intentando enseñarle. Era el bolsillo interior, o, más concretamente, algo que asomaba por el bolsillo interior.

Era un cartucho de dinamita.

LA TRAGEDIA VUELVE A GOLPEAR ELLINGHAM
Burlington Herald
11 de noviembre

En uno más de una serie de trágicos acontecimientos, el doctor Charles Scott, director de la Academia Ellingham, resultó muerto ayer por la mañana a causa de una caída tras acceder a un pasadizo sellado en uno de los edificios del recinto. La escalera era lo único que quedaba en pie de una serie de pasadizos secretos construidos en los años treinta por Albert Ellingham, fundador de la academia. El doctor Scott entró en el pasadizo después de ser interrogado sobre su posible implicación en los accidentes ocurridos en la academia con resultado de dos muertes y en el incendio que acabó con la vida de la doctora Irene Fenton.

«El doctor Scott era una persona susceptible de ser investigada sobre una serie de muertes recientes, tanto en la academia como en el área de Burlington», declaró la detective Fatima Agiter, de la Policía Estatal de Vermont. «Creemos que las muertes de los alumnos Hayes Major y Element Walker, así como la de la doctora Irene Fenton, de la Universidad de Vermont, podrían estar relacionadas. Existe una investigación en curso.»

KING SE ENFRENTA A LA REACCIÓN DE UN CONTRIBUYENTE

PoliticsNow.com

27 de noviembre

El senador Edward King está pasando por apuros económicos. En el transcurso de la última semana, ha sufrido la repentina e inexplicable pérdida de muchos de sus colaboradores más generosos. El senador, que el mes pasado anunció su intención de presentarse a la presidencia, ha perdido el apoyo de buena parte de los patrocinadores que hicieron posible su candidatura. Informes recientes han revelado que el senador podría haber recopilado material para chantajear a sus propios colaboradores económicos y así asegurarse su apoyo continuo.

«Un auténtico disparate», respondió la portavoz, Melinda McGuire, al ser interrogada sobre el tema. «Es increíble la información sesgada que ofrecen los medios sobre el senador. El senador King seguirá luchando por aquello en lo que cree: los valores tradicionales americanos, las libertades individuales y la vuelta a la responsabilidad. Estaremos deseosos de hablar sobre todos estos temas durante el transcurso de la campaña de los próximos meses.»

¿RESUELTO EL CASO DE ATENTAMENTE PERVERSO?

True Crime Digest

3 de diciembre

Se le ha denominado el mayor misterio del siglo XX. En 1936, Albert Ellingham era uno de los hombres más poderosos de los Estados Unidos, con una fortuna e influencia similares a las de Henry Ford o Randolph Hearst. Ellingham era dueño de periódicos, un estudio cinematográfico y muchos otros negocios. Pero su pasión personal era la educación. Con este fin, construyó un centro de enseñanza en las montañas de Vermont y se trasladó allí con su familia. El 13 de abril de ese año, cuando habían salido a dar un paseo en coche, su esposa, Iris, y su hija, Alice, fueron secuestradas en una carretera comarcal fuera del estado. El mismo día, una alumna de la academia, Dolores Epstein, también desapareció. En los meses siguientes, tanto Iris como Dolores fueron encontradas muertas; Dolores semienterrada en un campo e Iris en el lago Champlain. Alice nunca apareció. Solo tenía tres años en el momento del secuestro.

Su padre se dedicó en cuerpo y alma a encontrar a su hija, utilizando sus considerables recursos para conseguirlo. Docenas de detectives privados fueron enviados a todos los puntos del país y del mundo. Un equipo de 150 secretarios revisaba todas las cartas y notas que se recibían a diario. El director del FBI, J. Edgar Hoover, se tomó un interés personal en el caso. Todos los esfuerzos fueron en vano. Albert Ellingham murió el 30 de octubre de 1938, cuando su velero explotó en el lago Champlain, presuntamente víctima de una bomba anarquista. Ya habían atentado contra él y había escapado. Esta vez no tuvo tanta suerte.

Con la muerte de Albert Ellingham se redujo algo la presión de encontrar a Alice, aunque siempre hubo personas que siguieron buscándola. Otras se presentaron asegurando tratarse de ella, pero todas resultaron ser impostoras. Alice Ellingham se convirtió en una de las personas famosas desaparecidas de la historia, como Amelia Earhart o Jimmy Hoffa, presuntamente muertos, pero con interrogante. Lo único que se reconoció sobre el culpable fue que envió una nota a Albert Ellingham unas semanas antes del secuestro, un acertijo burlón que le advertía de los peligros que le acechaban. La carta, hecha de letras recortadas de periódicos y revistas, estaba firmada como Atentamente, Perverso.

Transcurrieron varias décadas sin ningún avance en el caso hasta que, a partir del pasado septiembre, se sucedieron rápidamente varios acontecimientos. Ellingham volvió a convertirse en escenario de una tragedia cuando dos alumnos —Hayes Major y Element Walker— murieron en sendos accidentes en el recinto de la academia. Poco después, una profesora adjunta de la Universidad de Vermont, la doctora Irene Fenton, falleció en el incendio de su casa en Burlington.

Sin embargo, una alumna nunca creyó que fueran accidentes. Creía que las muertes estaban relacionadas con la desaparición de Alice, o, más bien, con el rumor que afirmaba que quien encontrara a la niña, viva o muerta, se convertiría en beneficiario de una inmensa fortuna. La alumna de Ellingham Stephanie Bell, trabajando codo con codo con el anterior responsable de seguridad de la academia, descubrió el cuerpo de una niña en una de las paredes. Los restos de la pequeña están siendo analizados.

Bell realizó otros importantes descubrimientos, entre ellos pruebas físicas que sugieren que la carta de Atentamente Perverso, durante mucho tiempo atribuida a los secuestradores de las Ellingham, no tenía nada que ver con el secuestro y se trataba en realidad de una broma de dos alumnos que no pudo llegar en un momento más inoportuno. Esto rompe con décadas de conjeturas sobre el crimen.

A pesar de que todavía se están realizando pruebas e investigaciones, y de que la Academia Ellingham continúa cerrada a la espera de que se confirme que es seguro volver a abrirla, parece que al fin y al cabo ya no se trata de un caso sin resolver. Y con los recientes descubrimientos, quizá ahora las almas descansen en paz en monte Morgan.

AUDIO REVELA QUE EDWARD KING ERA CONOCEDOR DE LOS PLANES DE CHANTAJE

UNA EXCLUSIVA DEL INFORME BATT

5 de diciembre

El Informe Batt ha conseguido un audio exclusivo del senador Edward King cargando contra una persona desconocida que destruyó material que presuntamente se utilizaba en campaña para chantajear a sus donantes. El audio, insertado bajo este texto, contiene lenguaje obsceno.

«Se llevó los [palabrota] USB», se oye decir al senador. «Lo guardaba todo en ellos. Teníamos a cada [palabrota] en su sitio. Era lo único que teníamos para mantenerlos a raya. Ahora no tenemos nada. Nada. Y se van a retirar todos. Estamos [palabrota].»

Siga El Informe Batt para leer las novedades del caso.

KING RETIRA SU CANDIDATURA
A LA PRESIDENCIA

CNN

2 de enero

Tras dos semanas de intensas especulaciones, el senador Edward King ha retirado su candidatura a la carrera presidencial del próximo año.

«Aunque esta retirada es una gran decepción», expresó en una declaración preparada, «me he dado cuenta que la campaña puede pasar factura a mi familia.»

Aunque el senador alega motivos personales para su retirada, nuestras fuentes en Washington llevan semanas hablando de negocios sucios en la campaña de King, entre ellos, acusaciones de que el senador pudo haber chantajeado a varios individuos a cambio de apoyo político y financiero. Hace varias semanas, salió a la luz una grabación en la que se oye al senador gritando sobre la pérdida de «lo único que teníamos para mantenerlos a raya». En la grabación, culpa a su hijo de la pérdida de esa información.

Se ha revelado que el senador tiene un hijo, fruto de un matrimonio anterior. En un extraño giro de los acontecimientos, ese hijo asistió a la Academia Ellingham, que recientemente ha ocupado titulares por ser escenario de varios sucesos trágicos, incluyendo la muerte de la estrella de YouTube Hayes Major. El hijo del senador también protagonizó un vídeo viral en el que recibía una paliza en Burlington, Vermont, en la calle...

REABRE LA ACADEMIA ELLINGHAM

EL INFORME BATT

11 de enero

Tras una serie de trágicos acontecimientos, la Academia Ellingham, uno de los centros de enseñanza media menos conven-
cionales y más prestigiosos del país, ha retomado su actividad
docente. Famosa en otro tiempo por los secuestros y asesinatos
atribuidos a Atentamente Perverso en 1936, la academia volvió
a ocupar titulares por motivos similares el pasado otoño.

«Ha sido un año extraordinariamente duro», asegura la doctora
Jennifer Quinn, nueva directora de la academia. «Pero nuestros
alumnos han permanecido unidos. Se han apoyado unos a otros.
No puedo estar más orgullosa de ellos. Representan el auténtico
espíritu de la comunidad de Ellingham. Estamos encantados de
reabrir nuestras puertas.»

La policía ha concluido la investigación sobre el anterior director del centro, el doctor Charles Scott, acusado de haber cau-
sado las muertes de Hayes Major, Element Walker y la doctora
Irene Fenton. La policía tiene ahora pruebas sólidas que vin-
culan al doctor Scott con los crímenes, entre ellas, grabaciones
de conversaciones telefónicas entre el doctor Scott y la doctora
Fenton, imágenes de cámaras de tráfico y de seguridad de Burlington de la noche en que se incendió la casa de la doctora
Fenton y correspondencia con bancos de Suiza y de las Islas
Caimán en las que pide información sobre cómo abrir una cuenta privada y de baja fiscalidad.

«Estamos seguros de que hemos identificado al culpable del
caso, y esa persona ha muerto», declaró la detective Fatima

Agiter, de la Policía Estatal de Vermont. «Damos por cerrado el caso.»

Stephanie Bell ha recibido el reconocimiento de la Asamblea Estatal de Vermont por su colaboración en el caso y una invitación para visitarla junto al gobernador. El Informe Batt entrevistará a Stephanie Bell sobre sus investigaciones y publicará contenido exclusivo sobre sus hallazgos en relación con los secuestros y asesinatos del caso Vermont de 1936. Síganos para más información.

EXPLOTA CARTEL PUBLICITARIO

Pittsburgh Press Online

16 de febrero

Un cartel contra la inmigración explotó anoche a las afueras de Monroeville, Pensilvania, en lo que la policía califica como un acto de vandalismo. A pesar de que el cartel quedó completamente destruido, no hay que lamentar daños personales ni materiales. En el momento de la explosión, ocurrida sobre las cuatro de la madrugada, no circulaba ningún coche por la zona.

El cartel, patrocinado por un grupo relacionado con la frustrada campaña del senador Edward King, contaba con el rechazo de numerosos miembros de la comunidad. Su extraña destrucción arrancó aplausos en muchas zonas de la ciudad. «No tenemos ni idea de quién lo hizo», dijo Sean Gibson, vecino de la zona. «Pero con mucho gusto lo invitaría a un batido.»

ANÁLISIS DE ADN DE LOS RESTOS NO MUESTRAN COINCIDENCIAS CON ALICE ELLINGHAM

True Crime Digest

7 de abril

Los análisis de ADN practicados a los restos hallados en la Academia Ellingham, situada en las cercanías de Burlington, Vermont, revelan que la niña no guarda relación de parentesco con Albert Ellingham ni con su esposa Iris, eliminando así la posibilidad de que se trate de la desaparecida Alice Ellingham. Alice desapareció en 1936, a la edad de tres años, cuando fue asaltada en una carretera y secuestrada junto con su madre. A pesar de que el cuerpo de Iris apareció en el lago Champlain semanas después, Alice nunca fue encontrada. Desde entonces, su paradero ha sido objeto de gran interés y muchos llamaron a su desaparición «el caso del siglo». Según expertos forenses, el cuerpo encontrado coincide con la descripción de Alice Ellingham en todos los demás aspectos. «En muchos aspectos, este cuerpo se corresponde con el de Alice Ellingham», declaró la doctora Felicia Murry, del Museo Nacional Smithsoniano de Historia Natural, a donde se enviaron los restos para ser examinados conjuntamente por el FBI y un equipo del Laboratorio Forense de Vermont. «Se trata de una niña de aproximadamente tres años, nacida y fallecida durante el periodo comprendido entre 1928 y 1940. La ropa no tenía etiquetas ni marcas que pudieran determinar su identidad ni poder seguir una pista, pero a partir de las telas utilizadas podemos fechar su confección entre 1930 y 1940. No hemos podido concretar la causa de la muerte. Hemos recogido muestras en buenas condiciones de ADN de los objetos personales de Iris y Albert Ellingham. Los análisis de ADN practicados a los restos no mostraron coincidencias con ninguno de ellos.»

Entonces, si la niña encontrada tras la pared no es Alice Ellingham, ¿quién es?

28

Cuando la primavera volvió a la montaña de Ellingham, lo hizo en todo su esplendor, sacudiendo su manto de aire puro y cubriendo las montañas de vegetación fecunda como una diosa que celebra una fiesta de cubrir montañas con vegetación fecunda. La vida reapareció en forma de aves y brotes. El frío no había sido desterrado del todo, pero ya no era tan cortante. Stevie estaba sentada en la cúpula, vestida con su impermeable de vinilo rojo. Temblaba un poco, pero el aire le sentaba bien. La mantenía viva y alerta..., el aire y la taza de café que se había llevado a escondidas del comedor unos minutos antes. Tenía su tableta nueva en el regazo, abierta por el artículo que hablaba de los resultados de los análisis de ADN practicados al cuerpo aparecido en la pared. Pero Stevie no le prestaba atención, estaba centrada en el paisaje.

Habían ocurrido muchas cosas en los últimos cinco meses. Al principio se había producido un torrente de noticias, historias sobre el caso y, a veces, sobre ella. Se convirtió en la detective adolescente, la Sherlock de Ellingham. Hubo entrevistas, artículos... Incluso Netflix mostró interés en hacer una película. Ellingham tardó varias semanas en reabrir sus puertas, y, cuando lo hizo, no todos volvieron. Antes, Stevie no habría podido volver. Pero ahora las cosas eran muy diferentes entre ella y sus padres. Ya no había burlas ni comentarios despectivos sobre su interés en el crimen. Había resuelto el caso y hasta había ganado dinero suficiente con la publicidad para pagar su primer año en la universidad. Además, ahora que el culpable ya no estaba, reinaba la sensación —la esperanza— de que en la Academia Ellingham no iba a suceder nada más durante mucho tiempo.

Todo se había resuelto y ahora Stevie estaba disfrutando de la hermosa vista.

—¿Qué haces? —preguntó una voz.

Nate, por supuesto. Se acercó con cuidado, las manos metidas hasta el fondo de los bolsillos de sus desgastados pantalones militares. Lo estaba esperando. Sabía que vendría y la encontraría en su rincón de pensar.

—Estoy estudiando —respondió—. Tengo examen del sistema límbico.

Nate echó una ojeada a la tableta encendida.

—Eso es todo una patraña, ¿no?

—Qué va —repuso ella, dejando la tableta a un lado.

—¿Qué va?

—Qué va.

—¿Te has vuelto tonta o qué? —preguntó sentándose a su lado—. ¿Qué va? ¿El ADN del cuerpo no coincide y tú estás... tan pancha?

Stevie flexionó las rodillas hasta que tocaron el pecho y miró a su amigo.

—Porque ya sabía que no iba a coincidir —dijo sonriente.

—Espera..., ¿acaso me estás diciendo que sabías que no era Alice?

—Oh, sí es ella. Es Alice.

—No, según los análisis.

—Siempre se especuló con la idea de que Alice era adoptada —explicó Stevie—. No hay pruebas, pero siempre existió el rumor.

—Un rumor no te ayuda a ganar millones de dólares.

—No —reconoció ella con una leve sonrisa.

—¿Y ahora sonríes? ¿Es que quieres asustarme?

—Te voy a contar lo que me preocupaba —dijo Stevie—. En cuanto supe que Alice había vuelto a Ellingham, empecé a preguntarme por qué. Alice no murió aquí. Murió en algún otro lugar. Y la persona responsable de su muerte fue George Marsh. Hasta ahí ya lo sabía. Pero ¿por qué, si estaba muerta, haría semejante locura, eso de traer el cuerpo a casa y enterrarlo delante de las narices de su padre? Me faltaba algún dato. Así que fui a la biblioteca. Los Ellingham tenían eso que se llamaba servicio de recortes de periódicos, es como una alerta Google humana. Cada vez que se los mencionaba en un artículo, el servicio lo recortaba y se lo enviaba. Hay cajas y cajas y cajas llenas de recortes en la biblioteca. No los han digitalizado porque nadie pensó que fuera interesante ni mereciera la pena. Tuve que leer un montón: informes sobre eventos sociales y sombreros y bailes y gente que salía a navegar. ¿Sabías que se comunicaba quién viajaba en trasatlánticos famosos? Daba para una noticia entera. Bueno, el caso es que tardé varias semanas, pero al final encontré esto.

Metió la mano en el bolsillo y sacó la fotocopia del recorte de un periódico de Burlington con fecha de 18 de diciembre de 1932.

—Léelo en voz alta —dijo entregándoselo.

Nate recogió el papel con cuidado y empezó a leer:

—«La esposa de Albert Ellingham», ah, vaya, qué bonito, no es una persona por sí misma, «da a luz en Suiza. El empresario y filántropo Albert Ellingham y su esposa, la señora Iris Ellingham, han sido padres de una niña el pasado jueves, 15 de diciembre, en una clínica privada de las afueras de la ciudad de Zermatt, en los Alpes suizos. Madre e hija se encuentran en perfecto estado, según informa Robert Mackenzie, secretario personal del señor Ellingham. La recién nacida llevará el nombre de Alice.» ¿Por qué estoy leyendo esto?

—Sigue.

—«El señor Ellingham es conocido en la zona por su finca del monte Morgan, donde tiene intención de abrir un centro de enseñanza. Los Ellingham eligieron un escenario distinto de montañas nevadas para el nacimiento con el propósito de evitar publicidad, según el señor Mackenzie. En su viaje están acompañados por la señorita Flora Robinson, amiga de...»

—Ahí está —lo interrumpió Stevie.

—Ahí está ¿qué?

—Yo ya sabía que Alice había nacido en Suiza —dijo con los ojos brillantes—. Pero no sabía que habían ido con una amiga. Una amiga. Flora Robinson. La mejor amiga de Iris.

—Tiene lógica, supongo. Llevar a una amiga si haces un viaje largo para dar a luz.

—O —siguió Stevie— se fueron a los Alpes, a un lugar superprivado, para que Flora pudiera dar a luz y poder formalizar la adopción. Las adopciones son algo muy personal. Si lo hubieran hecho aquí, se habría filtrado a la prensa. Quizá no querían que Alice lo supiera, o querían ser ellos quienes se lo confesaran llegado el momento. La gente tiene derecho a la intimidad, sobre todo en lo relativo a los niños.

—Pero el hecho de que Flora fuese a Suiza con ellos no significa que ella diera a luz a Alice, ¿no? —preguntó Nate.

Stevie cerró el artículo sobre el ADN y abrió una carpeta de archivos digitalizados, todos ellos páginas largas escritas con caligrafía clara y elaborada.

—Charles tuvo la amabilidad de darme acceso a los registros de organización doméstica, probablemente para tenerme entretenida. Hice copias porque quería disfrutarlos a mi manera. La casa Ellingham era la clase de sitio donde todo constaba por escrito, todas las visitas, todos los menús. Así que volvamos a marzo de 1932. ¿Quién aparece aquí? ¿Ves? Flora Robinson. Veamos qué estaba haciendo... —Con aire de triunfo, Stevie le mostró las páginas siguientes. Contenían los menús, las listas de lo que se servía cada día en la mesa principal y a los invitados—. Mira a Flora Robinson en marzo. Este es su desayuno habitual.

Le enseñó una de las páginas con los menús.

Invitada señorita Flora Robinson, servicio de desayuno en bandeja: café con leche y azúcar, zumo de tomate, tostadas con mermelada, huevos revueltos, jamón en lonchas, rodajas de naranja.

—Fíjate, come esto casi todos los días, siempre lo mismo.

Le encanta desayunar su zumo de tomate, sus huevos revueltos y su naranja en rodajas. Pero cuando llegamos a mediados de mayo, todo cambia.

Invitada señorita Flora Robinson, servicio de desayuno en bandeja: té solo, *ginger ale*, galletas saladas, tostadas solas.

—Eso es lo único que come ahora, si es que come algo —observó Stevie—. Todo esto empieza a finales de mayo y sigue todo junio. ¿Qué te sugiere?

—Náuseas matutinas —respondió Nate con los ojos como platos.

—Náuseas matutinas —repitió Stevie sonriendo.

—Me aterrorizas —murmuró Nate.

—Revisé el resto de los registros. Flora pasó aquí la mayor parte de 1932. Bueno, casi todo el año. Luego, en septiembre, todos hacen las maletas y se marchan a Suiza. Así que digamos que Flora es la madre biológica de Alice. Ello significa que también tiene que haber un padre biológico. ¿Quién es? Ahí es donde empieza a cobrar sentido lo que hizo George Marsh... —Stevie se estaba dejando llevar por esa agitación frenética que tan nervioso ponía a Nate—. George Marsh nunca figura como invitado, pero sí aparece en los registros, porque tenían que hacerle la habitación y también por las comidas. Aquí está, todo marzo y abril. De hecho, durante al menos un fin de semana de abril, coincidieron los Ellingham, George Marsh y Flora Robinson. Ese fin de semana, si contamos hacia atrás, fue nueve meses casi exactos antes del nacimiento de Alice. Pero, por si no tienes bastante, aquí está Flora...

Abrió una fotografía de Flora Robinson.

—... aquí George Marsh...

Otra foto.

—... y aquí está Alice.

Nate examinó las tres fotos.

—Oh —murmuró.

—Por eso George la trajo —concluyó Stevie—. Porque era su padre biológico. Quería darle un entierro digno en su casa.

—Vale, ¿entonces vas a explicar todo esto para cobrar el dinero? Supongo que sería difícil de demostrar, pero probablemente podrían hacerlo, revisar registros de nacimientos y obtener muestras de ADN...

—Qué va —repitió Stevie.

—Vale, ¿qué es eso de «qué va»? ¿No vas a intentar demostrarlo?

—No fue por el dinero —respondió ella—. Si tuviera la menor intención de reclamarlo, piensa en todos los abogados y burócratas con los que tendría que vérmelas. Me amargarían la vida.

—¿En serio? ¿No vas a pelear por setenta millones de dólares?

—¿Qué puedo comprar con setenta millones de dólares?

—Cualquier cosa. Casi literalmente, cualquier cosa.

—Tal como están ahora las cosas —dijo Stevie—, el dinero se queda aquí, en la academia. En el hogar de Alice. El que construyó su padre. Quería crear un lugar donde pudiera ocurrir lo imposible. Albert Ellingham creyó en mí. Me permitió venir a esta academia, y ahora yo me aseguro de que sigue abierta. Por Iris y Alice, también por Albert, por Hayes, Ellie y Fenton.

Levantó la taza de café.

—Por Dios —dijo Nate—. ¿Qué eres, una santa o algo así?

—He robado esta taza —contestó Stevie—. Así que no creo. Además, si cerrara la academia, tendrías que volver a casa y terminar tu libro o hacer algo. Lo hago por ti. Ni siquiera se lo voy a contar a nadie más. Aparte de a mis amigos, claro. Como tú.

—¿Estás intentando conseguir que me emocione? —preguntó Nate con los ojos algo enrojecidos—. Porque he pasado la vida entera aprendiendo a reprimir y bloquear las emociones y ahora estás echándolo todo a perder.

—Y tengo otra mala noticia. Mira a tu espalda. Ahí vienen las parejas felices...

Janelle y Vi, del brazo, saludaron con la mano. Tras ellos, Hunter y Germaine aún no habían llegado a tanto, pero hablaban muy absortos el uno en el otro, como solo hacen las parejas. Los acontecimientos de aquel otoño habían unido aún más a Vi y Janelle, que incluso hacían planes para coordinar agendas y verse durante el verano. Hunter y Germaine estrecharon vínculos gracias a su interés por el medio ambiente y los dramas coreanos. Las circunstancias de la academia no habían sido fáciles ni óptimas para nadie, pero ahora se encontraba en una buena situación. Resultó que la academia funcionaba mucho mejor cuando no había asesinatos continuamente.

Cuando los demás llegaron a la cúpula, sonó el teléfono de Stevie. Levantó la mano y se alejó unos pasos para atender una videollamada.

—¿Dónde estás? —preguntó.

David estaba en una calle, vestido con una camiseta morada de campaña.

—Oh, hum... —Miró a su alrededor—. En algún lugar de Iowa. Hoy vamos a tres ciudades. Estoy haciendo trabajo de preparación, organizando actos en restaurantes, cosas así. Quería llamarte pronto porque leí lo del ADN. ¿Estás bien?

—Perfectamente —respondió—. ¿Cómo va la campaña?

—Ayer llamé a trescientas cincuenta puertas. Imagínate qué suerte tiene toda esa gente, abriendo las puertas y viéndome.

—Dichosos ellos —dijo Stevie.

—Esa es la palabra exacta. «Dichosos». Hasta visité casas que tenían un cartel a favor de mi padre en el jardín. Hay gente que no renuncia al sueño.

Desde que se fue de Ellingham, David había conseguido un trabajo en prácticas con un candidato a la presidencia rival. Ellingham le había ofrecido la posibilidad de volver, pero su padre lo había impedido. Técnicamente, estaba sin escolarizar, estudiando por su cuenta para conseguir el título de bachillerato. Entre una cosa y otra no tenía un minuto libre. Stevie nunca lo había visto trabajar a ese ritmo, pero parecía que le sentaba bien. Lo encontraba con mejor aspecto, aunque sospechaba que no dormía demasiado. Hablaban dos o tres veces al día. Irónicamente, sus padres estaban encantados de que siguiera saliendo con aquel chico tan agradable que resultó ser el hijo del senador Edward King. La opinión del senador sobre la relación de David y Stevie no era conocida ni tampoco demandada.

—Estoy pensando en contarle lo que estoy haciendo —dijo David.

—¿En serio?

—Me apetece que sepa que estoy trabajando duro por la democracia. Ya sabes, la gente que está en el otro bando. Anoche reparé la base de datos y esta noche voy a ayudar con la difusión en redes sociales. Resulta que estas cosas se me dan de maravilla.

—Yo siempre creí en ti —afirmó Stevie.

—¿De verdad?

—No —reconoció—, pero tienes un buen culo, así que te dejé pasar.

Intercambiaron una sonrisa a más de mil kilómetros de distancia. Stevie nunca lo había sentido más cercano.

—Creo que será mejor que vuelva y termine de estudiar —dijo Stevie—. Tengo un control de anatomía. ¿Sabes algo del sistema límbico?

—¿Hay algo que no sepa del sistema límbico? Excepto qué es.

—Pues, en esas más o menos estoy yo —dijo Stevie.

—¿Y lo de «las muestras de ADN no coinciden» no te convalida la asignatura?

—No.

—¿Y aunque hayas resuelto el crimen del siglo sigues teniendo que hacer deberes? Este mundo es una mierda.

—No todo.

—No —repuso David, esbozando una media sonrisa—. No todo.

Cuando Stevie terminó de hablar con David, todo el grupo se dirigió a los edificios de las clases. Stevie inspiró una larga y profunda bocanada de aire fresco de la montaña, ese aire que Albert Ellingham amaba tanto que compró una ladera de la montaña para construir su reino.

—¿Puedo hacerte una pregunta? —dijo Vi—. ¿Cómo hizo David para grabar la reacción de su padre? ¿Colocó un micrófono oculto en el despacho?

—¿Hipotéticamente, quieres decir? —preguntó Stevie.

—Obviamente.

—Digamos que haces que te den una paliza y subes el vídeo a internet para que tu padre se ponga como una fiera y hacerlo creer que te has largado a fumar marihuana y vivir al margen de la sociedad, pero en realidad estás volviendo a casa sin que él lo sepa para conseguir información.

—Parece lógico —reconoció Vi.

—Digamos que tienes una hermana que tiene la misma opinión que tú sobre tu padre. Y que le dices a ella lo que estás a punto de hacer para que no se asuste. Y que esa hermana quiere ayudar. Así que vuela de California a Pensilvania para estar en casa cuando le dices a tu padre que has destruido todo el material que utiliza para sus chantajes. Y, por casualidad, tiene el teléfono preparado para grabar su reacción.

—Qué extraordinaria coincidencia —comentó Vi—. ¿Y luego esa grabación se filtró por accidente?

—Lo sé —suspiró Stevie—. En esa familia pasan las cosas más raras del mundo.

—¿Tus padres ya han renunciado a seguir creyendo en Edward King?

—No —respondió—. Creen que es una conspiración contra él o algo por el estilo. Hay cosas que no cambian. Bueno, tengo que irme o llegaré tarde. Este control no se suspende solo. ¿Nos vemos a la hora de comer en...?

Un movimiento en el bosque, en dirección al río, captó su atención. Poco a poco, las ramas iban echando brotes, pero aún estaban lo suficientemente desnudas para dejar ver una silueta.

—Alce —dijo, casi en un susurro—. Alce. Alce.

Tiró de la manga de Nate.

—Alce —repitió.

El objeto se movió y se perdió de vista. Stevie parpadeó. Acababa de estar ahí, con sus enormes cuernos moviéndose entre los árboles.

—Mi alce —exclamó en voz baja—. Por fin lo conseguí. El universo me recompensa en forma de alce.

Con una última mirada al lugar mágico, Stevie Bell retomó el camino hacia su clase. La anatomía seguía esperándola. La esperaban muchas cosas, pero aquella era la más inmediata.

—Pero no era un alce, ¿verdad? —dijo Janelle cuando supo que Stevie no podía oírla—. Es una rama, ¿no?, moviéndose con el viento.

—Es una rama —corroboró Nate.

—Es obviamente una rama —terció Vi—. ¿Se lo decimos? Parece muy importante para ella.

—De ninguna manera —dijo Nate al tiempo que Stevie desaparecía en dirección al edificio de las clases, ya con los auriculares puestos—. Que se quede con su alce.

Agradecimientos

DURANTE LOS ÚLTIMOS TRES AÑOS, MIENTRAS ESCRIBÍA ESTOS LIBROS, no he hecho más que cavilar, modificar el texto, pasear de un lado a otro y gritar mentalmente. En resumen, ha sido entretenidísimo, como pasarse treinta y seis meses o más resolviendo un problema de matemáticas. Hay mucha gente a la que debo agradecérselo.

Primero, a mi extraordinaria editora, Katherine Tegen, no podría haber tenido mejor defensora ni voz editorial. Y a todo el mundo en Katherine Tegen Books por su dedicación y su apoyo. Mi agente, Kate Schafer Testerman, está siempre a mi lado (y en momentos de auténtica presión, cuando quiero huir de mi escritorio, encima de mí). Beth Dunfey se convirtió en los ojos de la editorial y ayudó a dar forma al mundo de la Academia Ellingham. Mi ayudante, Kate Welsh, evita que eche a correr con las tijeras en la mano.

Todos mis escritos no serían más que una pira en llamas sin la ayuda de Holly Black, Cassie Clare, Robin Wasserman, Sarah Rees Brennan y Kelly Link. Mi día a día pertenece a mi querido Oscar y a mis preciosas Zelda y Dexy. Y doy infinitas gracias a toda mi familia y amigos por aguantarme.

Y, sobre todo, gracias a vosotros por leerme.